KB269877

A장조의 살인

A 장조의 살인

MURDER IN A-MAJOR

몰리 토고브 지음 | 이순영 옮김

살림

다양한 매력이 어우러진 지적知的 소설의 정수

　처음 이 책을 접했을 때의 느낌은 작곡가를 소재로 한 전기(傳記) 형식의 소설이 또 하나 나오려나 보다 하는 것이었다. 사실 이미 베토벤을 위시하여 모차르트, 차이코프스키, 쇼팽 등 클래식 작곡가를 소재로 한 전기 형식의 소설이 국내에도 몇 번 번역되어 나온 적이 있었기 때문이다.

　물론 이 소설도 크게 보면 그런 범주에 속할 것이다. 그러나 이 책을 읽으면서 나는 점점 같은 종류의 다른 책들이 가지지 않은 몇 가지 묘한 매력에 빨려들어 가고 있었다. 왜 이 책은 내게 이렇게 신선하게 다가온 것일까? 이 소설에는 여러 가지의 매력이 한꺼번에 녹아 있었다.

첫째, 이런 역사적인 사실을 소재로 한 소설들—이런 소설들을 역사적 사실(fact)과 허구(fiction)의 조합이라는 의미에서 팩션이라고 부른다—의 가장 큰 덕목이겠지만, 생생한 당시 역사적 분위기의 재현이다.

이 작품은 주인공인 로베르트 슈만이 클라라 슈만과 결혼한 후 작곡가로서 이름을 알리게 되던 무렵부터 시작한다. 소설 곳곳에 당시 독일의 환경 특히 예술계의 분위기가 무척 자세하고 생생하게 그려지고 있다. 슈만 이전의 위대한 음악가인 베토벤이나 모차르트 등에 대한 언급부터 슈만과 동시대를 살면서 음악계의 왕좌를 다투던 바그너, 리스트, 브람스 등에 대한 언급이 마치 이웃집 남자를 묘사하듯 가깝고 세밀하다.

슈만과 가까웠던 클라라나 클라라의 아버지 비크에 관해서는 말할 것도 없다. 소설을 읽는 동안 독자는 마치 19세기 독일을 사는 듯한 착각 속에 빠져들게 될 것이다. 게다가 만일 클래식 음악을 좋아하는 사람이라면 그 재미는 더욱 배가될 것이 당연하다. 슈만의 첼로 협주곡이나 피아노 협주곡 등 적지 않은 곡들이 언급되며, 당시 이 곡들이 연주되던 분위기의 묘사가 탁월하다.

둘째는 공간적·지리적 사실성과 생생함도 돋보인다. 슈만이 당시 기거하던 뒤셀도르프를 중심으로 이야기가 펼쳐지는데, 도시의 거리 하나, 골목 하나, 가게 하나, 커피하우스 하나를 마치 다큐멘터리 필름이 돌아가듯이 세심하게 묘사하였다. 이런 것 역시 이 소설을 읽는 큰 즐거움 중 하나다.

　　셋째로는 정신의학적·심리학적 흥미도 빼놓을 수 없다. 나 자신이 정신과 전문의이기 때문에 더욱 그럴 것이다. 이 작품은 대단히 흥미진진한 메디컬 드라마이기도 하다. 그것도 사이키 아트릭(psychiatric, 정신의학) 메디컬 드라마다. 소설의 배경이 되는 무렵부터 독일에서는 정신과학이 새로운 의학 분야로서 관심을 모으고 있었다. 실제로 슈만은 여러 차례의 우울증적인 발작으로 라인 강에 몸을 던지는 등 몇 번이나 자살 시도를 한 적이 있었고, 정신병적인 증상을 떨치지 못한 채 만년까지 정신병원 입원을 반복하였다. 그런 슈만의 증례(證例)들을 잘 배치하여 한 정신병적 우울증 환자의 불행한 병적(病籍)을 너무나 잘 묘사하고 있다.

　　넷째, 추리소설로서의 재미다. 작품 속의 화자 헤르만 프라이스 경위는 음악 애호가로서 본인도 피아노를 배우고 있는 경찰 수사관이다. 유달리 음악을 좋아하는 그였기에 더더욱 슈만의 사건에 빠져들게 되는데, 수사물(搜査物)로서의 이야기 진행이 매끄럽고 자연스럽다. 추리극적인 재미가 대단하다는 말이다. 스토리가 전개되면서 독자들도 작가가 심어 놓은 함정에 빠져들면서 사건의 진실이 무엇인지 추리하는 재미를 한껏 느낄 수 있을 것이다.

　　단순한 음악 소설인 줄로 알고 집어 들었다가 19세기 독일의 음악적 상황이나 정신의학적 환경에 대한 지식까지 얻을 수 있는 훌륭한 팩션, 흥미진진한 추리소설이자 감동적인 의학소설을 만났다. 소설이 줄 수 있는 모든 매력에 흠뻑 빠져들 수밖에 없었다. 문학, 음악, 예술사, 정신의학 등에 대한 해박한 지식이 녹아 있으며 추리소설적인 매력도 놓치지 않는, 진정한 지적(知的) 문학의 정수라 감히 추천한다.

2009년 3월 풍월당에서
박종호
(정신과 전문의, 음악 칼럼니스트, 풍월당 대표)

로베르트 알렉산더 슈만
Robert Alexander Schumann, 1810. 6. 8 ~ 1856. 7. 29

작센 츠비카우에서 태어난 독일의 유명한 작곡가. 아버지는 서적상이었고 어머니는 신앙심과 음악적 감성이 깊은 사람으로 아버지의 문학적 취미와 어머니의 섬세한 감수성을 이어받았다고 전해진다. 라이프치히에서 당시의 명교사 프리드리히 비크에게 피아노를 배우고 가곡과 피아노곡 등의 작곡도 시작하였다. 1832년 오른손 넷째손가락을 다쳐 피아니스트가 될 꿈을 단념하고, 이때부터 작곡과 평론에 집중한다. 잡지 「음악신보(Neue Zeitschrift für Musik)」를 발행하여 낭만주의의 새바람을 불어넣기도 했다. 비크의 딸인 클라라와 사랑에 빠져 비크 교수의 강력한 반대에도 법정 제소까지 간 끝에 1840년에 결국 결혼에 성공하였다. 클라라와의 사랑은 너무나 유명해 오늘날까지도 '슈만과 클라라'라는 이름이 하나의 관용구처럼 굳어져 사용된다.

그의 정신장애의 징후는 이미 1833년경부터 보이기 시작하여 1844년경부터는 창작력이 왕성한 시기와 우울증에 빠진 시기가 서로 교차되어 나타났으며, 1854년에는 심한 망상에 사로잡혀 라인 강에 투신하기도 했다. 그 후 본 교외의 엔데니히 정신병원에 수용되고, 2년간의 투병 끝에 46세로 세상을 떠났다.

슈만의 작품은 모든 분야를 망라하고 있는데, 그중 가장 뛰어나고 작품수가 많은 것은 피아노 독주곡과 가곡이다. 대부분 시적 서정성이 담긴 낭만주의의 향기가 풍기는 음악으로, 특히 가곡은 슈베르트가 개척한 리트 형식을 계승하고 시와 음악을 밀착시켜 보다 예술성이 높은 작품을 만들어 냈다.

클라라 조제핀 비크 슈만

Clara Josephine Wieck Schumann, 1819. 9. 13 ~ 1896. 5. 20

독일의 음악가. 오스트리아 라이프치히에서 태어났다. 유명한 피아노 교사였던 프리드리히 비크의 딸이며 로베르트 슈만의 아내로도 유명하다. 낭만파 시대 최고의 피아니스트 중 한 명이었으며, 뛰어난 작곡가이기도 했다. 그녀의 연주회에는 언제나 경찰이 군중을 정리하곤 했으며 많은 시인들이 그녀에 대한 시를 썼을 정도로 인기가 대단하였다. 아버지의 반대를 무릅쓰고 슈만과 결혼한 후에는 슈만의 부인이라 불리는 것이 아니라 슈만이 클라라의 남편이라고 불릴 정도였다. 남편과 함께 러시아, 빈 등지로 연주 여행을 하는 한편, 남편으로 하여금 수많은 걸작들을 낳게 하였다. 남편을 사별한 이후 37년 동안을 혼자 지내며 연주 여행을 계속해 리스트에 비견되는 명연주가라는 명성을 얻었다. 77세 때 임종 시 남편인 로베르트 슈만의 곡들을 손자들에게 연주하게 하고 그 음악 속에서 눈을 감았다는 이야기가 전해진다.

요하네스 브람스

Johannes Brahms, 1833. 5. 7 ~ 1897. 4. 3

함부르크 출생. 5세 때부터 음악을 배웠으나 가정 사정으로 학교를 중퇴하고 가계를 돕기 위해 술집, 식당 등에서 피아노 연주를 하였다. 1850년 헝가리의 바이올리니스트 J. 요아힘을 알게 되어 그와 함께 연주 여행을 하던 중 그의 생애를 통해 가장 큰 영향을 준 슈만 부부를 만나게 되었다. 그들은 브람스의 재능을 높이 평가하고 음악계에 진출할 수 있는 계기를 마련해 주었다. 슈만의 부인이며 뛰어난 피아니스트인 클라라와의 우정도 유명하다.

오페라 이외의 거의 모든 분야에 걸쳐 작품을 남기고 있다. 그의 음악은 독일 음악의 전통을 존중하며 견고한 구성감을 보인다. 동시에 매우 풍부하고 다양한 감정을 내포하고 있다. 낭만주의의 화려한 시대를 살면서 고전파 음악의 전통을 지킴으로써 독자적 작풍을 견지한 작곡가로서 R. 슈트라우스, A. 드보르자크 등에게 큰 영향을 끼쳤다.

프란츠 폰 리스트
Franz von Liszt, 1811. 10. 22 ~ 1886. 7. 31

라이딩 출생. 한 귀족의 토지관리인의 아들로 태어나 6세 때부터 피아노를 배웠다. 9세 때 독주회를 열어 천재의 출현이라는 평을 받았다. 빈에서 K. 체르니에게 사사하고 A. 살리에리에게 작곡을 배웠다. 다음해 파리에서 데뷔한 후 프랑스 각지로 연주 여행을 다녔고, 런던에서도 성공을 거두었다.

1847년 유럽 전역에 걸친 연주 여행을 끝으로 은퇴를 선언한 리스트는 바이마르에 정주하였다. 바이마르에서는 지휘자·작곡가·교육가·사회활동가로 폭넓게 활동하였다. 1861년 수도원에 들어가 평생 동안 흑의를 두르게 되었다. 이때부터 그의 작품에는 종교성이 강하게 나타나기 시작하였다. 1869년 로마에서 바이마르로 돌아와서는 교육자로 활동하였다. 리스트는 피아노 연주상의 명기주의의 완성과 표제음악의 확립이라는 음악사상 매우 중요한 공적을 남겼다. 그의 작품은 편곡까지 포함하여 방대한 수에 이르며 악종도 다양한데, 그 중심이 되는 것은 '헝가리 광시곡'과 '순례의 해'를 포함한 피아노곡과 교향시이다.

안나 펄, 사라 제인과 더글러스, 캐리와 알렉산더, 벤자민,
시드니 앨리슨, 레베카, 마샬에게 이 책을 바칩니다.

내 피아노 선생인 브론스키 부인은 부드럽지만 단호하게 내 두 손을 건반에서 떼어 냈다. 그녀는 너덜너덜한 악보를 가만히 덮고 피아노 뚜껑 위에 놓았다. 그리고 호기심 어린 표정으로 내 두 눈을 빤히 바라보았다. 내 옆에 놓인 굽은 나무로 만든 의자에 앉아 궁금하다는 눈빛으로 나를 한참 바라보았는데, 그녀의 얼굴이 얼마나 가까웠던지 그녀가 숨을 쉴 때마다 마늘 냄새가 났다. 그러나 그리 불쾌하지는 않았다. 브론스키 부인은 러시아 사람이었다. 정열적이었지만 다정했고, 무한한 인내심을 지닌 사람이었다. 드디어 그녀가 인자한 목소리로 물었다.

“자, 프라이스 경위님. 얘기해 보세요. 이걸 왜 하는 거죠?”
“베토벤 곡을 연주하는 것 말입니까?”
“피아노 연주를 말하는 거예요.”
브론스키 부인은 씁쓸한 미소를 짓더니 나직하게 다시 물었다.
“왜죠?”
“피아노를 좋아하기 때문이죠. 음악을 사랑하니까요. 멀지 않은 장래에 베토벤 소나타를 멋지게 치고 싶어요. 서른 두 곡 전부요.”
그러고는 나는 종교를 믿지도 않았는데 불쑥 이런 말을 덧붙였다.
“주님이 허락하신다면 말이죠.”
브론스키 부인이 고개를 저었다.
“그 위대한 프란츠 리스트가 베토벤 소나타를 제대로 연주하지 못한다면……. 위대한 클라라 슈만이 베토벤 소나타에 위압감을 느낀다면…….”
브론스키 부인은 말을 맺지 못했는데, 그럴 필요가 없었다. 무슨 말을 하려는지 나는 알아들었다. 내가 조심스럽게 말했다.
“저는 위대한 음악가가 되려는 게 아닙니다, 선생님. 성취감을 느껴 보고 싶을 뿐입니다. 그것뿐이에요.”
브론스키 부인이 말했다.
“경위님, 나이 먹은 사람의 충고를 들으세요. 경위님은 좌절과 절망만 실컷 맛보게 될 거예요. 경위님이 가진 한계 때문에 결국 피아노에 대한 사랑이 고통, 아니 증오로까지 변할 거예요. 그러니 그냥 음악을 즐겨 듣고, 연주회에 가고, 재미로……혼자 재미로 연주를 하세요. 그러니까 내 말은 현실적으로 성취감을 느끼기가 불가능하다는 얘기예요."

충고가 심하다고 생각했는지 브론스키 부인은 내 손 위에 자신의 손을 다정하게 포갰다.

브론스키 부인은 나이 먹은 사람이라고 스스로 표현했지만, 그렇다고 내 어머니뻘은 아니었다. 내 짐작에 그녀는 쉰 살쯤 된 것 같았다. 나보다 겨우 열 살 정도 많은 거였다. 몇 년 전 상트페테르부르크에서 낙마 사고를 당해 왼손을 제대로 펴지 못하게 되었고 피아노 연주자의 삶도 끝났다. 대신 그녀는 러시아에서 가장 훌륭한 선생님이 되었으며, 이곳 뒤셀도르프의 음악원에서 학장직을 제의받고 고국을 떠났다. 내가 몇 달 전에 어찌어찌해서 브론스키 부인의 제자가 된 것은 내게 재능이 있어서가 아니다. 나는 뻔뻔했고 그녀에게 수업료를 지불할 수 있었을 뿐이다.

"저를 더 가르치고 싶지 않다는 뜻입니까?"

나는 꼭 버림받은 연인처럼 물었다. 브론스키 부인이 또 한 번 씁쓸하게 미소를 지었다.

"뒤셀도르프의 고참 경찰관인 학생을 앞에 두고 내가 어떻게 솔직하지 않을 수 있겠어요? 사실 저는 경위님 돈을 부당하게 받는 느낌이 들어요."

이번에는 내가 그녀의 손에 내 손을 포갰다.

"솔직하게 말해 줘서 고마워요. 그러나 나는 정말이지 계속하고 싶어요."

브론스키 부인은 크게 한숨을 내쉬고는, 베토벤 악보를 들고 우리가 연습하던 부분을 펴서 내 앞의 악보대에 놓았다. 그리고 조용하게 말했다.

"그럼 다시 한 번 해 봐요. 작품 7번은 '알레그로 몰토 에 콘 브리오(Allegro molto e con brio, 아주 빠르고 활기차게)'라고 표시되었다는 걸 잊지 마세요. 그러나 일단 그 절반 속도로 연주해 보세요. 왼쪽의 8분 음표들을 보면서 페달을 아주 살짝 밟아요. 선명하게 딱 끊어지는 소리가 나야 해요."

첫 악장의 열두 소절쯤 연주했을 때 문을 거칠게 두드리는 소리가 났다. 그 바람에 연주를 멈춰야 했다.

"선생님, 잠깐만요."

나는 이렇게 말하고 피아노 의자에서 일어나 문으로 갔다. 문을 여니 이웃에 사는 나이 지긋한 독신 남자 둘이 불만스러운 표정으로 서 있었다. 그들은 고위 공무원으로 퇴직했는데 괴팍하기로 소문나 있었다.

"죄송합니다. 시끄러워서 오신 것 같은데……."

내가 말했다.

"아닙니다. 우리는 박자에 불만이 있어서 왔습니다."

그들이 대답했다.

뒤셀도르프에서의 삶은 그런 식이었다. 베토벤 소나타의 한 악절을 연주하면 조금 있다가 생전 처음 보는 괴팍한 영감 둘이 찾아와서는 연주가 잘못되었다고 아무렇지 않게 충고를 했다. 내가 20년 전 젊은 시절에 경찰 일을 시작했던 함부르크 같은 도시에서라면 그런 일은 절대 없었을 것이다. 내 말은, 내가 함부르크에서 베토벤 피아노 소나타 작품 7번을 잘못 연주했다면 그 소리를 듣는 누군가는 뭐라 말도 못하고 혼자 괴로워했을 거라는 뜻이다. 함부르크는 뒤셀도르프 북서쪽에 있는데, 독일을 조금이라도 아는 사람이라면 독일의 북쪽과 서쪽으로 갈수록 사람들이 말이 없다는 걸 알게 된다. 실제로 빌헬름스하펜 같은 도시처럼 최북서부로 가 보면, 사람들이 어찌나 말이 없는지 놀랄 정도다!

뒤셀도르프는 대부분의 다른 도시들과 확연히 구분된다. 뒤셀도르프에는 베를린 사람들처럼 완고한 독재주의자도 없고, 슈투트가르트 사람들처럼 뼈가 부서지도록 부지런히 일하는 사람들도 없으며, 정말 다행스럽게도 냉혈한인 프랑크푸르트 사람들처럼 그리스 신전 모양으로 지어진 은행들에 갇혀 깃펜으로 장부에 숫자를 적어 넣는 일만 하면서 인생을 보내는 사람들도 없다.

뒤셀도르프는 살아 있다. 그리고 나는 뒤셀도르프에 살고 있다. 내가 베토벤 피아노 소나타 7번 1악장을 제 속도로 연주할 수 있을 만큼 오래 살지 못한다고 해도, 적어도 내 인생은 '알레그로 몰토 에 콘 브리오'로 살았노라고 당당하게 주장할 수 있다.

나는 브론스키 부인에게서 피아노를 배우고 나면(연습을 마치면 흥분과 피로의 중간 상태가 되었다) 꼭 코냑을 넉넉하게 한 잔 따라 마시며 적막함을 즐기곤 했다. 내가 임명한 이웃집의 음악 비평가들처럼 나도 독신이라 좀처럼 얻기 힘든 그런 평화로운 시간을 함께할 사람이 없다(가끔 헬레나 베커라는 첼로 연주자가 우리 집을 방문하곤 하는데, 그 얘기는 나중에 더 하기로 하자). 그날도 나는 좋아하는 의자에 푹 파묻혀 팔다리를 축 늘어뜨리고 혼자 코냑을 홀짝거리며 생각이 텅 빈 공간을 떠돌도록 내버려 두었다. 그때 또 문을 두드리는 소리가 났다. 세게 문을 두드리는 소리에서 긴박함이 그대로 전달되었다. 나는 이미 경찰서에서 고된 하루를 보내고 이어 브론스키 부인과 한 시간 동안 힘들게 피아노 연습을 한 터라 "당장 꺼져!"라고 소리를 지르고 싶었다. 그러나 투덜거리며 의자에서 일어나 문을 열었다.

문 앞에는 중년의 여인이 숨을 몰아쉬며 당장 쓰러질 듯한 모습으로 서 있었다. 여인은 숨을 헐떡이며 간신히 이렇게 물었다.

"프라이스 경위님이신가요?"

그러더니 내 대답을 기다리지도 않고 작은 봉투 하나를 건네주고는 휙 돌아서서 계단을 내려갔다.

"잠깐만요! 물을 좀 드릴까요?"

나는 그 가련한 여인이 3층 아래에 있는 출구까지 가기 전에 쓰러질 것만 같아서 소리쳤다.

“아니, 아니에요. 빨리 가 봐야 해요.”

여인이 걸음을 멈추지도 않고 대답했다.

“누가 보낸 겁니까?”

그러나 대답이 없었다. 그녀를 따라가 봐야 소용이 없을 것
같았다. 나는 문을 닫고 봉투를 뜯었다.

내가 메모를 받은 것은 그해 3월 하순 저녁 9시가 막 넘은 시간이었다. 알고 보니 메모를 전한 사람은 슈만 부부 집에서 일하는 하녀였다. 메모에는 안주인인 클라라 슈만의 이름이 적혀 있었다. 얌전하고 정돈된 필체로 폐를 끼쳐 죄송하다는 말과 함께 지금 당장 자신의 집으로 와 달라는 긴박한 내용이 씌어 있었다. 그 시간에 뒤셀도르프의 어둡고 황량한 거리에서 마차를 잡기란 쉽지 않은 일이었다. 그래도 다행히 빌커 가 15번지에 위치한 그 집 현관 시계가 10시 15분을 알릴 때 집 안으로 들어설 수 있었다.

거실에서는 집주인 로베르트 슈만 혼자 나를 기다리고 있었다. 헐렁한 모직 겉옷을 걸치고 다 낡은 가죽 슬리퍼를 신은 채였다. 난 그 집에 처음 갔고 우린 가까운 친구나 지인도 아닌데 그런 차림으로 있다는 것이 의아했다. 게다가 그는 머리도 빗지 않았고, 면도도 하루나 이틀은 하지 않은 듯했다. 그는 힘없이 나와 악수를 나누었다. 그 손가락이 차갑고 축축했다.

슈만은 후줄근한 모양새에 대해 아무 변명도 하지 않았다. 나는 음악 천재라는 그의 명성을 떠올리면서, 고상한 모습과 창작의 재능은 당연히 아무 관계가 없다고 생각했다. 예술가는 예술가일 뿐이야. 그게 다야. 나는 이렇게 혼잣말을 했다.

우리는, 아니 정확히 말하면 나는 거실 난로 옆에 서 있었다. 슈만은 거실을 왔다 갔다 하면서 그맘때면 온몸에 배어드는 축축한 냉기를 몰아내려는 듯 양손을 비볐다. 난로 안에서 탁탁 소리를 내며 꺼져 가는 불을 다시 때고 싶기도 했지만, 집주인의 창백한 얼굴에 드리워진 표정을 보자니 그 순간 우리에게 닥친 일에 비하면 몸 녹이는 일은 중요하지 않다는 느낌이 들었다. 내가 어색한 침묵을 깨며 말했다.

"부인이 보내신 메모를 봤는데, 부인께 뭔가 심각하고 급박한 일이 생겼나 봅니다."

"이건 아내하고는 상관없는 일이오."

슈만이 딱 잘라 말했다. 냉랭한 그 목소리를 들으면서 나는 그들 부부가 어쩌면 심각한 불화를 겪고 있을지도 모른다고 짐작했다. 나는 미혼이긴 했지만 낯설지 않은 결혼 생활의 모습이었다.

"프라이스 경위, 어떤 사람이 일부러 나를 미치게 하고 있소."

"죄송하지만 무슨 말씀인지 모르겠습니다."

슈만이 갑자기 걸음을 멈추더니 머리를 한쪽으로 기울였다. 그리고 굵고 낮은 목소리로 내게 말했다.

"그 소리가, 그 소리가 들려요. 내 귀를, 그 소리가, 내 고막을 찢고 있다니까. 소리가 들리오?"

"작곡가 선생님, 뭐가 들린다고요?"

"A음…… 빌어먹을 A음이 끊임없이 들리잖소!"

그 순간 그를 정말 화나게 만든 것이 무엇이었는지, 그가 들린다고 주장한 소리였는지 아니면 몹시 당황스러워하는 내 표정이었는지는 잘 모르겠다.

"음계에서 중간 C음 바로 위에 있는 A음이 들리는데…… 소름 끼치는 소리굽쇠에서 나는 소리 같기도 하고, 어떤 때는 오보에에서 나는 소리 같기도 하다오. 아, 잠깐, 지금은 피아노 건반에서 소리가 나는군! 안 들린다고는 하지 마시오, 프라이스 경위."

내 청력은 시력만큼이나 정확하지만 나는 아무 소리도 듣지 못했다. 그리고 거실을 빠르게 훑어보았지만 그를 미치게 할 정도로 괴롭힐 만한 것을 전혀 발견하지 못했다. 커다란 그랜드 피아노 두 대가 서로 맞닿은 채 서 있긴 했어도 두 대 모두 건반 뚜껑이 닫혀 있었다. 그러니 유령의 짓이 아니고서야 그 불쌍한 영혼이 머리카락을 쥐어뜯을 만한 소리를 허공에 내보낼 수 없는 노릇 아닌가. 내가 조심스럽게 물었다.

"누군가 선생님 귀에 아주 거슬리는 A음을 일부러 내는 것이 확실합니까? 그러니까, 사람들이 일상적인 일을 하다 보면 그럴 의도가 전혀 없어도 아주 짜증스러운 소리를 낼 수가 있다는 말입니다."

슈만이 한마디로 잘랐다.

"말도 안 되는 소리!"

그 말투가 무례하게 들렸다. 천재라도 상대방에게 최소한의 예의는 지켜야 한다는 게 내 생각이었다.

"작곡가 선생님, 저는 어떻게든 도와드리려는 것뿐입니다."

그리고 좀 더 단호하게 덧붙였다.

"아무래도 이 얘기는 나중에 하는 것이……."

신경질적인 내 목소리가 효과를 낸 게 틀림없었다. 슈만이 대답했다.

"아, 미안하게 됐소. 경위가 나를 멍청한 인간 취급하는 것 같아서……. 나도 이 주변을 웬만큼은 알고 있다오."

경찰서에 근무했기 때문에 나는 뒤셀도르프의 모든 구석구석과 길거리와 뒷골목을 훤히 꿰고 있었고 심지어 하수 시설까지도 파악하고 있었다. 그뿐만 아니라, 도시의 한쪽 끝에서 다른 쪽 끝까지 있는 주요 건물들도 빠짐없이 알고 있었다.

"근처에 루터 교회가 있습니다. 오르간 연주자가 연습할 때 열린 교회 문이나 창문으로 오르간 소리가 새어 나오는 경우가 종종 있어요. 강 쪽으로 두 블록 가면 주물 공장이 있죠. 이따금 일꾼들이 쇳덩이를 두들기는 소리가 들리기도 합니다. 쇠붙이를 망치로 두들기는 소리가 음악 소리 비슷하게 들리기도 하고요."

이번에는 슈만이 고개를 양옆으로 세차게 흔들었다.

"작곡가 선생님, 그렇다면 종에서 나는 소리는 아닐까요? 집 안에 종이 있습니까? 시계에서 나는 소리일 수도 있고, 혹시 바깥에 풍경이 있다면 바람이 불거나 사람들이 지나갈 때 움직이면서 나는 소리일 수도 있습니다."

슈만이 잠시 생각에 잠겼다.

"종이라고는 경위가 들어올 때 들었던 현관 시계에 달린 종뿐이오. 나는 절대음감을 갖고 있어요. 그런 것에서 나는 소리는 E플랫이란 말이오. 그런 식으로 기계적인 답을 찾는 것은, 다시 말해 내게 일어난 일을 상식적으로 설명하려는 것은 시간 낭비일 뿐일 것 같소만."

내가 말했다.

"내일이 되면, 그러니까 밤에 푹 자고 나면……."

"푹 잔다고 했소? 맙소사, 밤에 푹 잔다는 게 어떤 건지 잊어버린 지 오래요. 프라이스 경위, 나를 보시오. 베개에 그저 머리만 갖다 대면 꿈나라로 갈 수 있는 사람처럼 보이오? 단 한순간이라도 편안해지려면, 한순간이라도 쉴 수 있으려면 밤마다 정신을 잃을 때까지 술을 마셔야 한단 말이오. 그러나 그럴 때도 그 소리가…… 그 소리가…….”

슈만의 목소리가 점점 잦아들었다. 슈만은 구겨진 옷과 너덜너덜한 슬리퍼 차림으로 마치 조난당한 사람마냥 지친 표정으로 아무 말 없이 내 앞에 서 있었다. 내가 말했다.

“내일 날이 밝는 즉시 제가 이 일을 조사해 보겠습니다. 제 말을 믿으세요. 이 문제의 진상을 밝히기 위해 최선을 다하겠습니다.”

“아니, 안 될 말이오.”

슈만이 내 팔을 잡으며 울부짖었다.

“내일 아침까지 기다릴 수가 없어요. 내가 지금 얼마나 고통스러운지 모르겠소? 지금 당장, 오늘 밤에 시작해야 한단 말이오.”

내가 대답했다.

“작곡가 선생님, 많이 괴로우신 건 충분히 알겠습니다. 그렇지만…….”

슈만이 내 팔을 잡은 손에 힘을 주었다.

“그러니 당신도 지금 내게 그냥 생색만 내겠다는 거요? 다른 사람들과 똑같군. 아내나 의사나 친구라고 하는 인간들과 다를 게 없어. 당신도 내가 미쳤다고 생각하고 내일 아침이 되면 불쌍하고 늙은 슈만이 어디 정신병원 같은 데로 끌려가 있기를 바라겠지. 그러면 이 말도 안 되는 일에서 벗어났다고 안심하겠지. 프라이스 경위, 솔직히 말해 보시오. 당신 생각이 그런 건 아니오?”

그 사람 말이 옳았다. 그러나 로베르트 슈만이 이렇게 내 마음을 정확히 읽을 만큼 영리한데 어떻게 내가 그를 미쳤다고 생각할 수 있겠는가?

 코트를 어깨에 걸치고 불빛이
희미하게 비치는 현관으로 걸어가는데 2층으로 이어지는 계단
이 눈에 띄었다. 놀랍게도 계단 맨 꼭대기 층계참에 클라라 슈
만이 서 있었다. 연노란색 긴 겉옷을 입고 허리에는 옷과 어울
리는 단순한 모양의 새틴 허리띠를 매고 있었다. 발에는 슬리퍼
를 신은 채였다.

"안녕하세요, 경위님."

클라라 슈만이 나를 내려다보며 인사했다. 그 목소리에는 자
신이 내게 전갈을 보내긴 했어도 내 존재가 그리 달갑지는 않다
는 뜻이 분명하게 드러났다.

클라라 슈만이 오른쪽 손가락 끝으로 난간을 가볍게 잡고 왼쪽 손으로는 이마에 흘러내린 머리카락을 쓸어 올리면서 계단을 내려왔다. 머리를 꼿꼿이 들고는 걸을 때마다 오른쪽 발을 천천히 앞으로 내밀었다. 마치 여배우가 입장하는 듯한 모습이었다.

클라라 슈만이 계단 맨 아래 칸에 잠시 멈추자 나는 그녀의 모습을 아주 똑똑히 볼 수 있었다. 몸 안에서부터 부드러운 불빛이 새어 나오는 것처럼 클라라 슈만의 안색은 무척 창백했다. 당당한 눈빛으로 조금도 흔들림 없이 나를 바라보는 바람에 나는 시선을 돌려야 했다. 클라라 슈만이 별 뜻 없이 계단 맨 아래 칸에서 멈춘 것은 아니라는 생각이 들었다. 그렇게 해서 그녀는 원하는 대로 나와 같은 높이에 서게 된 것이다.

클라라 슈만이 갑자기 밝은 표정으로 말을 하는 바람에 나는 또 한 번 놀랐다.

"이렇게 경위님과 마주 서 있으니 우리가 이전에도 만난 적이 있는 것 같군요."

그러면서 클라라 슈만은 내게 의미심장한 미소를 지었다. 나도 웃어 보였다. 얼굴이 화끈 달아오르는 느낌이었다.

"네, 그렇습니다, 부인. 만난 적이 있습니다."

"물론 기억이 나죠. 음악회 모금 행사였어요. 경위님은 경매에서 제가 서명한 연주곡 하나에 아주 후한 값을 불러 주셨죠."

내가 대답했다.

"낙찰되어서 기뻤습니다. 그런데 한 가지 말씀드리자면 그 곡을 사느라 제 한달 치 월급 대부분을 써야 했답니다. 뭐, 불만이라는 얘기는 절대 아닙니다. 씁쓸한 얘기지만 경찰들이 받는 보수는 생각만큼 많지 않거든요. 어쨌든 그 곡은 그만한 가치가 있었습니다. 그건 확실합니다."

"정말 친절하시군요. 놀랍기도 하고요."

"어떤 점에서 말입니까?"

"두 가지 점에서요. 우선 경찰이 갖춰야 하는 조건 중에 매력도 포함된다는 사실을 몰랐어요. 둘째, 범죄를 다루는 경위님이 음악에도 관심이 있을 거라는 생각은 한 번도 해 보질 못했어요. 솔직하게 말씀해 주세요. 그날 밤에 어떻게 그 음악회에 오게 된 거죠?"

클라라 슈만이 다그치듯 말했다.

"제가 추측해 볼게요, 경위님. 리하르트 바그너와 에두아르드 한슬릭이 그 음악회에 참석할 것이고 그중 한 사람이 상대방을 살해할 거라는 소문을 들으신 거예요."

클라라 슈만이 짧은 농담 끝에 낮은 소리로 웃었는데, 그 모습이 무척 매력적으로 보였다.

"부인, 바그너와 짓궂은 비평가 사이의 대립은 독일의 모든 경찰이 늘 신경을 곤두세우고 있는 문제입니다. 다행히도 한슬릭은 부인과 슈만 선생님에 대해 늘 호의적으로 평하더군요."

내 말에 클라라 슈만은 뜻밖의 대답을 했는데, 그 말이 한편으로 재미있기도 했다.

"사실, 에두아르드 한슬릭은 미사를 거행하는 대주교만큼이나 거만하답니다. 그러니까 말이죠, 그가 신문에서 바그너에게 마지막 의식을 알릴 때마다 남편과 나는 공손히 무릎을 꿇고 짤막하게 감사 기도를 하죠."

마치 둘이서 비밀 얘기라도 주고받는 것처럼 클라라 슈만이 목소리를 낮췄다.

"자, 경위님, 말씀해 주세요. 어떻게 그 음악회에 오게 된 거죠?"

"부인, 믿으시든 안 믿으시든 저는 음악을 좋아하는 사람입니다. 피아노 연주 실력은 오랑우탄보다 조금 나은 정도지만요. 운이 좋게도 헬레나 베커와 알게 되었는데……."

"아, 그렇군요."

클라라 슈만의 표정이 환해졌다. 헬레나 베커의 이름을 말한 것만으로도 갑자기 내 위치가 높아진 것 같았다.

"헬레나 베커는 뒤셀도르프 현악 4중주단의 첼로 연주자죠. 꽤 예쁘기도 하고요."

"부인, 생각해 보니 제가 슈만 선생님의 4중주곡 41번(슈만은 그 세 곡을 펠릭스 멘델스존에게 바쳤다)을 처음 들은 것이 뒤셀도르프 공연에서였습니다. 나중에 그곳 리셉션에서 베커 양과 인사를 나눴고요."

그때 로베르트 슈만이 현관에 모습을 나타냈다. 슈만은 갑자기 흥미가 생겼다는 듯 눈썹을 치어올리며 말했다.

"프라이스 경위, 어떻게 그 곡을 좋아하게 되었소? 4중주곡 말이오. 어느 비평가는 「베를리너 차이퉁」에서 그 곡이 내 최고의 현악 작품이라고 말했다오. 베토벤의 곡과 비교해도 말이오."

나는 그 곡이 훌륭하다고 생각했으므로 주저하지 않고 슈만에게 그렇게 말했다. 그러나 다음 순간, 내가 실수했다는 것을 알았다.

"들었소, 클라라?"

슈만이 재판관에게 호소하듯 두 팔을 내뻗으면서 말했다.

"어딜 가나 사람들은 내게 아첨을 하지 못해 안달이지. 나를 마치 진실을 말하면 안 되는 허약한 온실 속 화초처럼 대한다니까."

"그러나 선생님, 저는 오직 진실을 말한 겁니다. 제 말을 믿어 주십시오."

내가 흥분해서 말했다.

클라라 슈만이 계단의 마지막 한 칸을 내려와 바닥에 섰다. 클라라 슈만은 남편보다 꽤 많이 작았지만 어찌된 일인지 내 눈에는 더 커 보였다. 클라라가 모질게 들릴 만큼 딱 부러지는 말투로 남편에게 말했다.

"여보, 내가 지난 몇 달 내내 한 얘기가 바로 그거예요. 당신은 칭찬을 절대로 받아들이지 않으려고 해요. 어찌된 일인지 화창한 하늘에서 검은 구름만 찾으려고 한다고요."

클라라 슈만이 이번에는 나를 보며 말했다.

“프라이스 경위님, 제 남편에게 필요한 것은 탐정이 아니라 의사예요. 남편이 경위님께 무슨 얘기를 했든 상관없이 이것은 범죄 문제가 아니라 의학적인 문제예요.”

이 말이 끝나기 무섭게 대작곡가가 폭발했다.

“내가 프라이스 경위에게 무슨 얘기를 했는지 도대체 당신이 어떻게 안단 말이오?”

“꼭 알고 싶다면 말씀드리죠. 계단 꼭대기에서 서서 한마디도 빠짐없이 다 들었어요.”

“그러니까 당신은 비밀 얘기를 엿들었다는 말이군.”

“세상에, 나는 당신 아내예요. 아픈 남편에 대한 비밀 얘기를 아내가 듣는 것은 엿듣는 게 아니에요.”

클라라 슈만이 다시 나를 돌아보았다.

“경위님은 제 남편의 상태가…… A음의 문제라고…… 그러니까 남편에게 어떤 끔찍한 일이 벌어지고 있다고 정말 믿는 건가요?”

클라라 슈만이 빈정거리는 말투로 물은 것은 아니었지만 모든 일이 어처구니없다고 한 점 의심 없이 믿고 있었다.

“부인, 제가 이것을 믿는지 아니면 저것을 믿는지 묻고 계시군요. 저는 명확한 근거가 밝혀질 때까지는 의심을 그저 의심 상태로 둘 뿐입니다. 어떤 것도 믿지 않습니다. 그러나 한 시간 동안 충분히 보고 들었으므로 슈만 선생님의 의혹을 조사하겠다는 약속을 하지 않고는 도저히 이 집을 나갈 수가 없었습니다. 그리고 그 조사는 빠르면 빠를수록 좋겠지요."

클라라 슈만이 성난 목소리로 말했다.

"그러니까 경위님은 제 말 중 단 한마디도 고려해 볼 가치를 못 느낀다는 얘기군요."

클라라 슈만은 동정과 경멸이 뒤섞인 표정으로 남편을 바라보았다. 그리고 남편에게 시선을 고정한 채 말했다.

"경고하는데요, 경위님은 분명 좋지 않은 결과를 보게 될 겁니다."

내가 대답했다.

"그럴지도 모르죠."

나는 밖으로 나왔다. 거리의 냉기는 내가 방금 나온 집 안에서 느낀 냉기보다 더 섬뜩하게 살갗을 파고들었다.

집에 돌아와서 네덜란드 진을 잔에 적당히 부어 한 모금 마셨다. 독한 술이 가는 용암 줄기처럼 목을 타고 흘러내렸다. 술을 한 모금 마시면 안정이 될 거라고 생각했지만 오히려 더 불안해졌다. 이제 막 새벽 한 시가 지났고 잠은 완전히 달아났다.

거실을 가로질러 커다란 창문으로 가서 묵직한 커튼을 열고 건너편에 있는 작은 공원을 내려다보았다. 바깥은 황량했지만 공원 입구의 화려하게 장식된 문에 매달린 여러 개의 키 큰 가스등에서 부드럽게 반짝거리는 노란 불빛은 따뜻하고 편안한 느낌을 자아냈다. 내 집은 호화롭다고 할 수는 없었지만 편안했고 모든 것이 갖춰져 있어 나는 집에 있는 것이 좋았다.

그러나 더 좋았던 것은 독일에서, 아니 유럽 전체에서 가장 유명한 부부의 사적인 생활, 내 태생과는 까마득히 거리가 먼 세상에 들어갈 수 있게 되었다는 사실이었다.

내가 1820년에 태어났을 때 츠비켄이라는 마을은 가난한 농촌의 심장에 있었다. 그곳을 '심장'이라고 하는 것이 썩 어울리는 표현은 아닐지도 모르겠다. 그 도시는 피를 거의 뿜어내지 못했기 때문이다. 그저 오랜 세월을 지나며 차츰 허물어져 가는 초라한 집과 상점들이 몸체를 지탱하기 위해 다닥다닥 모여 서로 기대 서 있을 뿐이었다. 뒷마당에서는 동네 바보처럼 아무 뜻도 없이 울어 대는 닭과 거위 소리가 들렸다. 암퇘지가 새끼에게 젖을 먹이려고 옆으로 누우며 꿀꿀거리는 소리도 이따금씩 들렸다. 말과 소들이 포장이 안 된 길에 자기들의 흔적을 남긴 탓에, 사람들은 막 걸음마를 배우기 시작한 아이들처럼 조심조심 거리를 건너야 했다.

내가 태어나기 얼마 전에 나폴레옹 보나파르트의 보병과 포병이 발을 질질 끌고 포를 몰고 하면서 우리 마을로 들어왔다. 우리 마을을 츠비켄 근처에 있는 더 중요한 마을인 츠비카우와 혼동한 것이다. 자신들의 실수에 화가 난 프랑스 군대는 그 화풀이를 마을 사람들에게 했다. 지휘관들이 못 본 체해 주는 틈을 타 병사들이 상점을 약탈하면서 상점 선반이 모두 텅텅 비어 버렸다. 더 기가 막힌 일은, 오랜 외지 생활에서 오는 지독한 절망감을 이기지 못한 점령군들이 젊은 여자들을 맹렬히 추격하여 괴롭히거나 강간했다는 것이다.

나폴레옹 병사들이 츠비카우를 향해 떠나던 날, 그들이 휩쓸고 간 마을에는 조금의 기운도, 자원도, 그리고 무엇보다 조금의 품위도 남아 있지 않았다. 마을 사람들은 상처를 핥고 흉터를 치료하느라 정신이 없었다. 츠비켄의 존재 이유는 프랑스 민병들이 마지막으로 남기고 간 발자국처럼 점점 희미해졌다.

나의 아버지 볼프강 프라이스는 츠비켄의 간선도로 옆에서 작은 양복점을 운영했다. 당시 마을 사정으로 볼 때 당연한 일이겠지만, 아버지의 상점에는 일거리가 별로 없었다. 그래서 아버지는 날이면 날마다, 그리고 무수히 많은 밤을 아버지가 가장 소중하게 여기는 일에 빠져들었다. 바로 소설을 쓰는 일이었다. 아버지는 교육을 많이 받지는 못했지만 괴테나 쉴러를 비롯한 여러 유명한 독일 작가와 시인들의 작품을 읽었고, 언젠가 문학계가 마침내 깨어나서 아버지의 특별한 천재성을 알아보는 날이 되면 작품으로 그들 작가들과 같은 위치에 서리라고 꿈꾸었다.

아버지는 당신이 죽고 세월이 흐른 다음 공상가의 사색적인 이야기를 쓴 작가로 사람들의 입에 오르내리는 자신의 모습을 그리곤 했다. 상상을 글로 옮길 수만 있다면 꿈은 꼭 이루어질 것이라고 아버지는 확신했다. 아버지는 이런저런 생각을 소설로 썼는데, 그 소설에서 발명가이기도 한 주인공은 예언자가 되었고 그의 땅에서는 아무 영예도 얻지 못했지만 죽고 나서야 진정한 이상가로 인정을 받았다. 아버지는 이런 주제를 인생 최고의 비극으로 여겼다.

아, 그러나 아버지의 소설은 여러 출판사에서 거절을 당했다. 양복점 일과 아버지가 꿈꾸는 작가라는 직업 사이에서 우리 가족의 빈곤한 경제 사정은 날로 악화되었다.

오랫동안 고통스러운 낮과 불안한 밤을 보내야 했던 어머니는 차라리 하늘이 무너져서 끝도 없어 보이는 비극이 끝나길 바랐다. 금방이라도 쓰러질 듯한 우리 집은 마을의 놀림거리가 되기도 했다. 겨울이면 동네 사람들이 우리더러 집안의 냉기가 바깥으로 새 나오지 않도록 문이며 창문을 꼭꼭 닫아 두라고 사정하기도 했다.

유달리 추웠던 1월의 어느 날이 지나고 나서 어머니는 엄청난 인내심의 경계를 마침내 무너뜨렸다. 어머니는 분을 더 참지 못하고 소리쳤다.

"이 집안 꼴 좀 보세요! 희망도 없이 참담하게 버려진 집을 보란 말이에요!"

아버지가 잠시 생각에 잠기더니 알았다는 듯 고개를 끄덕였다.

"여보, 나는 마음에 들어……. 그래, 정말 아주 멋지다고 생각하오."

어머니는 기가 막힌다는 표정으로 아버지를 바라보았다.

"이 집이 좋다고요?"

"아니, 그게 아니오."

아버지가 얼른 대답했다.

"당신이 방금 전에 했던 표현을 두고 하는 말이오."

아버지는 말을 잠깐 멈추고 무너져 내리는 천장을 올려다보았다.

"아, '희망도 없이 참담하게 버려진 집'이라……."

아버지는 잠깐만 기다려 달라고 하고는 책상으로 부리나케 가서 어머니가 했던 말을 너덜너덜한 작은 공책에 적었다.

어머니는 아버지를 쫓아가며 계속 고래고래 소리쳤다.

"여보, 내 말 좀 들어 보란 말이에요. 우리 식구는 이제 당신의 야망이라는 불안한 문턱에 손가락 끝으로 더 매달려 있을 수가 없어요! 내 말을 듣는 거예요?"

"제발, 여보. 제발."

아버지가 애원했다.

"조금만 천천히 말해 줘. 그렇게 빨리 쓸 수가 없잖소. '불안한 문턱' 다음에 뭐라고 했더라?"

그런 식이었다. 어머니의 혀에서는 글이 될 만한 말이 저절로 흘러나오는 것 같았다. 그리고 아버지는 가족 중 유일하게 자신만이 배운 사람이라고 늘 주장했고, 점점 허구와 현실을 구분하지 못했다.

여동생 일제와 내 얘기를 하자면, 우리는 상상 놀이를 하면서 놀았다. 원래는 우리가 독일 귀족의 자녀였는데, 어느 사악한 마녀가 잘생기고 멋진 우리 아버지에게 구애를 했다가 거절당하자 앙심을 품고 우리를 이 초라한 집으로 보낸 거라고 상상했던 것이다. 동생과 나는 둘이 앉아 이런 말을 하곤 했다. 조금 있으면, 이제 조금만 있으면 여덟 마리의 흰색 말이 끄는 마차가 우리 집 앞에 덜거덕거리며 서고, 귀족인 아버지가 우리에게 어울리는 호화로운 집으로 우리를 데려갈 거야.

우리는 어린 시절을 대부분 그렇게 보냈다. 아버지는 언젠가는 유럽 문학가들의 입에 '괴테'라는 이름 대신 '볼프강 프라이스'라는 이름이 오르내릴 것이라는 공상을 키웠다. 어머니는 언젠가는 신기하게도 외모가 전혀 변하지 않은 채 미망인이 되어 가족을 충실하게 부양하는 남자를 두 번째 남편으로 맞을 거라는 공상을 키웠다. 여동생과 나는 귀족 가문으로 다시 돌아가게 되면 맹목적으로 우리를 사랑해 주는 하인들의 손에서 좋은 집안의 아이들답게 자랄 것이라는 꿈을 꾸었다.

어린 내가 한 가지 행운을 타고 났다면 공부, 특히 과학에 소질이 있었다는 것이다. 중등학교 시절에 화학과 물리학 선생들은 내가 과학에 특별한 재능을 가지고 있다는 것을 알았다. 졸업반이 되자 선생들은 나 같은 처지의 아이들이 받을 수 있는 장학금을 신청해 보라고 이야기해 주었다. 그렇게 해서 열여덟 번째 생일을 며칠 앞둔 어느 날 나는 난생처음 집을 떠나기 위해 츠비켄의 좁은 철도역에 서 있었다. 함부르크에 있는 국립 경찰 아카데미에 입학할 생각이었다. 드디어 자유를 얻었다!

어머니와 여동생은 너무도 슬퍼한 나머지 역까지 나오지도 못했다. 그 시절에 나는 이해심이라고는 별로 없었기 때문에, 슬픔을 이기지 못하는 엄마와 여동생을 보며 그들의 감정 중 1퍼센트는 슬픔이고 99퍼센트는 시샘일 거라는 의심을 지우지 못했다. 내가 플랫폼에 서서 기차를 기다리고 있는데, 아버지가 나를 데리고 한쪽으로 가더니 양 어깨를 붙잡고 내 눈을 빤히 바라보며 말했다.

"아들아, 무엇보다 이건……."

아버지는 말을 하다 말고 멈췄다. 아버지의 마음속에 있는 어떤 생각이 거대한 진흙더미처럼 우리 두 사람 머리 위를 잠시 떠도는 것 같았다.

"아버지, 뭐가요?"

내가 물었다.

"무엇보다 이건 말이다."

아버지가 이 말을 반복했다. 그러더니 또 다시 말을 멈추고는 역에 우리밖에 없는데도 혹시 엿듣는 사람이 있는지 주위를 둘러보며 확인했다. 아버지는 그제야 목소리를 낮추며 말했다.

"헤르만 프라이스, 다른 것은 모두 잊어도 이것만은 기억해라. 돌발 상황을 경계해라!"

그때 아버지와 나의 관계는, 아버지의 충고나 주변 세상에 대한 아버지의 인식에 내가 의문을 제기하거나 의심을 절대 품지 못하는 그런 관계였다. 그런 관계가 만들어진 것은, 당시 독실한 가정에서는 부모에 대한 존경과 복종이라는 엄격한 규율이 존재했기 때문이었다. 그러나 나중에는 아버지라는 사람이 확실한 바보였기 때문에 어떤 주제에 대해 그와 논쟁하는 것이 의미가 없어 보였기 때문이었다.

아버지와 함께 서서 기차를 기다리는 동안 아무렇게나 면도한 아버지의 심각한 얼굴을 보았다. 내가 모르는 것을 아마도 자신은 알 거라는, 그럴 가능성이 조금은 있을 거라는 그런 표정이었다. 아버지를 안심시켜 주고 싶은 마음에 나는 마음에도 없는 말을 반복했다.

"돌발 상황을 경계해라."

"옳지, 착하지!"

아버지가 기특하다는 듯 머리를 끄덕거렸다. 그리고 이렇게 설명했다.

"헤르만, 너도 알겠지만 좋은 돌발 상황이라는 건 없단다. 돌발 상황은 예외 없이 모두 나쁜 거야. 죽음, 부정, 파산……. 갑자기 노크 소리가 나고, 헉! 네가 시체가 되어 있거나 다른 여자와 바람을 피우다가 걸린 것일지도 모르지. 아니면 뻔뻔스러운 수금원이 와서 네 바지를 가지고 가는 것일 수도 있어. 거리에서 일어나는 폭동도 있구나. 아, 물론 병도 있지. 밤에 그냥 물 한 잔을 마셨는데, 다음 날 아침이면 네 몸이 불같이 뜨거워지면서 보라색 점들로 뒤덮이는 거지!"

마지막 순간까지 그런 주의를 들으면서 나는 그 노인네가 좋아하는 코담배를 지나치게 들이마셔서 모자에 대고 재채기를 하는 게 분명하다고, 내 외투 안감에 꿰매 놓은 얼마 안 되는 지폐를 걸고 내기라도 하고 싶은 심정이었다.

비록 나는 츠비켄 밖으로 사방 10킬로미터 이상은 가 본 적이 없었지만, 그런 나도 아는 사실이 있었다. 함부르크 같은 항구도시에서 멀리해야 할 수많은 해악 중에, 무해한 물은 우선순위에 절대 속하지 않는다는 것이다. 함부르크의 강가가 거대한 개방 하수이며, 거기에는 인간들이 버린 쓰레기와 버려진 사람들이 물에 아무렇게나 섞여서 좀처럼 구분이 안 간다는 것은 독일에서 이미 비밀도 아니었다. 도시의 인도와 그늘진 통로는 24시간 매춘부들로 술렁거렸는데, 그들은 한 손으로는 몇 분간의 쾌락을 제공해 주고 다른 한 손으로는 평생 고생할 성가신 피부병을 안겨 주었다. 그에 비하면 물은 전혀 해로운 축에 들지 않았다!

사실이 어떠하든 나는 츠비켄에서의 마지막 몇 분을 기분 좋게 보내기로 마음먹었다. 그래서 이렇게 말했다.

"고마워요, 아버지. 아버지가 들려주신 지혜로운 말씀을 기억하도록 노력할게요. 정말로 현명한 분의 아들로 태어난 것이 축복이라고 생각해요."

아버지가 갑자기 내 눈을 아주 깊이 바라보며 말했다.

"그래, 아들아. 네게 해 주고 싶은 말이 또 하나 있단다."

"또 있다고요?"

"그래. 너는 내 아들이 아니다. 네 어머니는 다른 남자의 아이를 임신했는데…… 아마 프랑스가 침략했을 때 만난 어느 프랑스 준위의 아이였을 거다. 내가 네 어머니하고 결혼하기로 했을 때는…… 포츠담에서 온 외판원의 아이도 임신했었지. 너는 내 자식이 아니기 때문에 나는 네게 아무것도 남기지 않을 거다. 내가 알고 믿는 한 네 사랑스러운 여동생 일제가 내 피와 살이라는 걸 생각하면, 그 아이가 내 유일한 상속자가 되는 것이 공정하다는 것을 너도 이해할 거라고 생각한다. 그러니 아들아, 언제나 기운 내서 살도록 해라. 잘 가라. 행운을 빈다."

사실 내가 받을 유산이 없다는 말은 갑작스럽긴 했어도 그저 가벼운 충격 정도였다. 얻을 게 없으면 잃을 것도 없는 법이니까. 그러나 어머니의 난자가 외지에서 온 어느 남자의 정자와 수정이 되었다는 사실은 함부르크행 기차를 타고 가는 내내 마음을 몹시 어지럽게 했다. 그때뿐만 아니라 그 후에도 오랫동안 그랬다. 오늘날까지 나는 태생에 대한 의심과 사생아라는 오명 탓에 마음이 괴롭다.

내가 이따금 색다른 연애를 하면서도 독신으로 지내기로 한 것은, 그날 기차역에서 아버지와 나눈 대화 때문이었다. 부모님의 끊임없는 다툼을 생각해 보면 내가 결혼이라는 전당을 태풍 속의 텐트보다도 믿을 수 없어 하는 것도 어찌 보면 당연한 일이었다.

내 경우에는 독신 생활에서 얻는 이점이 있었다. 독신 생활 덕에 범죄, 좀 더 구체적으로 말하자면 살인 범죄에 몰두할 자유를 얻을 수 있었다. 규칙적인 생활, 그러니까 6시에 저녁을 먹고, 7시에 아이들 침대 맡에서 아이들에게 책을 읽어 주고, 8시에 거실에 나와 담배를 한 대 피우고, 9시에 불을 끄고 잠자리에 드는 생활은 내게 맞지 않았다. 대부분의 남자들이 저녁식사를 하거나 하루 일과를 마치고 아이들의 재잘거리는 소리를 듣거나 아내의 잠옷에 편안하게 기대 있을 때, 나는 몽둥이에 맞아 죽은 시체를 무한한 호기심을 가지고 들여다보거나, 어떤 사람의 가슴에 깃대처럼 꽂힌 칼을 살펴보거나, 두개골에 박힌 총알의 탄도를 조사했다.

참 묘한 일이었다. 돌발 상황을 피하라는 경고를 받은 내가 바로 그런 일을 다루는 일을 직업으로 삼았으니 말이다. 그러나 내가 다루는 돌발 상황은 내가 아닌 다른 사람들에게 일어난 일이었다. 여기에는 큰 차이가 있다. 아무리 흉악한 범죄를 접하더라도 그 범죄를 냉정하게 바라볼 수 있었다. 객관성은 전문 범죄 수사의 핵심이며, 내 객관성은 절대 흔들리지 않았다. 간단하게 말하자면 내게는 일이 바로 삶이었다.

그러나 하루를 지내다 보면 내가 일에 쓰이는 도구들을 내려놓고 "이만하면 됐어." 하고 말할 수 있는 시점이 있었다. 속옷만 입고 성가시게 구는 아기를 엄마에게 되돌려 주듯 범죄를 사회에 되돌려 주는 것이다. 골치 아픈 상황에서 단 몇 시간만이라도 벗어나면 전혀 다른 삶, 그러니까 좋은 음식과 좋은 와인과 훌륭한 음악이 있는 삶, 아름다운 여인, 다시 말해 내 첼로 연주자 친구 헬레나 베커와 어울리는 삶에 흠뻑 빠지는 자유를 누렸다.

그런데 바로 그날 내 집의 문을 조심스럽게 노크해서 슈만 부부와 내 일에 대한 생각을 방해한 사람은 뜻밖에도 바로 그 헬레나였다.

"헤르만, 갑자기 찾아와서 미안해요."

헬레나가 이렇게 말하면서 내 방을 둘러보았다. 헬레나의 얼굴은 상기되어 있었고 흥분으로 흐트러진 분위기를 풍겼다. 내가 코트를 받아 주기도 전에 헬레나는 두 팔로 내 허리를 감더니 자기 쪽으로 끌어당겼다. 나는 본능적으로 유쾌하게 웃었다. 우리 두 사람이 알고 지낸 몇 년 동안 헬레나가 그렇게 들떠 있는 모습은 거의 본 적이 없었다.

"아무 얘기도 하지 말아요, 헬레나. 내가 맞춰 볼게요."

나는 헬레나의 향수 냄새와 머리카락에서 나는 깨끗한 냄새를 들이마셨다.

"바그너의 오페라 '로엔그린'을 또 보고 왔군요. 당신이 그 오페라만 보면 감동을 받는다는 걸 알아요. 특히 사랑의 장면을 볼 때면 그렇지."

헬레나는 요부처럼 속눈썹을 팔랑거렸다.

"틀렸어요."

그녀는 내 허리를 계속 잡은 채로 말했다.

"다시 한 번 맞춰 봐요, 헤르만."

"오케스트라 연주에 갔다 왔군요. 멘델스존의 '이탈리아 교향곡'이 연주되었고 말이지요. 바로 그거야. 마지막 악장을 들으면 누구라도 거칠고 위험한 뭔가를 하고 싶어지죠."

"또 틀렸어요."

솔직히 털어놓자면, 그런 밤에는 알아맞히기 게임을 하려는 열정이 금세 시들해지는 게 당연했다.

"한 번 더 알아맞혀 볼게요."

나는 애써 진지한 표정을 지으며 말했다.

"이번에도 내가 틀리면, 당신을 차가운 거리로 내던져 버리겠어요. 흠, 그 당당한 헝가리의 작곡가 리스트가 뒤셀도르프에 와 있고 호프만 남작과 그의 덩치 큰 부인이 리스트를 대접하기 위해 파티를 열었다는 소문을 들었어요. 한마디 더 하자면 그 파티에 나는 초대받지 못했죠. 헬레나, 내 생각에는 당신이 그곳에 갔다 온 것 같은데요?"

헬레나가 내 뺨에 진한 키스를 했다.

"당신이 똑똑한 탐정 놀이를 할 때가 좋아요. 맞아요. 프란츠 리스트는 호프만의 집에 있었는데, 거기에서 피아노곡으로 편곡한 바그너의 서곡을 연주했죠. 아 세상에, 헤르만, 그 열정을 나는 말로 설명할 수가 없어요. 정말, 정말 짜릿했어요!"

그 후의 시간은 현기증이 날 정도로 몽롱했다. 여느 때 같았으면 헬레나 베커의 첼로가 있을 자리에 내가 있었다. 헬레나 베커가 마치 첼로의 활을 움직이듯 오른손으로 내 허리의 잘록한 부분을 어루만지는 것이 느껴졌다. 그리고 첼로 줄을 만지작거리는 것처럼 왼손으로 내 어깨뼈를 힘주어 쥐었다.

그러나 눈을 감았을 때 떠오른 것은 헬레나 베커의 얼굴이 아
니었다. 바로 클라라 슈만의 얼굴이었다.

다음 날 아침, 혼자 생각을 좀 하고 싶어서 직속상관인 경찰서장 쉴링에게 매일 하는 보고를 생략하기로 하고 관할 경찰서 3층 뒤편 구석에 있는 내 사무실로 올라갔다. 마침 그날따라 처리해야 할 일도 별로 없었다. 이런저런 이유로 그맘때 뒤셀도르프의 범죄율은 크게 줄어들었는데, 겨울철 추운 날씨도 범죄 충동을 억누르는 하나의 원인이 되었다. 아무튼 그 덕에 로베르트 슈만의 문제에 대해 생각할 시간을 가질 수 있었다.

어떻게 하면 그 문제를 완벽하게 처리할 수 있을까? 제대로 하려면 경찰 고위간부도 끌어들여야 하는 걸까?

　문제를 해결하는 데 도움이 될 거라는 기대로, 나는 뒤셀도르프 중앙시장 구역 링크 가에 있는 쉼멜의 커피하우스에서 헬레나와 점심 식사를 하기로 약속했다. 그곳은 헬레나가 즐겨 가는 식당이었다. 나는 누가 엿들을 걱정 없이 이야기를 나눌 수 있는 조용한 구석 자리 테이블을 골랐다.

　"헬레나, 부탁이 있어요."

　나는 헬레나 쪽으로 몸을 바짝 기울이며 은근하게 말했다.

　"지금부터 내가 하는 얘기는 꼭 비밀을 유지해야 해요. 범죄와 연관된 일일 수도 있거든요. 엄밀히 말해서 경찰 업무죠. 그러나 워낙 특이한 사건이라 경찰 외부의 도움이 필요해요. 잘 들어요, 헬레나. 피해자는 바로 로베르트 슈만이에요. 이 단계에서 그를 피해자라고 부를 수 있다면 말이죠."

　나는 슈만 부부를 만나 나눈 대화를 자세하게 설명했다. 헬레나는 앞에 놓인 음식에는 신경도 쓰지 않고 내 말을 집중해서 듣더니 잠시 생각한 뒤 말했다.

　"미안해요, 헤르만. 그런데 나는 그 말을 좀처럼 심각하게 받아들일 수가 없군요."

　헬레나는 억지로 웃음을 참는 것처럼 입술 양쪽 끝을 조금 실룩거렸다.

　"몇 마디만 할게요."

　헬레나는 엿듣는 사람이 없는지 주위를 빠르게 훑어보았다.

　"로베르트 슈만은 오래전부터 음악계에서 반미치광이 취급

을 받아 왔어요. 음악계뿐만 아니라 다른 쪽 사람들에게까지 퍼진
이야기인데 뒤셀도르프 경찰청까지는 아직 전달이 안 되었나
보군요. 다른 사람이라면 몰라도, 뒤셀도르프의 자갈 아래 무엇
이 있는지까지 알고 있는 당신이 그 거장에 대해 오랫동안 떠돌
던 소문을 모른다는 것이 놀랍군요. 더 놀라운 것은, 그렇게 말
도 안 되는 일에 당신이 관심을 가지고 한 시간이나 허비한다는
거예요."

나는 잠깐 생각을 정리한 다음 신중하게 대답했다.

"헬레나, 그건 말이죠, 내가 이쪽 일을 하고 처음으로 저명인
사, 그러니까 늘 상대하던 비열한 범죄자나 희생자들로 가득
찬 암흑가에 속하지 않는 사람을 상대하게 되었기 때문이에요.
나는 백에 아흔아홉은 도둑과 매춘부와 살인자와 사기꾼들, 손
에 장갑을 끼고서도 별로 손대고 싶지 않은 사람들과 어떤 의미
에서는 어깨를 스치면서 살아요. 말하자면 로베르트 슈만 사건
은 그 메스꺼운 인간쓰레기들과 관련되지 않은, 백 가지 중 한
가지 경우인 거죠."

헬레나가 내 말을 잘랐다.

"물론 클라라 슈만은 말할 것도 없고 말이죠?"

그러면서 다 안다는 듯한 미소를 지었다. 여자의 직감에서 나
오는 그런 미소였다. 나는 무슨 말인지 모르는 척했다.

"무슨 뜻인가요?"

헬레나가 한숨을 쉬며 천장을 올려다보았다. 그리고 혼잣말

처럼 중얼거렸다.

"남자들이 바보인 척할 때면 참 끔찍하게 지루하단 말이야."

그러고는 다시 나를 보았다.

"있잖아요, 헤르만. 남자들은 클라라 슈만의 손가락이 건반에 미처 닿기도 전에 그 여자에게 반해 버리죠. 당신은 예외라고 주장하고 싶은가요?"

"이번 사건에 내가 흥미를 갖는 것은 순전히 직업적인 이유 때문이에요. 그러니 나를 좀 도와줄 수 있겠어요?"

"어떻게 말인가요?"

"먼저 그러겠다고 대답해 줘요. 그러면 설명할게요."

헬레나가 걱정스러운 표정으로 뒤돌아보면서 말했다.

"아, 이런, 굴라시_{양파를 볶아서 파프리카로 양념을 한 쇠고기 스튜—옮긴이}가 다 식어 버렸어요. 웨이터에게 주방으로 가져가서 데워 오라고 해야겠어요, 헤르만."

나는 헬레나를 잘 알았다. 그것은 승낙을 하는 그녀 나름의 방식이었다.

뒤셀도르프 경찰 사무실로 돌아오는 내 발걸음에 힘이 들어갔다. 뭔가 새롭고 색다른 일을 한다는 느낌에 나는 고무되어 있었다. 그러면서 한편으로는 외곬인 수사관을 늘 괴롭히는 집요한 생각 속으로 빠져들었다. 나는 스스로 물어보았다. 헬레나의 생각이 맞는 건가? 내가 어떤 다른 이유 때문에 이 사건을 캐는 건가?

물론 나는 로베르트 슈만의 고통에 정말로 마음이 움직였다. 그의 상태를 본 사람이라면 모두 그럴 것이다. 그러나 클라라 슈만은 어떠한가? 그래, 흥미가 생기긴 했다. 아니, 흥미 이상이었다. 나는 매료되었다!

근무시간이 길고 불규칙했지만, 여유가 생길 때면 나는 공연장과 미술관, 도서관에서 시간을 보내곤 했다. 경찰서 동료들 사이에서 나는 괴짜로 통했는데, 말할 것도 없이 퇴근 뒤에 맥주 집에서 사람들과 어울리기보다는 서점에서 혼자 시간을 보내는 걸 좋아하기 때문이었다.

그래도 직업과 동떨어진 관심 분야 덕에 뒤셀도르프의 문화계 저명인사들과 만날 수 있었다. 그들 중에는 신문이나 학술 출판물에 음악과 음악가에 대해 폭넓은 주제로 글을 쓰며, 내가 알기로 슈만의 삶과 작품에 대한 논문을 준비하고 있는 저명한 언론인 게오르크 아델만도 있었다. 그는 광범위한 지역을 여행하면서 기사와 논문에 쓸 정보를 모은 다음 뒤셀도르프에 있는 자신의 집에서 글을 썼는데, 그 즈음에는 뒤셀도르프에 머무는 중이었다. 슈만과 다시 만나기 전에 슈만의 이력에 대해 될 수 있는 한 상세한 정보를 많이 수집하기로 했다. 그러기에는 게오르크 아델만만큼 좋은 정보원이 없었다.

나는 아델만에게 즉시 이런 내용의 편지를 보냈다.

아델만 선생님께

선생님이 로베르트 슈만의 삶과 작품에 대한 논문을 쓰고 있다고 들었습니다.

내 친한 친구이며 첼로 연주자인 헬레나 베커는 독주

연주자 데뷔를 앞두고 있습니다. 헬레나가 선택한 작품이 그 거장의 첼로 협주곡 A단조입니다. 헬레나는 열정적인 작품을 제대로 연주하기 위해서는 곡 그 자체뿐만 아니라 곡을 만든 사람에 대해서도 깊이 이해해야 한다고 생각합니다.

헬레나가 우리 두 사람이 서로 아는 사이라는 얘기를 들은 데다 선생님께 직접 연락하는 걸 몹시 부끄러워해서 대신 이야기해 달라고 제게 부탁했습니다. 함께 만나 얘기를 나누면서(가능하면 점심 식사를 하면서) 작곡가뿐만 아니라 한 인간으로서 슈만에 관련된 선생님의 뛰어난 통찰력을 듣고 그 얘기를 헬레나 베커에게 전해 주도록 허락해 주신다면 정말 감사하겠습니다.

당신을 존경하는 헤르만 프라이스

지역 신문에서는 그 연주회를 뒤셀도르프 새 콘서트 시즌의 하이라이트인 특별 이벤트로 광고했다. 로베르트 슈만과 클라라 슈만은 모든 슈만 프로그램에 참가해 로베르트 슈만이 교향곡 4번을 지휘하고 클라라 슈만이 피아노 협주곡을 연주하기로 되어 있었다. 연주회가 끝나면 음악협회에서 후원하는 환영회가 열릴 예정이었는데, 그런 자리에서는 으레 도시 상류층 중의 상류층이 모여 샴페인을 마시며 사교계의 뒷소문을 이야기하다가, 나중에 자기들 집으로 가서는 로베르트 슈만과 클라라 슈만처럼 안 어울리는 부부가 얼마나 오랫동안 부부로 남을지 신이 나서 추측해 보곤 했다.

　　로베르트 슈만은 클라라 슈만보다 아홉 살이 더 많아서 이제 마흔 네 살이었지만(나중에 알게 된 바로는), 과음과 여러 통증과 고통으로 장기간 약을 복용한 탓에 예순네 살로 보였다. 그러나 그 통증과 고통의 대부분이 진짜가 아닌 상상이라는 소문이 있었다. 그런데 클라라 슈만은 전혀 달랐다. 서른다섯 살인 그녀는 가만히 있어도 빛이 났다.

　　연주회 표는 매진되었다. 아쉽게도 나는 표를 구할 수가 없었다. 음악을 정말 듣고 싶었다기보다는 슈만 부부를 다시 만나기 전에 그들이 '움직이는' 모습을 보고 싶었다. 표를 구하지 못한 사람들이 입석도 없다는 말을 듣고는 불만에 가득 찬 표정으로 길게 줄을 지어 연주회장 바깥으로 몰려나왔다. 그러나 나는 경찰이라는 신분 덕에 매표소 관리인에게 신분증을 보이고 입장할 수 있었다. 어찌된 일인지 통로 쪽 좌석 중 무대 앞에서부터 여섯 줄이 비어 있었다. 나는 자리를 잡고 편하게 앉아서 음악이 흐르는 짜릿한 두 시간을 기대했다.

　　슈만이 작곡한 서곡이 순조롭게 연주되었다. 열광적인 박수 소리에 슈만은 흡족해하는 듯했다. 피아노 협주곡의 연주는 훨씬 더 훌륭했다. 그러나 그 거장이 아량을 베풀어 성공적언 공연에 일등 공신 역할을 한 아내가 단독으로 무대 인사를 하도록 배려했어야 했다는 생각이 들기도 했다. 슈만 부부는 나란히 서서 관객의 기립 박수에 답례를 했는데, 나는 그 기립 박수가 클라라 슈만 한 사람에게 향한 것이라 느꼈다. 무대 옆에서 안내인이 나와 피아니스트에게 커다란 카네이션 꽃다발을 주었다. 나는 그 꽃을 받아야 하는 사람은 바로 자신이라는 듯 슈만이 얼굴을 살짝 찌푸리는 모습을 보았다.

휴식 시간 동안, 나는 연주회의 박스석을 차지하고 호화롭게 꾸며진 2층 라운지를 이용할 수 있는 관객들 틈에 섞여 있었다. 부유한 사람들의 느긋한 분위기가 내 블랙 포리스트 케이크 조각 위를 덮은 거품 크림처럼 선명하고 진하게 공기를 채웠다. 그리고 그 공기에는 다른 것도 있었다. 예를 들자면 이런 식의 속닥거림이었다.

"겉모습만 보면 꼭 지옥에라도 갔다 온 사람처럼 보이는데 곡은 여전히 잘 만든단 말이지……."

"그렇게 젊은 여자가 아버지뻘은 족히 되어 보이는 남자와 함께 매일 밤 침대에 가야 한다는 것이 이해가 안 돼!"

안내인들이 휴식 시간이 끝났음을 알리기 시작하는데, 게오르크 아델만이 간식 테이블에서 작은 잔에 담긴 커피를 급히 들이켜는 모습이 눈에 띄었다. 아델만이 내 어깨를 가볍게 툭 치며 말했다.

"프라이스 씨, 정말 운이 좋군요. 덕분에 편지를 주고받는 수고를 덜게 되었어요. 내일 점심 때 시간 있습니까? 내 클럽에서 열두 시에 만나는 거 어때요?"

"그 시간이면 아주 좋습니다. 그런데 어떤 클럽을 말하는 건지요?"

내가 말했다.

"물론 뒤셀도르프 아츠 앤 레터즈 클럽 말입니다."

"그런데 아델만 선생님, 제 부탁으로 만나는 것이니 점심은 제가 대접하겠습니다."

고백하자면 예의상 그런 것뿐이었다. 사실 뒤셀도르프의 일부 상류층만 출입한다는 문화 중심지인 그곳에 나는 한 번도 가본 적이 없었다. 부유한 유명 인사들에게 최고급 음식과 가장 귀한 와인이 제공된다는 곳이었다. 그런 곳에 손님으로 갈 수 있는 기회를 그냥 놓치고 싶지 않았다. 그런데 실망스럽게도 아델만이 호탕하게 웃으며 말했다.

"좋습니다. 정 그러시다면, 경위님이 초대하시는 곳으로 가지요."

나는 별다른 말을 하지 않았지만 이제 꼼짝없이 유명한 언론인을 고급 식당에 초대해 내 주머니 사정을 심각하게 위협할 만큼 비싼 식사를 대접해야만 했다. 어머니가 이런 일에 대해 경고한 적이 있었다.

"얘야, 부자들은 절약을 해서 더 부자가 되고 가난한 사람들은 낭비를 해서 더 가난뱅이가 된단다."

어머니는 아버지를 그 격언의 완벽한 예로 들었다.

연주회의 후반부는 슈만의 4번 교향곡 D단조 연주로 채워졌다. 그 거장이 지휘대에 오르기 전에 나는 프로그램에 실린 해설을 잠깐 보았다. 언뜻 보아서는 조금 혼동이 되었다. 해설을 보면 슈만의 교향곡 4번이 실제로는 그의 4개의 교향곡 중에서 두 번째로 1841년에 작곡된 2번 교향곡이라는 것 같았다. 그러나 작곡가는 원곡에 만족하지 못해서 10년 뒤에 다시 고쳤다는 것이다. 결론적으로 말하면, 그날 밤 우리가 들었던 곡은 슈만의 교향곡 3번이 나오고 나서 1851년에 음악적으로 새로 태어난 것이다. 그런 이유로 '4번'이라는 번호가 붙은 것이다.

창조 과정, 특히 음악에는 우연이라는 요소가 있었다. 굉장히 많은 것들이 충동적으로, 밤에 개똥벌레가 지나가는 것처럼 갑자기 번쩍했다가 사라지는 영감의 순간에 이루어졌다. 나의 세계와는 얼마나 다른가! 나 같은 직업을 가진 사람들은 반드시 벽돌담을 쌓듯 사실 위에 사실, 그 사실 위에 사실을 쌓아야 했다. 나의 세상은 논리적 연속성의 세상이었다. 둘 다음에 셋이 오고, 셋 다음에 넷이 왔다. 이와 다른 것은 생각할 수도 없었다.

교향곡 D단조는 그 작곡가의 인생에 가을이 오고 또 한 해가 사라짐을 탄식하는 분위기에 약간의 열망이 더해진 곡조의 현악기 연주로 시작되었다. 이어진 두 번째 악장은 구슬픈 곡조의 오보에 연주로 시작되었다. 계속해서 세 번째 악장은 활기찬 해학곡으로 앞의 두 악장이 만들어 놓은 어두운 분위기를 밝게 바꾸어 주었다. 처음 몇 소절을 연주하는 동안 연주자들과 지휘자는 한 사람 같았고, 지휘대에 서서 힘차게 지휘봉을 휘두르는 그 남자는 완전히 연주에 몰두한 것 같았다.

그런데 갑자기 슈만이 지휘봉을 허리께로 떨어뜨렸다. 아직 몇 소절이 남아 있었다. 그러나 뒤셀도르프 오케스트라는 훌륭하게 연주를 계속했으며, 그들의 지휘자가 이전과 같이 힘차게 지휘를 할 거라고 의심 없이 믿었다. 슈만이 팔을 다시 올렸지만 이미 박자를 놓친 탓에 지휘봉을 산만하게 앞뒤로 움직였다.

얼마쯤 지나니 그 거장도 평정을 되찾은 듯했다. 그러나 박자를 또다시 놓치고 말았다. 그쯤 되자 연주자들도 불안한 시선을 주고받았다. 객석의 사람들은 숙덕거리기 시작했다. 음악을 듣는 훈련이 전혀 되지 않은 내가 듣기에도 그 해학곡은 듣기 안쓰러운 잡동사니 소리로 흩어졌다. 오케스트라는 지휘자의 안내를 받지 못하는 상황에서 용케도 세 번째 악장을 마쳤다.

마지막으로 곡조가 빠르고 음색이 선명한 피날레가 연주되었다. 연주자들이 어떻게 지휘자의 지시 없이도 다음 악장으로 넘어갔는지 알 수 없는 노릇이었다. 슈만은 갑자기 주의를 흩트렸던 것처럼 또 갑자기 마음을 수습하고 지휘에 집중했다. 그렇게 마지막 악장이 거의 끝나 가려 했다.

그런데 그런 일이 다시 일어났다. 슈만이 또 지휘봉을 잡은 오른손을 아래로 툭 떨어뜨렸다. 4악장의 마지막 몇 분은 엉망이 되었고, 연주를 마친 연주자들은 마치 전쟁터에서 참패한 병사들 같았다. 박수갈채로 채워져야 할 순간에 멍한 침묵만이 감돌았다. 슈만은 관객석을 향해 눈길 한 번 주지 않고 무대를 떠났고, 그가 떠난 자리에는 관객들이 예의상 어설프게 치는 박수소리와 어리둥절한 얼굴들만 가득했다.

나는 연주회장 뒤쪽 출구로 나가는 사람들의 무리를 헤치며 무대 쪽으로 가서 오케스트라 지휘자를 위해 마련된 무대 뒤편 라운지로 갔다. 웅성거리는 소리가 들렸고, 그 중 몇 사람의 목소리는 알아들을 수 있었다. 가장 선명하게 들리는 것은 로베르트와 클라라 슈만의 목소리였다.

"나는 망했어! 망했다고!"

슈만이 울부짖었다.

"진정해요, 로베르트. 제발 진정 좀 해요. 다 잘될 거예요. 헬만 박사님이 여기 있어요."

클라라 슈만의 목소리였다.

지휘자의 방에 들어가니 슈만이 소파에 엎드려 있었다. 웃옷을 벗고 셔츠 칼라와 나비넥타이를 풀어 헤치고 팔과 다리는 줄이 풀린 꼭두각시처럼 아무렇게나 늘어뜨린 채였다. 야회복 차림에 수염을 기른 남자 하나가 좌절하고 있는 작곡가 곁에 서서는 작은 잔에 담긴 뿌연 액체를 마셔 보라고 권했다. 나는 그가 헬만 박사이며 잔에 담긴 액체는 진정제일 거라고 짐작했다.

"제발 좀 먹어 봐요."

수염이 난 남자가 간청했다.

"슈만 선생님, 이걸 먹어 봐요. 내가 장담하는데……."

그러나 슈만의 입술은 바이스처럼 꿈쩍도 하지 않았다. 잔에 담긴 액체를 한 모금도 마시려 하지 않았다.

의사 옆에는 처음 보는 사람이 서 있었다. 그도 다른 사람들처럼 걱정스러운 표정으로 슈만에게 의사 말대로 그 액체를 마시라고 간곡히 권했다. 정장이 아닌 평상복을 입고 있는 그 남자는 스무 살 남짓으로 보이는 젊고 꽤 잘생긴 청년이었다. 이마 위로 빗어 넘긴 금발 머리가 넓은 어깨까지 내려왔다. 크고 푸른 두 눈은 바이에른의 산지에 있는 맑고 깨끗한 호수를 생각나게 했다. 만일 내가 그를 운동장에서 보았다면, 호리호리하지만 탄탄한 체격과 쾌활한 목소리 때문에 운동선수라고 생각했을 것이다. 나는 그 젊은이와 잠깐 시선을 주고받았지만 그 상황에서 아무도 인사를 나눌 생각을 하지 못했다. 나는 그가 연주회장의 직원이거나 아니면 슈만 부부와 알고 지내는 집안의 젊은이로 음악학교의 학생일 거라고 추측했다.

슈만이 차례대로 아내, 헬만 박사, 그리고 아마도 오케스트라의 부지휘자 율리우스 타우쉬로 보이는 사람을 돌아보다가 나를 발견했다.

"프라이스 경위, 고맙게도 와 주었구려!"

슈만이 자기 옆으로 가까이 오라며 힘없이 손짓을 했다. 그는 다른 사람들은 다 모른 체하면서 내가 그의 유일한 보호자인 것처럼 말했다.

"자, 프라이스 경위, 보셨소? A음이 들리지 않소? 무대 위에서 지휘를 하고 있는 동안 그 소리가 녹은 쇠처럼 내 온몸으로 쏟아졌어요. 그 소리들이 나를 죽이고 있소. 프라이스 경위, 나를 도와주시오, 나를 살려주시오!"

슈만이 이런 말을 하고 있는데 클라라 슈만이 언뜻 내 눈에 들어왔다. 클라라 슈만은 남편의 간청에 대답하지 말라는 듯 싸늘한 눈길로 나를 바라보았다. 고백하건대 나는 잠깐 주저했다. 적의에 가득 찬 그녀의 표정을 무시하기가 쉽지 않았다. 사실 나는 그녀와 어떻게든 힘을 합해 로베르트 슈만의 삶을 위협하는 위험에서 그를 구하고 싶었다.

내가 슈만에게 말했다.

"작곡가 선생님, 분명히 말씀드리는데 선생님을 돕기 위해 능력이 닿는 한 무슨 일이든 하겠습니다. 약속드립니다."

그렇게 말하고 나서 나는 자리를 떠났다.

"경위님, 잠깐만요. 저……."

클라라 슈만이었다. 그녀가 출구로 연결되는 복도로 나를 따라 나왔다.

"네, 부인."

"무슨 일이 일어나고 있는지 아시겠죠?"

클라라 슈만이 말했다.

"당신은 남편의 환각을 악화시키고 심지어 불까지 붙이고 있어요. 정말 우리를 돕고 싶으면 이 문제에서 완전히 물러나세요. 오늘밤에요. 지금 당장이요. 간곡히 부탁드립니다."

"그럴 수 없다면요?"

클라라 슈만의 표정이 얼어붙었다. 그녀는 더 아무 말도 하지 않고 몸을 돌려 지휘자의 방으로 돌아갔다.

그 문제에 대해 적어도 한 가지는 분명했다. 클라라 슈만과 나는 동지가 아닌 적으로 지낼 운명이라는 것이었다.

＊　＊　＊

당연한 얘기지만 그 지역의 음악 비평가들은 다음 날 아침 신문에서 완벽하게 한목소리를 냈다. 어느 비평가는 이렇게 썼다.

"슈만의 음악적 재능이 쇠퇴했다는 명백한 증거가 다시 한 번 나타났으며…… 그의 음악은 기껏해야 구성 감각을 나타내는 데 지나지 않는다."

또 다른 비평가는 그 작곡가에게는 "아름다운 오케스트라의 음을 만들어 낼 재능이 없으며 때문에 오케스트라 연주에 아무 쓸모가 없어 보인다."고 말했다.

세 번째 비평은 훨씬 더 잔인했다.

"그의 음악에는 베토벤과 슈베르트의 작품에서 볼 수 있는 여러 부분 사이의 빛나는 이야기가 없었다. 그의 음악은 음산하고 거친 소리의 덩어리일 뿐이었으며, 그 소리에서 불규칙한 멜로디가 새어 나왔다……."

무엇보다 고약했던 것은 뒤셀도르프의 비평가들이 늘 그랬듯 클라라 슈만의 음악적 기교를 향한 칭찬에는 관대하면서도 로베르트 슈만에 대해서는 뒤셀도르프 심포니 오케스트라에 대한 의무를 다할 것과 수석 지휘자의 자리에서 물러날 것을 한목소리로 요구했다는 것이다.

이 문제에 대해 가장 거침없이 말한 비평가 구스타프 얀젠은 한때 그 나라의 가장 뛰어난 오케스트라 중 하나였던 뒤셀도르프 오케스트라가 슈만의 지휘 아래 있으면서 그저 그런 실력을 지닌 오케스트라로 몰락했다는 점을 지적했다. 그는 이렇게 썼다.

"나는 율리우스 일링 박사에게 뒤셀도르프 음악협회 회장으로서 상황이 더 악화되기 전에 조치를 취할 것을 호소한다. 작곡가 슈만은 이후로 명예 지휘자라는 명예직을 얻을 수도 있을 것이다."

그 창의적인 예술가의 삶이 여론이라는 고문대 위에서 발가벗기고 고문당하는 것이 얼마나 끔찍한 일인지 생각해 보았다. 그런 생각을 하다가 내가 덫에 갇혔음을, 무력하게 덫에 갇혔음을 깨달았다. 로베르트 슈만에 의해 덫에 갇혔다. 클라라 슈만에 의해 덫에 갇혔다.

연주회 다음 날 정오에 나는 게오르크 아델만을 만나 에머리히의 예술가 식당에서 점심 식사를 했다. 걱정했던 대로 아델만은 음식과 술에 대한 취향이 꽤 고급이었다. 그는 와인 목록을 들고 점잖게 훑어보다가 굉장히 비싼 와인에서 멈추더니 기뻐하며 말했다.

"아, 이거야, 부르고뉴 1929년산! 좋은 빈티지지. 아주 훌륭해! 프라이스 경위님, 아시겠지만 좋은 부르고뉴에는 거위 구이가 제격이죠."

아델만은 주문을 마치고 나서 자기는 매일 하루에 한 끼만 먹기 때문에 한 번에 많이 먹는다고 설명했다. 여기에 더해 아델만의 탁월한 선택을 호들갑스럽게 칭찬하면서 치즈 한 접시와 후식도 먹어 봐야 할 거라고 권하는 급사장 때문에 내 마음은 더 불안해졌다.

"어쨌든 나는 슈만의 이력에 생긴 그 끔찍한 사건이 별로 놀랍지가 않아요."

아델만이 말을 하는 동안 부지런히 움직이는 입술에서 애피타이저로 주문한 작은 절임 비트 조각이 흘러 우리 둘 사이에 놓인 널찍한 흰색 탁자보에 내려앉으면서 원래는 깨끗했던 공간에 천연두 자국 같은 점을 남겼다. 나는 식사하는 내내 그와 일정한 거리를 유지하는 데 신경 썼다. 아델만이 말을 이었다.

"1809년에 로베르트 슈만이 어머니의 뱃속에 있을 때부터, 아니 그보다 더 오래전부터 슈만의 가족은 불행해졌어요. 이상하게 들리겠지만 불행을 끌어들이는 능력을 타고나는 혈통이 있는 것 같더군요. 그들은 천연자석처럼 일종의 자석을 가지고 있는데 불행하게도 대개 그들이 끌어들이는 것은 불행이죠."

"로베르트 슈만이 가난하게 태어났다는 말입니까?"

"그 반대지요. 그의 아버지와 삼촌은 츠비카우에서 꽤 잘되는 서점을 운영했어요."

나는 포크를 떨어뜨렸다.

"츠비카우라고 하셨습니까?"

"그래요. 그 도시를 잘 압니까?"

"물론입니다. 저도 그 근처에서 태어났죠. 츠비켄이라는 소도시에서요."

아델만이 코를 한 번 훌쩍였다.

"츠비켄? 츠비켄이라고 했어요? 처음 듣는데요. 운 좋게도 꽤 도시적인 곳에서 어린 시절을 보냈나 보군요. 어쨌든 슈만의 아버지는 아주 병약했지만 상당한 문학적 소양이 있는 사람이었어요. 책을 열 권 넘게 썼는데, 대부분 신화에 관한 책이었죠. 어린 슈만이 학교에 갈 나이가 될 때까지도 그 집안은 꽤 유복했지요."

"슈만의 어머니는 어땠습니까?"

"슈만의 어머니는 의사의 딸이었어요. 슈만의 아버지 아우구스트가 슈만의 어머니인 요하네 슈나벨과 결혼하려 하자 그녀의 아버지가 아우구스트에게 시련을 주었지요. 그 청년에게 먼저 사업을 시작하라고 고집을 부렸답니다. 그는 아우구스트에게 엄청난 압박을 주었는데 그 가난한 청년은 좀처럼 극복하지 못했지요. 평생을 복통과 팔다리의 염증과 두통, 뭐 그런 것들로 시달렸어요. 슈만 부부의 지금 상황과 별로 다르지 않지요. 프라이스 경위님, 역사는 되풀이된다는 것이 신기하지 않아요?"

"어떤 면에서 그렇습니까?"

내가 물었다.

"클라라 슈만의 아버지인 악명 높은 프레드릭 비크 교수에 대해 들어 보셨을 텐데요."

"그가 저명한 피아노 선생이라는 얘기만 들었습니다. 악명 높다는 얘기는 듣지 못했습니다."

"그렇다면 정확하게 말해 드리리다, 프라이스 경위님. '끔찍한 인간', 비크를 가장 적절하게 표현한 말이라 할 수 있지요. 그는 슈만의 인생을 망쳐 놓기 위해서라면 무슨 짓이든 다 했어요. 슈만은 그의 학생이었는데, 오른손이 작은 탓에 연주 능력을 제대로 발휘하지 못했지요. 그래서 비크는 어린 슈만의 손가락을 늘일 수 있는 기구를 만들어 냈답니다. 그러나 그건 그냥 고문 기구일 뿐이었어요. 슈만이 피아노 연주자로 살아갈 수 있는 기회를 망쳐 버린 거지요. 그것만으로는 충분치 않았는지 비크는 불운한 슈만이 자기 딸과 결혼하려 하자 결사적으로 반대했어요. 그 문제로 두 사람은 법정 싸움까지 가야 했지요. 당연히 비크가 패했고 그 뒤로 두 남자 사이의 갈등은 푸줏간의 식칼로 찍어도 끄떡없을 만큼 질겨졌답니다."

"슈만의 어머니에 대해 말씀하시던 중이었습니다."

내가 말했다.

"아, 그렇군요. 다시 한 번 말하지만 역사는 되풀이되는 법이지요. 로베르트 슈만의 어머니는 연이어 다섯…… 아니 여섯인가? 아무튼 그렇게 자녀를 낳았어요. 로베르트 슈만이 막내였지요. 그 가엾은 여인은 인생 대부분을 만성적인 우울증이라는 그늘 속에서 살았어요. 비교적 좋은 시절에도 그랬지요. 어머니는 로베르트 슈만을 가장 아꼈는데, 그가 어릴 적부터 특별한 음악적 재능을 보였기 때문이지요. 로베르트는 일곱 살 때 벌써 츠비카우에서 교회 오르간 연주자를 가르치기 시작했어요. 프라이스 씨, 그런 걸 보면 어젯밤 연주회장에서, 그것도 바로 우리 눈앞에서 엉망이 되었던 그 남자는 한때 아주 재능 있는 아이였던 게 틀림없어요."

"그렇다면 로베르트 슈만의 삶이 언제부터 잘못되기 시작한 겁니까? 재능을 타고난 축복받은 사람들이 불행으로 곤두박질치는 경우가 많이 있습니다. 그러나 어떻게든 극복하고 심지어 큰 성공을 거두기도 하죠. 예를 들어 베토벤은 귀가 먹었는데도 전설적인 인물이 되지 않았습니까? 전혀 소리를 듣지 못할 때에 위대한 9번 합창 교향곡을 썼으니까요."

"아, 그렇지요, 경위님."

아델만이 자기 말을 강조하기 위해 나이프를 허공에 대고 찔렀다.

"그러나 사람들 중에는 뭐, 나도 그중 하난데, 베토벤 9번 교향곡이 끔찍한 실패작이라고 끝까지 주장하는 사람들이 있답니다."

나는 이단적인 주장이라도 들은 것처럼 아델만을 쳐다보았다.

"흠, 그 곡은 어지간해서는 노래로 부를 수가 없어요. 무엇보다 모든 음정이 너무 높아요. 다음에 그 곡을 들을 기회가 있으면 주의 깊게 들어 보세요. 내 말이 틀리다는 것을 입증할 수 있다면, 나 게오르크 아델만이 독일에서 가장 좋은 모젤 포도주를 댁으로 보내 드리리다. 베토벤의 문제라면 그가 언제 떠나야 할지를 몰랐다는 것이지요."

"로베르트 슈만도 그와 같은 경우라고 말씀하시는 겁니까?"

"바로 그래요. 그 사람은 실패했어요."

"그러면 로베르트 슈만이 실패한 것에는 어린 시절 영향이 크다는 얘기입니까?"

아델만이 갑자기 나이프와 포크를 내려놓았다.

"이런 말을 해도 실례가 안 될지 모르겠지만 경위님, 로베르트 슈만의 어린 시절에 대한 경위님의 호기심이 오늘 대화의 목적에 얼마나 적절한 건지 난 잘 모르겠군요. 친구 분인 베커 양이 첼로 협주곡을 좀더 잘 이해할 수 있도록 훌륭한 작곡가인 로베르트 슈만에 대해 자세히 듣고 싶은 거라고 하지 않았던가요?"

아델만의 눈에 의심의 빛이 어렸다. 나는 상대의 의심에 익숙한 사람이 아니었다. 형사로 일하면서 의혹의 시선을 보내는 쪽은 상대가 아니라 바로 나였다.

"경찰의 끈질긴 호기심을 용서해 주십시오. 심문 기질이 제 핏속에 흐르고 있나 봅니다. 제 생활은 늘 의문 부호로 끝나거든요."

여전히 뭔가 미심쩍은 표정으로 나를 보면서 아델만이 말했다.

"이유는 모르겠지만 경위님의 임무, 품위 있는 표현이 뭔지는 모르겠지만, 아무튼 임무가 슈만의 협주곡에 대한 친구 분의 관심과는 별 관계가 없다는 이상한 느낌이 드는군요. 그보다는

……."

여기서 나의 손님은 잠깐 머뭇거렸다. 그러고는 목소리를 낮춰 말했다.

"슈만 부부에 대한 이야기에 더 관심이 있는 것 같군요."

나는 무슨 말인지 전혀 모르겠다는 뜻으로 들리길 바라면서 물었다.

"이야기요? 무슨 이야기 말입니까?"

아델만이 방금 꺼낸 화제에서 물러나듯 의자에 등을 기댔다. 그리고 짐짓 엄숙한 목소리로 말했다.

"소문을 가지고 숙덕거리고 싶지는 않소이다."

말도 안 되는 소리! 기자라는 사람들은 소문으로 먹고사는 사람들이다. 추문은 기자라는 직업에 뿌려지는 향신료와도 같은 것이지만, 잠시 동안은 그가 그런 이야기나 퍼뜨리는 짓 따위는 하지 않는 사람인 척하도록 그냥 두어야 했다.

"전적으로 맞는 말씀입니다. 그런 문제에 신중함을 강조하시는 태도가 존경스럽습니다. 로베르트와 클라라 슈만처럼 유명한 부부에게 추문이라는 덮개를 씌우는 것보다 더 비열한 행동은 없겠죠."

나는 일부러 '추문'이라는 단어를 쓰면서 아델만이 슈만 부부와 관련해 추문이라고 할 만한 일은 없다고 황급히 부정하기를 내심 기다렸다. 그러나 그는 그렇게 하지 않았고 이는 내게 어떤 암시를 주었다. 나중에, 아마도 멀지 않은 시기에 게오르크 아델만과 또 한 번 비싼 식사를 하면서 그가 '슈만 부부에 대한 이야기'라고 말한 것이 뭔지 캐 봐야 할지도 몰랐다. 그러나 지금은 그 작곡가의 현재보다 과거에 대해 더 많은 사실을 안 것에 만족해야 했다.

"슈만의 어린 시절과 젊은 시절은 재능이라는 면에서 보면 축복받았다 할 수 있지만, 다른 면에서 보면 부모님의 야심과 기대 탓에 버거웠다고 할 수 있어요. 이 '서로 다른 두 면'은 슈만의 성장기와 발달기의 모든 면에 적용되었지요. 로베르트 슈만은 아버지와 세 형들과 친밀하게 지냈는데, 그 덕에 남성다운 면모도 갖추게 되었어요. 그러나 그러면서도 어머니와 어머니의 여성적인 취미에도 애착을 가졌어요. 어떤 때는 아주 사교적이고 외향적인 아이였고, 또 어떤 때는 불안하고 내성적인 아이였지요. 슈만이 열다섯 살 때, 누나인 에밀리가 물에 뛰어들어 자살을 했지요. 그리고 얼마 안 돼 아버지가 갑자기 죽었어요. 두 번의 상실을 겪으면서 슈만은 황폐해졌어요. 한때는 정말 행복했지만 어느 순간 엄청난 비극을 겪었던 거지요. 슈만이 어린 시절 보여 주었던 쾌활함은 어느 날 갑자기 사라져 버렸어요. 그는 말이 없는 사람이 되었고, 늘 공상에 빠져 살았고, 본인의 고백에 의하면 사회라는 배경 속에서 자신의 존재를 확신하지 못했어요."

아델만이 말을 멈췄다. 그는 말을 하면서도 용케 음식 접시를 다 비웠고(더러워진 식탁보가 그의 이런 재주를 그대로 보여 주었다), 내가 세 번째로 그의 와인 잔을 채우자 흡족한 표정으로 고 개를 끄덕였다. 아델만은 잠시 주변을 둘러보며 웨이터를 찾았 다. 나는 근처 왜건에 먹음직스럽게 차려져 있는 디저트 중 하 나를 주문하려는 거라고 생각했다. 그런데 놀랍게도 그는 디저 트를 두 가지나 주문했다. 그는 큰 그릇에 담긴 트라이플^{포도주를 뿌린 스펀지케이크에 거품 크림을 바른 디저트-옮긴이}과 커다란 사과 케이크 조각을 주문했다.

게오르크 아델만이 디저트를 맛있게 먹는 모습을 보면서(그 는 이따금 요란하게 후루룩 소리를 내며 커피를 마실 때만 디저트를 내려 놓았다) 내가 지불해야 할 가격이 그가 내놓은 정보의 가치를 훨씬 초과했다는 생각이 들기 시작했다. 그가 한 얘기는 대부 분의 사람들에게 해당되는 것 아닌가? 나는 속으로 이렇게 물 어보았다. 친구들과 친척들이 왔다가 사라지고, 흥했다가 망하 고, 살고 죽는 것. 슈만에 대한 논문이라는 것도 기껏 열차 시 간표 정도로 흥미롭고 그 절반 정도 유용한 것은 아닐까 걱정 이 되었다.

그날의 점심 식사는 망친 거라는 생각이 막 들려고 할 때 아 델만이 전혀 새로운 얘기를 꺼냈다. 포크에 큼직하게 찍은 사과 케이크를 살펴보면서 그가 무심하게 말했다.

"아시는지 모르겠지만 슈만은 예전에, 정확히 말해 스물한 살 때 두 명의 동반자를 만들어 냈어요. 마음의 동반자라고 해 야 하나? 그 중 하나를 '플로레스탄', 또 하나를 '오이제비우스'

라고 했지요. 플로레스탄은 슈만의 외향적이고 남성적인 면, 사회적 존재, 행동하는 남자를 상징했고 말이에요."

"베토벤의 오페라 '피델리오'의 주인공 플로레스탄을 말하는 겁니까?"

"바로 그래요. 그리고 기독교의 성인 이름을 따서 지은 오이제비우스는 물론 고뇌와 고통과 굴복을 상징했지요. 이 둘은 슈만을 대변했어요. 슈만이 친한 동료들에게 그렇게 말했답니다. 이 둘이 슈만의 삶과 예술가로서의 노력에 균형을 이루게 해 주었고 방향감각을 제시해 주었다고 그는 주장했지요. 사실 지금도 그렇게 주장하고 있어요."

그런 다음 아델만이 뒤늦게 생각났다는 듯 말했다.

"그것으로도 모자랐는지 그 불쌍한 남자는 섹스에 지나치게 몰두했지요. 집착에 가까웠어요."

내 손님이 그런 특별한 주제를 계속 얘기하기를 바라는지 아닌지 나 자신도 확실히 알 수가 없었다. 그러나 그런 식당에서 할 얘기가 아니라는 것만은 확실했다. 분명히 말하지만 섹스라는 주제 앞에서 점잔을 빼자는 것은 아니었다. 수사관으로 일하면서 나는 사람들이 알고 있는 모든 종류의 성 행위를 보았다. 그렇지만 공개적인 장소에서 할 수 있는 얘기에는 한계가 있었다. 나는 최대한 공손하게 말했다.

"솔직하게 말씀드리면 슈만의 성 문제에 대해서는 좀더 은밀한 장소에서 듣고 싶습니다."

아델만이 대답했다.

"저런, 저런. 나는 프라이스 경위님이 순진한 촌뜨기가 아니라 세상일을 알 만큼 아는 사람이라고 생각했는데 말이지요. 여러 젊은 여자들과 섹스에 빠져 살고 또 과하게 자위를 하면서 그의 가장 비밀스러운 부분, 정확히 말하자면 페니스가 되겠지요, 그 부분이 엉망이 되었다는 얘기가 있어요. 잘 아시겠지만 자기 병사를 배치하는 데 자만해서는 안 되는 법이지요. 참호는 위험하고 순간의 쾌락을 얻는 대가로 심한 부상을 입는 일도 많으니까요."

아델만은 말을 이었다.

"명성이 꽤 높은 의사들 몇 명이 추측하기로는, 아, 물론 나만 아는 얘기지만요, 슈만이 젊은 시절에 아마 성병에 걸렸을 거라고 합니다. 이런 사실이 그의 결혼에 어떤 영향을 미쳤을까요? 이런 것은 얘기할 만한 주제가 될 것 같소만?"

아델만이 교활하게 눈을 찡긋했다.

식당을 막 나서려는데 그가 갑자기 내 팔을 잡아당겼다.

"슈만 집에 묵고 있는 손님에 대해 들은 적이 있어요? 아주 재미있는 젊은이지요. 작곡가 겸 피아니스트랍니다. 함부르크 출신이고요. 연주 여행 중이라고 하더군요. 뒤셀도르프에서 얼마간 머물 예정인가 봅니다. 슈만 부부가 그 젊은이에게 반한 것도 이해가 돼요. 서로 마음이 맞고 음악에서 낭만적인 리듬을 좋아하는 사람들이니까. '한 콩깍지 안에 든 콩 두 알 같다'는 속담이 있는데, 그 사람들이 꼭 그렇다고 들었어요. 나도 얼마 전에 그 젊은이와 인사를 나눴지요. 아주 잘생기고 세련되기까지 하더군요. 키가 크고 금발에 두 눈은 사파이어 같았어요.”

그 설명을 듣는 순간 전날 저녁에 지휘자 대기실에서 보았던 낯선 청년의 모습이 떠올랐다.

“저도 어젯밤에 연주회가 끝나고 본 것 같습니다. 그의 이름을 기억하십니까?”

“기억하다마다요. 요하네스 브람스랍니다. 정말 기억하기 쉬운 이름 아니오?”

다음 날, 그러니까 화요일에 나는 아침 일찍 사무실에 도착했다. 문을 닫아걸고 책상 위에 두 발을 올리고 의자에 푹 파묻혀 아무 방해도 받지 않고 30분만 자고 싶은 마음이 간절했다. 전날 밤부터 그날 새벽까지 밀실 같은 방에 있다가 왔는데, 그 방의 벽과 천장은 민망하리만치 서툰 실내 장식가가 심홍색으로 칠한 것처럼 보였다. 그 '화가'는 최근 몇 주 동안 뒤셀도르프의 하층민 지역에 있는 다른 두 개의 방에도 그 비슷한 예술 작품들을 남기고 간 것이 틀림없었다. 모두 젊은 매춘부였던 희생자들은 여러 군데 잔인하게 칼에 찔린 다음 목이 베였다. 책임을 맡은 수사관으로서 나는 경찰서장으로부터 최선을 다해 살인자를 찾아내라는 명령을 받았다.

그런데 내 안에서 지칠 줄 모르고 흐르던 열정과 에너지가 그 날따라 체를 빠져나가듯 내 모공을 통해 새 나가는 느낌이 들었다. 매춘부의 방에서 나와 경찰서로 가는 동안 육체적인 피로와는 또 다른 피로감이 나를 엄습했다. 나는 스스로 타일렀다. 정신 차려, 프라이스. 이건 네가 먹고살기 위해 해야 하는 일이야. 그다지 나쁘지 않게 살아가는 방법이란 말이야. 그러니 온 마음과 정신을 이 일에 쏟아!

그러나 이런 훈계는 전혀 귀에 들어오지 않았다. 혼자만의 시간을 갖기 위해 경찰서까지 마차를 타지 않고 걸어가면서 나답지 않게 갑자기 무기력해진 이유를 곰곰이 생각해 보았다.

형사라는 일을 계속하는 동안 내 마음속에는 처음에는 희미하다 차츰 강해지는 느낌이 있었다. 범죄에 대해 무감각해지고 그 결과 어쩔 수 없이 범죄 수사도 권태로워진다는 느낌이었다.

그뿐만 아니라 범죄가 일어나는 장소에도 넌더리가 났다. 대부분의 장소가 천박했다. 가구 몇 점이 놓여 있는 값싼 여인숙 방, 더러운 매트리스와 상상할 수 있는 인간의 모든 체액 냄새가 있는 사창가, 쥐도 먹지 않을 음식을 파는 선술집, 어둠 속의 발자국이 바로 근처에서 강간이나 살인이 일어났음을 알려 주는 골목길과 뒷동네. 성의 복도나 한껏 꾸민 여성의 침실, 부자와 저명인사들의 오락실에서 범죄가 일어나는 것은 영화에나 나오는 일이었다. 현실에서 악이 좋아하는 장소는 시궁창이었다.

조사를 막 마치고 사무실로 돌아왔을 때만 해도 내 마음은 한 없이 가라앉아 있었다. 그러나 내가 도착하기 직전에 책상으로 배달되었다는 편지 봉투를 보고는 금세 기분이 좋아졌다. 봉투에 손으로 쓴 글자가 적혀 있고 높은음자리표 모양의 봉인이 붙어 있으며 종이에서 꽃향기가 나는 걸 보고 헬레나 베커가 보낸 편지라는 걸 직감했다.

나는 봉인을 뜯고 편지를 읽었다.

친애하는 헤르만

로베르트와 클라라 슈만 부부가 돌아오는 토요일 8시에 그들 집에서 열리는 음악의 밤에 친절하게도 우리 뒤셀도르프 현악 4중주를 초대했어요. 그날의 귀빈은 바이마르로 가는 길에 다시 한 번 뒤셀도르프를 방문하는 프란츠 리스트가 될 거예요. 그날 밤에 많은 저명인사들이 참석할 거라고 들었어요. 우리 현악 4중주는 슈만의 피아노 5중주를 연주할 예정이고 클라라 슈만이 피아노를 연주할 거예요. 초대장에는 각자 손님을 데려와도 된다고 적혀 있어요.

이 행사에 참석해서 당신보다 더 이익을 얻을 사람은 없다고 생각해요. 그러니 함께 가자고 조르는 일은 하지 않을

게요. 단 주최자 쪽에서 음악 파티 전에 가벼운 저녁 식사
를 대접할 거라는 말만 덧붙입니다(당신이 일을 잘 진행하면
내가 그날 저녁 늦게 가벼운 음식을 더 대접할 수도 있어요).

헬레나

9

토요일 저녁, 음악회에 간 나를
아내와 함께 환한 얼굴로 맞으며 힘차게 악수를 하는 로베르트
슈만은 불과 며칠 전 밤에 연주회가 끝나고 완전히 망가져 어찌
할 줄 모르던 그 사람이 아니었다. 더 당황스러웠던 것은 나를
반갑게 맞아 준 클라라 슈만의 태도였다. 그녀는 화사하게 웃으
며 말했다.

"아, 헬레나, 어서 오세요. 뒤셀도르프에서 가장 능력 있는 경
찰을 보호자로 데리고 오시다니 정말 현명하시네요."

그러고는 나를 보며 장난스럽게 미소를 지었다.

"경위님, 베커 양의 값비싼 첼로를 보호하러 오신 건가요, 아

니면 베커 양을 보호하러 오신 건가요?"

"다들 아시겠지만 베커 양이 첼로보다 훨씬 소중하지요."

나는 그녀가 이런 대답을 원한다는 걸 알고 있었다. 그러나 헬레나에게 향했어야 할 내 시선은 클라라 슈만에게 머물렀다. 내가 오랫동안 불신했던 최면 상태라는 것이 속임수가 아니라는 생각이 잠시 들기도 했다. 수수한 에메랄드색 옷을 입고 목에는 한 줄짜리 진주 목걸이를 건 클라라 슈만의 모습은 장신구를 많이 한다고 해서 우아한 것이 아니라는 사실을 증명했다.

슈만 부인이 남편에게 말했다.

"로베르트, 베커 양의 외투를 받아 주고 첼로를 피아노 옆에 두도록 좀 도와주세요. 그동안 저는 허기져 보이는 경위님을 음식이 있는 곳으로 안내할게요."

로베르트 슈만은 기분 좋게 아내의 말을 따랐는데, 헬레나가 외투를 벗고 어깨 숄을 어깨 약간 아래로 내리면서 볼록하고 탄탄한 가슴을 드러내자 훨씬 더 기분 좋아 보였다.

클라라 슈만은 내 팔을 잡고 불빛이 따스한 식당으로 데려갔다. 그녀는 함박웃음을 짓고 있었지만 어쩐지 억지웃음처럼 보였다. 친절 아래 깔린 차가운 의심이 느껴졌다. 역시 내 예감이 틀리지 않았다. 그녀가 나만 들을 수 있도록 낮은 목소리로 말했다.

"경위님, 오늘 밤 여기 왜 오신 거죠? 우리를 조사하러 오신 건가요?"

클라라 슈만의 의심을 없애려면 농담으로 넘기는 것이 최선이라고 판단했다. 나는 비밀 얘기를 하듯 속삭였다.

"꼭 아셔야 한다면 말씀드리죠. 내가 여기 온 진짜 이유는 저기에 서 있기 위해서입니다."

나는 식당 테이블의 구석을 고갯짓으로 가리켰다. 그곳에는 게오르크 아델만이 포크를 창처럼 오른손으로 들어 올리고 구운 고기와 칠면조 고기 접시 주위를 어슬렁거리고 있었다. 왼쪽 손바닥 위에는 치즈와 감자, 샐러드, 빵이 이미 수북하게 쌓인 커다란 접시가 균형을 잡고 앉아 있었다.

안주인이 나를 어리둥절한 표정으로 보며 말했다.

"게오르크 아델만 말인가요? 다른 사람이 아닌 그를 감시해야 한다고 말씀하시는 건가요?"

내가 손가락을 입술에 댔다. 그리고 소리를 죽여 말했다.

"제발 이 얘기를 아무에게도 하지 말아 주세요, 슈만 부인. 제가 방금 드린 말씀은 극비입니다."

"게오르크 아델만에게 죄가 있다면, 만일 그걸 죄라고 할 수 있다면 너무 많이 먹는다는 것뿐이에요."

클라라 슈만이 말했다.

사실 게오르크 아델만을 끌어들인 것은 클라라 슈만의 관심을 다른 데로 돌리기 위해서였지만 결과적으로 좋은 구실이 되었다. 클라라 슈만의 얼굴에 강한 호기심이 어려서 나는 얘기를 계속할 수밖에 없었다.

"부인, 아델만이 입고 있는 지나치게 큰 코트를 잘 보세요. 저 사람의 허리가 꽤 굵긴 하지만 그래도 코트가 족히 두 사이즈는 크죠. 우리 아버지는 재단사였어요. 그래서 저는 옷에 관심이 아주 많습니다. 옷이 저렇게 큰 데는 어떤 이유가…… 사악한 이유가 있습니다. 제 말을 믿으세요."

"어떤 이유 말인가요?"

"저 코트에 깊숙한 안주머니가 여러 개 있어서, 점잖게 표현하면 저 사람이 쓸모와 재미를 위해서 습관적으로 가지고 다니는 물건들, 예를 들어 작지만 귀중한 장신구들, 집 안 장식품, 진기하고 비싼 보석이나 식기 등을 가지고 다닌다는 데 제 경찰 배지를 걸겠습니다."

슈만의 중요한 손님 중 한 사람이며 저명한 기자에게 그림자를 드리우는 것이 비열하다고 생각했지만, 내가 말한 이야기는 아무렇게나 지어낸 얘기가 아니었다. 사실을 말하자면 나는 에머리히의 예술가 식당에서 그와 함께 점심을 먹을 때 그가 아마추어 도둑처럼 서툰 동작으로 작은 은제 쟁반 위에 있던 린넨 냅킨을 접은 다음 코트 안쪽 깊숙이 밀어 넣는 모습을 놀라움 반 감탄 반인 마음으로 지켜보았다. 심리학이라는 새로운 의학 분야에 관심을 갖기 시작한 의사들은 아델만과 같은 사람을 '병적 도벽자'라고 표현했다. 그러나 그런 행동에 대해서는 내 정의가 훨씬 더 적절했다. 그건 도둑질이었다. 어쨌든 그 일은 비 오는 날에 대비해서 우산을 간수해 놓는 것처럼, 수사관으로서

장차 유용하게 쓰일 때를 대비하여 마음 뒤편으로 숨겨 놓은 사건 중 하나였다. 그 '비 오는 날'이 바로 그때였다. 내가 클라라에게 말했다.

"제발 이 일에는 마음 쓰지 마십시오. 제가 확실히 말씀드리는데, 저기에 있는 우리 친구를 저녁 내내 제가 감시하겠습니다."

그런 다음 화제를 바꾸고 싶어 이렇게 말했다.

"그 위대한 프란츠 리스트와 인사를 나눌 생각을 하니 흥분이 되는군요. 그가 피아노로 한두 곡쯤 연주해 줄까요?"

"그 '위대한' 프란츠 리스트는 연주자가 아닌 정식 손님으로 이곳에 오시는 거예요. 그러나 경위님, 제 말을 잘 들으세요. 프란츠 리스트는 두 번 청을 하지 않아도 불꽃놀이로 하늘을 밝힌답니다. 오늘 연주자 목록에는 없지만 그가 연주를 한다고 해도 놀라지 마세요."

클라라 슈만은 웃음 띤 얼굴로 말했지만 그 목소리에 돋아 있는 가시를 나는 느낄 수 있었다.

"내가 수사관이 아니라고 해도 부인이 프란츠 리스트를 싫어하신다는 걸 금방 알겠군요."

"이걸 아셔야 해요. 리스트와 그의 친구 바그너는 제 남편이 상징하는 모든 것의 명성을 일부러 떨어뜨렸어요. 그들은 스스로 꽤나 당당하게 바이마르 학파라 부르고 자기들을 전위 예술가라고 생각하죠. 얼마 전 잡지 기사에서 바그너는 라이프치히 학파를 비꼬면서 '진창에 빠지다'라는 표현을 썼어요."

"그렇다면 부인은 무엇 때문에 그처럼 경멸하는 음악가를 위해 이렇게 떠들썩한 파티를 여는 겁니까?"

클라라 슈만이 대답했다.

"이탈리아 속담에 '관객을 원한다면 먼저 싸움을 걸어라.'라는 말이 있죠. 이곳 독일에서는 '관객을 원한다면 프란츠 리스트의 이름을 팔아라.'라고들 해요."

클라라 슈만이 속삭임에 가깝게 목소리를 낮췄다.

"사실 경위님이 오늘 저녁 여기에서 보는 사람들 중 반 정도는 리스트를 직접 보고 내일 친구들에게 가서 자기가 리스트와 같은 방에 있었노라고 자랑하려고 온 거랍니다."

내가 말했다.

"솔직하게 말해도 될지 모르지만, 그렇다면 부인은……."

"위선자라고요?"

클라라 슈만이 입술을 뒤틀며 미소를 지었다.

"물론 그렇지요."

그녀의 얼굴에서 미소가 사라졌다.

"우리는 영적인 세계에서 사는 게 아니에요. 진짜 세상에서 사는 거죠. 적어도 저는 그래요. 남편에 대해서도 늘 확신이 있는 것은 아니에요."

그즈음 슈만 부부의 집은 초대받은 손님들로 가득 찼다. 뒤셀도르프의 상류 사회에서 이름이 난 몇 명은 나도 알아볼 수 있었다. 물론 그중에는 그 지역 최고의 귀족인 호프만 남작 부부도 있었다. 그들은 주인 부부와 달리 남편은 훈장과 리본, 아내는 목걸이와 브로치와 팔찌와 귀걸이로 장식을 해서 둘이서 함께 현관을 지나 주방으로 들어오니 마치 커다란 인간 샹들리에 같았다. 그들 뒤로 좀더 신분이 낮은 유명 인사들이 느리고 조심스러운 걸음걸이로 따라 들어왔다. 그중에는 음악에 대해 잘 알지 못하고 관심도 없지만 고상하게 보일 수 있는 기회를 놓치지 않으려는 시 관리들이 있었고 지역 음악협회 회장인 율리우스 일링도 있었다. 그리고 낡은 야회복 차림의 작가와 기자들도 몇 명 있었는데, 그들은 자기들이 사람들에게 미칠 영향력에 아랑곳없이 좋은 식사와 고급 와인만을 고집하는 것처럼 보였다.

식당에서 슈만 부부의 손님들은 실내악을 들으며 우아한 저녁을 보내는 것이 아니라 고된 사막 횡단을 하기 위한 대비라도 해야 하는 것처럼 음식을 먹었다. 다른 사람들보다 일찍 도착해서 요리를 먹은 게오르크 아델만의 선견지명에 나는 내심 감탄했다.

그런데 그날의 주인공은 어디에 있는 걸까? 프란츠 리스트가 나타났어야 하는 시간이 훨씬 지나 있었다. 그런 행사에 예의에 벗어나지 않는 범위에서 늦는 것은 사교계에서 관례였으며, 아닌 게 아니라 주인공이 시간에 딱 맞게 나타나면 극적인 등장이 되질 못했다. 그러나 그날 리스트는 30분이 지났는데도 나타나지 않았다. 나는 슈만 부부가 식당 벽난로 위의 시계를 흘끗거리며 조금 불안해하는 것을 곁눈질로 보았다. 리스트가 그날 식사를 제대로 즐기려면 아주 일찍 도착해야 했다. 그렇지 않으면 찌꺼기를 먹는 것에 만족해야 할 터였다.

게오르크 아델만이 배를 다 채웠는지 이번에는 거실의 조용한 구석에 있는 헬레나 베커 곁으로 가서 그녀의 모습을 감상했다. 첼로의 특수성 때문에 헬레나는 연주를 할 때 풍성한 스커트를 입어야 했다. 그런 옷을 입으면 첼로 연주자의 자연스러운 윤곽이 전혀 드러나지 않게 마련이지만, 헬레나의 옷차림새에는 사람을 애태우는 뭔가가 있었고 아델만은 이를 놓치지 않았다. 대단해! 나는 혼자 생각했다. 그 늙은 대식가가 내 첼리스트 친구에게 완전히 반해서 나 같은 경찰에게 털어놓기 곤란한 슈만 부부 얘기를 헬레나에게는 해 주기를 바랐다. 거실 맞은편에 있는 나를 보고 헬레나가 고개를 까딱하며 부드럽게 미소를 지었다. 나도 함께 웃어 주었는데 내 미소가 격려의 뜻으로 전달되었으면 하는 마음이었다.

한 시간이 지났지만 그날의 주빈은 나타날 기미가 보이지 않았다. 슈만 부부는 시계에서 눈을 떼지 못했다. 남자들 몇 명이 자신들의 회중시계로 시간을 확인했다. 사람들이 조심스럽게 숙덕거리기 시작했다. 어떤 사람들은 말도 안 되는 얘기지만 리스트가 아마도 잊어버린 거라고 추측했고, 또 어떤 사람들은 그 유명한 명연주가가 무대에서 보여 주는 유연한 모습을 지키기 위해 연회를 원칙적으로 피하는 것이 당연하다고 했다.

"그는 분명히 와요. 와서 넘치도록 사과를 할 것이고, 겸손한 몸짓으로 모든 이들을 매료시킬 것이며, 호프만 부인의 옷을 뒤덮은 보석보다도 더 빛을 발할 겁니다."

아델만이 말했다.

아홉 시가 되었다. 슈만 부부는 걱정스러운 시선을 주고받더니 손님들을 모두 거실 의자에 앉혔다. 슈만이 화가 난 표정으로 말했다.

"신사 숙녀 여러분, 연주자들이 준비를 하고 있습니다. 우리 주빈이 아마도 여행 일정에서 지체가 되었는지 아직 도착하지 않았지만 우리는 예정대로 진행하려고 합니다. 우리의 손님은 이제 곧 나타나 우리를 기쁘게 해 줄 겁니다. 베토벤 피아노 3중주 D장조와 저의 피아노 5중주곡을 선보이기에 앞서 여러분을 위해 아주 특별하고 즐거운 깜짝 공연을 마련하려고 합니다. 여러분은 이 젊은 작곡가의 연주를 처음으로 듣게 될 것인데, 내 생각에 이미 음악의 하늘로 날아오르는 독수리가 된 그 작곡가는 여러분들을 위해 최근에 작곡한 피아노 작품 두 곡을 연주할 겁니다. 우리의 젊은 천재가 수줍음을 타기 때문에 연주곡목은 제가 대신 소개하겠습니다. 첫 번째 연주곡은 광시곡이며 두 번째 곡은 간주곡입니다."

슈만이 고개를 약간 돌려 어깨 너머로 아내를 불렀다.

"클라라, 이제……."

슈만 뒤쪽에서 문이 열리더니 클라라 슈만이 그날 밤 연주회장에서 보았던 바로 그 키가 크고 잘생긴 젊은이의 손을 이끌고 나타났다. 남자는 체격이 건장했지만 교실을 가득 메운 어른들 앞에 시를 낭송하러 걸어 나오는 학생처럼 짧은 보폭으로 머뭇거리며 걸었다. 클라라 슈만이 젊은이의 손을 놓고 그 젊은 작곡가에게 두 개의 그랜드 피아노 중 하나의 앞에 앉으라는 손짓을 했다. 그녀의 동작이 우아하긴 했지만 조금은 과장되어 보였다. 그리고 나는 또 하나의 동작도 놓치지 않았다.

"존경하는 귀빈 여러분, 함부르크에서 오신 요하네스 브람스를 환영해 주세요."

클라라 슈만은 이렇게 말하고는 브람스의 뒤를 지나 자기 자리로 가면서 한 손으로 브람스의 목덜미를 스쳤다. 그 손길이 너무 가볍고 미묘해서 그 방에 있던 다른 사람들도, 그러니까 나 말고 또 다른 사람도 보았는지는 모르겠다. 내가 앉아 있던 각도가 특별해서 혹은 비록 근무 중이 아니더라도 수사관의 시력이란 것이 현미경과 같아서 유독 내 눈에 띈 거라고 생각할 수도 있었다. 그러나 부정할 수 없는 사실이 있었다. 요하네스 브람스의 목덜미를 스치던 클라라 슈만의 손길은 우연이 아니었다.

나는 음악 비평가는 아니지만 광시곡의 처음 몇 소절만 듣고도 그가 아주 재능 있는 음악가이며 강렬하고 아름다운 악상을 만들어 표현하는 능력을 지닌 젊은이라는 사실을 알 수 있었다. 더 부드럽고 더 시적인 간주곡은 내 귀에 긴 탄식처럼 들렸다. 그것은 열정의 표현이라기보다는 갈망, 손에 닿을 수 없는 사람에 대한 열망으로 인한 깊은 탄식이었다.

간주곡의 마지막 긴 음이 열렬한 박수갈채와 몇 사람의 "브라보!"라는 외침 뒤에 이어졌다. 슈만이 피아노 쪽으로 가서 브람스의 양 어깨를 잡아 일으키고는 적은 규모의 관객 쪽을 향하게 했다. 그렇게 해서 그 서툴고 소심해 보이는 젊은이는 혼자서 객실에 있는 모든 이들의 갈채와 탄성 속에 있게 되었다.

나는 잠깐 방 뒤쪽을 살펴보았다. 거기에 클라라 슈만이 사람들에게서 소외된 듯 혼자 서 있었다. 클라라 슈만은 박수갈채에 동참하지 않았다. 그녀가 연주에 대해 열정적인 반응을 드러내지는 않았지만 그 얼굴에는 탄성과 박수갈채 이상의 표정이 담겨 있었다. 브람스의 두 번째 곡 분위기와 어울리는 표정, 손에 닿을 수 없는 곳에 있는 사람을 원하고 갈망하는 감정이 담긴 표정이었다.

이제 거실의 시계는 아홉 시 반을 가리켰고, 우리의 주인은 주빈이 참석하지 못한 것에 대해 구차한 변명을 늘어놓아야 했다. 한눈에 보기에도 난처한 상황에 처한 남편을 구하기 위해 클라라 슈만이 나섰다. 그녀는 침착하고 자신만만한 목소리로 말했다.

"여러분 모두 리스트의 전설을 잘 아실 거라고 믿습니다. 먼저 그의 영혼이 방에 들어오죠. 그의 몸은 한참 나중에 따라오고 말이에요."

거실에 모인 사람들이 웃음을 터뜨렸다. 슈만이 아내를 향해 감사의 뜻으로 환하게 미소를 지었다. 앞줄 의자로 안내를 받았던 요하네스 브람스는 순수하고도 완전한 동경이라고 할 만한 표정으로 클라라 슈만을 올려다보았다.

슈만 부인이 침착하게 말을 이었다.

"하늘이 열리고 거장 리스트가 내려올 준비를 하는 동안 우리는 베토벤을 연주하려 합니다."

연주자들이 베토벤의 3중주를 연주하기 위해 자리를 잡는 동안 클라라 슈만은 거실 뒤쪽으로 가서 앉았다. 그러나 어두침침한 그 구석에 서 있어도 클라라 슈만은 여전히 내 관심의 중심이었다. 3중주의 순수함과 아름다움, 헬레나 베커의 강렬한 연주에도 불구하고 내 관심은 제일 뒤쪽에 앉아 있는 클라라 슈만에게서 앞줄에 있는 로베르트와 요하네스에게로, 다시 클라라 슈만에게로 끊임없이 오갔다.

나는 스스로 질문해 보았다. 어째서 클라라 슈만은 남편과 그 수줍어하지만 매력적인 제자에게서 멀찌감치 떨어져 있는 걸까? 클라라 슈만도 수줍음을 타는 걸까? 그럴 리는 없었다. 클라라 슈만은 무대의 중심을 차지하는 데 익숙한 여성이었다. 비록 여섯 아이의 어머니였지만 그녀는 독일 여자들에 대한 일반적인 시선, 여자들을 일요일에 교회 가는 것이 사회 활동의 전부여야 하는 가정적 존재로 보는 시선을 거부했다.

클라라 슈만이 작곡가인 남편의 명성을 시기하는 걸까? 유럽 전체가 피아노 연주자로서 클라라 슈만의 기교를 인정했지만 내가 읽었던 비평 기사로 판단하건대 그녀의 작곡 실력은 남편에게 가려졌다. 클라라 슈만이 진지하게 노력한다는 사실은 아무도 의심하지 않았다. 그러나 진지한 것과 훌륭한 것은 완전히 다른 문제였다. 클라라 슈만이 작곡한 피아노 협주곡이 비평가들 사이에서 꽤 괜찮다는 평을 듣긴 했지만, 그것은 요리사인 여자가 포트 로스트 약한 불에 천천히 찜을 한 쇠고기 등의 덩어리 또는 그 요리-옮긴이 요리법을 안다는 것과 비슷한 칭찬이었다.

클라라 슈만이 브람스라는 젊은이에게 매료되어 있다는 내 생각을 잠시 접어 둔다면, 혹시 클라라 슈만은 브람스를 작곡이라는 영역에서 로버트 슈만의 무서운 경쟁자인 동시에 연주자인 자신의 무서운 경쟁자로 보았던 걸까? 겉으로는 함부르크에서 온 그 젊은이를 당당하게 칭찬하면서도 마음 뒤편에는 그 젊은이가 머지않아 엄청난 성공을 거둘지도 모른다고 두려워하는 걸까? 경제적으로 불안한 음악의 세계에서 브람스가 받는 모든 작곡 의뢰는 원래 로베르트 슈만이 받아야 하는 의뢰가 될 수도 있었다. 그리고 브람스가 하는 모든 피아노 연주 계약은 클라라 슈만의 차지가 되지 못한 계약이 될 수도 있었다. 먹고 입혀야 할 아이들이 여섯이나 되었기 때문에 아마도 한 푼 한 푼이 아쉬웠을 것이다.

또 다른 가능성도 있었다. 그날 저녁 클라라 슈만이 내게 했던 질문이 떠올랐다. ‘우리를 감시하러 오신 건가요?’ 사람 말을 잘 믿는 사람이라면 내가 대충 꾸며낸 대답에 속아 넘어갈 수도 있었지만 클라라 슈만은 그리 호락호락한 사람이 아니라는 생각이 들었다. 되도록 브람스에게서 멀찍이 떨어져 앉으면서 클라라 슈만은 요하네스 브람스가 가까이 있다는 사실이 자신의 행복에 결정적인 요인이라는 암시를 없애고 싶었던 걸까?

로베르트 슈만이 연주회장에서 무너졌던 그날 밤 후로 슈만 부부의 결혼 생활에 공백이 생겼다는 느낌이 내 머릿속에 단단히 자리를 잡았다. 이제 그 공백이 젊고 활기찬 브람스에 의해 어떤 식으로든 메워지고 있는 것일까? 그것을 용의자에 대한 경찰의 본능이라고 해도 좋고 냉소라고 해도 좋다. 이유가 무엇이든 나는 클라라 슈만과 요하네스 브람스의 관계에 비밀스럽고 관능적인 애정의 모든 요소가 들어 있다고 확신했다. 설령 아직은 아니더라도 앞으로 그렇게 될 수밖에 없는 관계였다.

베토벤 곡이 끝나고 박수갈채와 "앙코르!"라는 외침 소리가 미처 잦아들지 않았을 때 갑자기 조금 요란스러운 소리와 함께 현관으로 이어지는 커다란 문이 열렸다. 모든 사람들의 시선이 거실 뒤편으로 향했다.

거기에, 마침내 나타난 프란츠 리스트가 실크 중산모에 기다란 검은 코트 차림의 당당한 모습으로 동상처럼 꼼짝 않고 서 있었다.

10

리스트는 꼼꼼하게 빗질한 긴 머리카락을 한 올도 흩트리지 않으려고 조심하면서 실크 중산모를 벗어 대기하고 있던 시종에게 건네주고는, 시종이 그의 어깨에서 울 서지 코트를 벗겨 주는 동안 가만히 기다렸다. 그런 시중을 받는 데 익숙한 왕의 모습과도 같았다.

프란츠 리스트가 말했다.

"무례하게 방해한 점에 대해 거듭 사과를 드립니다. 저는 불가피하게 갇혀 있어야 했습니다. 아, 시간에 대해 말씀을 드리자면, 독일 철도는 독일의 음악가들만큼 뛰어나질 못하더군요."

그는 어쩔 수 없었다는 듯 어깨를 한 번 으쓱하고 덧붙였다.

"바이마르의 저녁 기차는 말입니다……."

방에 있던 사람들 모두 이해한다는 표정을 지었다. 공감하듯 고개를 끄덕이는 사람들도 있었고 어떻게 된 사정인지 안다는 의미의 웃음소리가 여기저기서 들리기도 했다.

로베르트 슈만이 환하게 미소를 지으면서 새로 도착한 손님 쪽으로 갔다. 그는 손을 내밀면서(내 생각에는 조금 심할 정도로 크게) 말했다.

"존경하는 프란츠, 이 누추한 곳까지 와 주시다니 우리 부부에게는 큰 영광이오!"

두 남자가 포옹을 하면서 서로 등을 정답게 토닥거렸다. 포옹을 풀면서 리스트가 말했다.

"슈만, 뼛속까지 춥군요. 뜨거운 차 한 잔 마셨으면 하는데요. 커피라면 더 좋겠고……."

"당연히 그래야지요."

로베르트 슈만이 이렇게 대답하고는 건너편을 향해 소리쳤다.

"클라라, 우리 귀한 손님 프란츠에게 커피 한 잔과 케이크 한 조각을 가져다주겠소? 가엾게도 배가 몹시 고픈 모양이오."

"기꺼이 그렇게 해야죠."

클라라가 대답하고는, 마치 남편이 자신을 돌아보면 그를 소금 기둥으로 만들 수도 있을 것 같은 표정으로 넘치게 친절을 베푸는 남편을 바라보았다.

로베르트 슈만이 따로 마련해 둔 앞줄 자리로 리스트를 안내

할 때 나는 처음으로 연주회장 무대가 아닌 장소에서, 더구나 가까운 거리에서 그 남자를 자세히 볼 수 있었다.

그가 지닌 모든 특징, 말하자면 매력적인 몸가짐과 매우 잘생긴 용모, 느긋하고 세련된 태도, 부드러운 목소리, 나무랄 데 없는 맞춤 야회복, 이 모든 것들이 그가 사교에 능하며 우아하고 교양 있는 사람임을 보여 주었다.

리스트의 요청에 따라 더 지체하지 않고 연주회가 다시 시작되었다. 클라라 슈만의 피아노 연주와 함께 로베르트의 5중주가 후반부에 이어질 참이었다. 연주자들이 연주를 시작하기 전에 로베르트 슈만이 피아노 앞에 앉아 있는 아내 옆에 서서 한 손을 아내의 어깨 위에 가볍게 올리고 짤막하게 곡 소개를 했다. 떠들썩하게 대규모 오케스트라와 연주회장을 준비하지 않아도 연주할 수 있는 그 짧은 피아노곡을 10년 전쯤에 써서 아내에게 바쳤다는, 이미 다들 잘 알고 있는 얘기를 반복했다.

슈만이 귀에 거슬릴 만큼 큰 소리로 말했다.

"이 5중주곡이 사랑으로 넘친다 해도 나는 사과를 하지 않을 겁니다."

이쯤에서 나는 클라라가 짧게라도 남편과 같이 사랑이 담긴 대답을 할 거라고 기대했다. 그러나 클라라 슈만은 무척 당혹스러운 표정을 짓더니 고개를 숙이고 두 손을 무릎 위에 포개고 피아노 앞에 앉아 있었다. 남편이 어서 입을 다물기만을 바라는 그런 표정이었다. 브람스가 앉아 있는 앞줄 쪽을 언뜻 보니 브람스의 얼굴에 클라라와 신기하리만치 비슷한 표정이 어렸다.

또 하나 이상한 점이 있었다. 그날 저녁 로베르트 슈만이 요하네스 브람스를 그처럼 요란하게 소개한 것을 보면, 방금 곁에 앉은 거장에게도 그 전도유망한 젊은이를 당연히 소개해야 했다. 그런데 슈만은 왜 그렇게 하지 않은 걸까? 잠깐 잊은 걸까? 아니면 고의적인 건가? 브람스가 수줍음을 타는 사람이라고 해도 리스트와 인사를 나누려고 해야 하지 않을까? 누구든 리스트를 한 번 만나면 그후로 몇 달은 사람들을 만나 식사를 할 때마다 그 일에 대해 얘기했다. 그래, 하나님 앞에서 맹세하는데, 리스트가 내 얘기를 들었다고 하면서 나중에 바이마르에 오면 자기를 찾아오라고 했다니까…….

나는 이전에도 몇몇 행사에서 슈만의 5중주 연주를 들어 보았지만, 그 2월의 밤에 슈만의 집에서 들었던 연주는 어느 때보다도 열정적이고 활기찼다.

다시 한 번 내 관심은 마치 자석에 이끌리듯 피아노 앞에 있는 클라라 슈만에게로 향했다. 독주 부분에서 현란한 연주 기술을 보여 주든 아니면 좀더 음울한 5중주 부분에서 다른 연주자들과 섞이든, 음과 속도를 정하는 사람은 클라라였다. 전체 연주에 영혼을 불어넣는 사람은 바로 클라라 슈만이었다.

그리고 마지막 울림이 퍼져 나오는 순간 방을 채우는 탄성이 부르는 이름도 그녀의 이름이었다.

"클라라! …… 클라라! …… 브라보, 클라라! …… 최고요,

클라라!"

사람들이 벌떡 일어서서 박수를 치며 앙코르를 청했는데, 그들의 환호는 에메랄드색 옷을 입은 호리호리한 사람에게 집중되었다. 클라라 뒤의 그림자 속에서 그녀의 남편이 두 눈이 촉촉한 채로 함께 박수를 치며 그 모든 상황과 자신은 별 관계 없다는 듯 서 있었다.

앞줄에서는 요하네스 브람스가 매끈한 얼굴에 부드러운 미소를 띠고 서 있었다. 나는 그런 종류의 미소를 여러 번 본 적이 있었고, 그런 미소가 어디에서 나오는지도 알고 있었다. 만일 브람스가 속수무책으로 사랑에 빠진 것이 아니라면 내 직관력이 대책 없이 망가진 것이었다.

나는 앞줄의 또 다른 곳에 시선을 던졌다. 그곳에 프란츠 리스트가 역시 일어서 있었다. 그러나 그의 박수는? 그의 태도는 '예의상'이라고밖에 표현할 말이 없었다. 리스트는 주위 사람들이 보여 주는 엄청난 흥분이 어처구니없다는 얼굴로 박수를 멈추고 잠깐 주위를 둘러보았다. 그리고 방금 들은 음악을 즐겼다기보다는 참고 견뎠다는 듯 입술 양끝을 올리면서 거만하게 웃더니 기계적인 동작으로 다시 박수를 쳤다.

연주자들이 굉장히 지쳐서 관객들의 앙코르 요청을 받을 수 없다는 것을 알고 로베르트 슈만이 무대 가운데로 다시 나왔다. 그가 리스트를 보면서 말했다.

"자, 친애하는 여러분, 우리의 주빈인 거장 프란츠 리스트가 우리를 위해 연주를 해 주어서 오늘 저녁을 완벽하게, 아니 더욱 완벽하게 만들어 줄 거라고 감히 바라도 될까요?"

슈만은 두 대의 피아노 쪽으로 손을 내밀었다.

"이 피아노들은 거장 리스트의 마법 같은 손가락을 한 번도 느껴 보지 못했습니다. 그리고⋯⋯."

슈만은 자기가 하려는 재치 있는 말을 생각하며 웃음을 지었다.

"신사 숙녀 여러분, 그랜드 피아노는 거장 프란츠 리스트의 손길이 닿기 전까지 진정한 그랜드 피아노가 될 수 없을 겁니다."

리스트가 자리에서 엉거주춤 일어나 슈만의 소개에 답하는 박수갈채에 감사를 표하고 얼른 자리에 앉았다. 주인은 그런 태도를 분명 겸손의 표시로 받아들였을 것이다. 나도 리스트가 드러내 놓고 거절하리라고는 생각도 하지 못했다. 그동안 여기저기서 들은 이야기도 있고 그날 저녁 클라라 슈만이 리스트에 대해 한 얘기도 있어서, 리스트가 두 번 청할 때까지 기다리지 않을 거라고 짐작했다. 그러나 그는 자리에 접착제로 붙인 것처럼 앉아서 고개를 양쪽으로 흔들며 단호하게 거절 표시를 했다.

슈만이 두 팔을 활짝 벌리며 말했다.

"존경하는 리스트, 정말 겸손하시군요. 피아노가 당신을 기다리고 있어요. 자, 어서!"

리스트가 자리에 앉은 채로 말했다.

"고맙습니다, 슈만 선생. 그러나 나는 지금 연주를 할 수가 없어요. 내 말은, 우리가 지금 들은 음악 다음에 내 음악은 전혀 어울리지 않을 것 같아서……. 그러니까 우리가 들은 음악은 굉장히 라히프치히식이라서요."

방의 한쪽 끝에서 다른 쪽 끝으로 명확하게 들린 "굉장히 라 피프치히식"이라는 표현은 즉각적인 효과를 냈다. 그 방에 있 는 산소를 모두 빼내어 사람들을 잠깐 동안 말을 못하고 움직이 지도 못하게 만든 것 같았다. 그 말을 하는 리스트의 태도는 왠 지 오만해 보이기도 했다.

잠깐 멍한 침묵 뒤에 끔찍한 광경이 이어졌다. 갑자기 슈만이 습격이라도 하듯 리스트에게 거칠게 달려가더니 그의 양 어깨 를 세게 잡고 의자에서 일으켰다.

"우리 작품을 어떻게 그런 식으로 모욕할 수가 있소?"

슈만이 소리쳤다. 그냥 구경만 하는데도 슈만의 행동이 위협 적으로 느껴졌다. 그러니 리스트는 슈만이 더 무시무시했을 것 이다. 슈만은 더는 아무 말도 않고 그 불행한 주빈을 놓아주더 니 발뒤꿈치로 휙 돌아 거실을 나가 육중한 문을 쾅 닫았다.

엄청난 무례를 당했는데도 리스트는 적어도 겉으로는 평정을 되찾고 믿을 수 없을 만큼 침착해졌다. 그는 차분하고 조심스럽 게 연미복의 깃을 펴고 칼라를 원래 모양대로 매만졌다. 소란 통에 비뚤어진 지나치게 큰 검은색 나비넥타이도 제자리에 놓 고 양 끝을 당겨 매듭을 단단히 죄었다. 그리고 몸에 날씬하게 맞는 바지 주름을 아래로 쫙쫙 폈다. 그제야 다시 완벽한 모습의 리스트가 되었다. 완벽한 피아노 연주자, 완벽한 한량의 모습이 되었다.

그러나 이제 리스트는 불완전한 손님이자 근사하게 시작된 저녁 연회를 영문도 모르는 채 음울한 파멸로 바꾸어 놓은 사람이 되었다. 방안에 있던 사람들은 마치 그들의 한가운데서 쓰레기 마차와 부딪힌 사람을 보듯 측은하게 리스트를 바라보았다. 리스트는 자신이 심각한 실수를 했음을 알아차렸다. 그는 지체하지 않고 안주인에게 사과를 했다.

"부인, 용서를 빕니다. 모든 것이 제 잘못입니다. 저의 실언을 탓해 주세요."

그러나 그의 변명은 불에 기름을 부은 꼴이었다. 클라라가 쏘아붙였다.

"실언은 바이마르에서만 하시는 게 좋겠군요. 이 집에서는 환영받지 못할 겁니다."

클라라까지 화를 내자 리스트는 더 어떻게 할 도리가 없었다.

"부인, 제가 여기 더 머물면서 부담을 드리지는 않겠습니다."

리스트가 말했다. 집을 떠나 달라는 권유를 노골적으로 받았는데도 그의 말투는 예의 바르고 정중하기까지 했다.

"부인, 이 말씀만 드리죠. 누가 저를 모욕할 때 제가 그것을 담담히 받을 수 있는 사람은 이 세상에서 부인과 남편뿐입니다."

리스트가 몸을 돌려 거실을 빠져나가는 모습을 모두 숨죽이고 지켜보았다. 그런데 리스트가 요하네스 브람스 앞을 지나치다가 멈춰 섰다. 그가 말했다.

"젊은이, 내가 늦게 도착하는 바람에 자네의 연주를 듣지 못해 유감이네. 또 기회가 있겠지. 그런데 저 피아노는……."

리스트가 클라라 슈만이 연주했던 피아노를 가리켰다.

"저 피아노는 조율을 제대로 해야겠어. 나는 절대음감을 갖고 있는데, A음이 적어도 4분음은 높았네."

그가 고개를 흔들며 덧붙였다.

"안타까운 일이야."

“나는 그와 영원히 절교했다!”

‘그’는 프란츠 리스트였다. 사람들 앞에서 이런 맹세를 한 사람은 물론 클라라 슈만이었다. 나는 그녀의 분노를 어렵지 않게 이해할 수 있었다. 늘 우아한 태도로 사람들을 상대하는 리스트가 상상할 수 없을 만큼 무감각하고 거친 행동을 한 것이다.

그런데 내 상식으로 이해하기 어려웠던 것은 클라라 슈만이 그 순간 남편의 소재에 무관심해 보였다는 것이다. 어쩌면 로베르트 슈만은 스스로 목매달고 싶은 마음으로 다락방에 있었을 것이다. 아니면 지하실에 가서 혼수상태에 빠질 때까지 술을 마셨을지도 모른다. 로베르트 슈만은 일이 안 될 때마다 자주 술을 마신다는 소문이 있었다. 그것도 아니라면, 코트도 입지 않고 모자도 쓰지 않고 밤거리로 뛰쳐나가 무자비한 2월의 바람 속을 정처 없이 헤맸을지도 모른다.

그 모든 일을 겪고 나서도 클라라 슈만은 침착함을 되찾고 묵직한 겉옷을 급히 걸치고는 고개를 꼿꼿이 들고 현관에 서서, 난처한 표정으로 중얼거리며 나가는 손님들에게 와 줘서 감사하며 안녕히 가시라는 인사를 공손하게 했다.

이제 집 안에는 클라라 슈만, 브람스, 헬레나 베커, 나, 이렇게 네 사람만 남았다. 헬레나 베커를 집까지 바래다주는 것은 당연히 내 몫이었지만 어쩐지 그냥 가서는 안 될 것 같은 느낌이 자꾸 들었다. 안주인과 그녀의 추종자는 헬레나와 내가 어서 가 주었으면 하는 눈치였지만, 나는 헬레나가 첼로를 케이스에 넣는데도 그냥 멀뚱히 서 있었고 슈만의 하녀가 내게 건네주는 코트를 입으려고 하지도 않았다. 그러면서 브람스에게 이렇게 물었다.

"리스트가 나가면서 당신에게 한 말이 사실입니까?"

"제가 제 곡을 연주하는 것을 듣고 싶다고 한 얘기 말입니까?"

브람스가 비꼬는 듯한 미소를 지었다.

"그럴 리가 없죠. 그와 나의 음악 세계는 전혀 다르거든요. 리스트의 음악은 사기꾼의 음악, 빈 캔디…… 그러니까 안이 텅텅 빈 캔디의 진열장이에요. 나는 '라이프치히 음악가'라고 불리는 것이 자랑스럽습니다. 최고의 찬사라고 생각합니다."

브람스는 이렇게 말하면서 클라라 슈만과 노골적으로 호감의 눈빛을 주고받았다. 순수한 호기심을 가장해 내가 물었다.

"저 피아노의 음 하나가 조율되지 않았다는 리스트의 주장에 대해서도 질문을 해야겠군요. 당신도 그 말에 동의합니까?"

"말도 안 됩니다!"

브람스가 대답했다.

"그러나 리스트는 확신하는 것 같았어요."

"그들은 늘 자기 말에 확신을 갖죠. 리스트와 바그너 말입니다."

"그 두 '바이마르식' 사람들은 자신들을 하느님이 인간에게 보낸 선물이라고 생각하죠."

나는 그 문제에 대해 지나치게 다그치지 않으려고 조심했다. 그러나 음정이 맞지 않는다는 피아노 얘기 때문에 자꾸만 신경이 쓰였다. 브람스는 그 말을 계속 부인했다.

"나는 피아노 조율에 대해 어느 정도 알고 있습니다. 어린 시절 함부르크에서 먹고살기 위해 어쩔 수 없이 매춘굴에서 연주해야 했는데, 알다시피 그런 곳에서는 쓰레기 더미에서 막 꺼내온 것 같은 악기를 연주하죠. 그래서 나는 일을 하러 갈 때마다 소리굽쇠를 비롯해 여러 도구를 가지고 갔습니다. 그러다가 나중에 직업으로 연주를 하면서도 계속 그 도구들을 가지고 다녔어요. 낙후된 지역을 여행할 때는 어떤 악기를 연주하게 될지 알 수가 없으니까요. 정말입니다. 나는 피아노가 조율이 되었는지 아닌지 알 수 있어요."

"그러니까 만일 중간 A음의 음정이 조금 맞지 않는다면, 말하자면 조금 낮거나 높게 소리가 났다면 당신이 그 차이를 알았을 거라는 말입니까?"

"우리 모두 그 차이를 즉시 알아챘을 거예요."

클라라가 끼어들었다.

"그뿐만 아니라 당연히 남편과 저는 오늘 밤 음악회를 위해 오후에 피아노 두 대를 조율했어요."

"누가 조율을 했습니까?"

내가 물었다.

"물론 늘 오는 조율사 겸 기술자죠."

"이름은요?"

"빌헬름 후퍼예요. 오랫동안 우리 집 악기들을 관리해 준 사람이죠. 빌헬름은 이제 우리 가족과 같아요. 아무도, 정말 아무도 빌헬름만큼 피아노의 복잡함을 이해하지 못해요. 중요한 연주 여행 몇 번은 빌헬름이 우리와 동행하기도 했어요. 그만큼 남편과 나는 그 사람에게 의지하죠."

내가 물었다.

"오늘 오후 몇 시에 후퍼가 작업을 마쳤습니까?"

클라라 슈만이 잠시 생각하더니 대답했다.

"한낮이라고 해야겠죠……. 아마 세 시나 세 시 반쯤이요."

"아니, 아니에요, 클라라."

브람스가 재빨리 고쳐 말했다.

"그보다 훨씬 늦은 시간입니다. 그가 도구를 챙겨 집을 나간 것은 다섯 시가 막 지나서였어요. 기억 안 나요? 후퍼가 당신더러 피아노 두 대를 모두 쳐 보라고 했지만 당신은 저녁 연주회 전에 요리도 준비해야 하고 옷도 갈아입어야 해서 시간이 없다고 말했잖아요."

"아, 그래요, 요하네스 브람스. 당신 말이 옳아요. 내가 깜빡했군요."

그러고 나서 클라라는 별로 중요한 문제가 아니라는 듯 미소를 지으며 말했다.

"피아노 앞에 앉아 있을 때가 아니면 내 시간 감각은 형편없어지거든요."

내가 클라라 슈만에게 말했다.

"슈만 부인, 궁금한 게 있습니다. 무슨 이유로 리스트처럼 절대음감의 재능을 지닌 사람이 아무도 하지 않는 주장을 하는 걸까요? 왜 리스트는 부인이 연주한 피아노가 너무 높게 조율이 되었다는 말을 한 걸까요?"

"프란츠 리스트의 행동이나 말을 너무 심각하게 받아들이지 마세요."

브람스가 황급히 말했다.

"경위님, 미국에 바넘이라는 사람이 운영하는 유명한 서커스단이 있는데, 이 남자가 자기 서커스단과 함께 다녀 달라며 리스트에게 미국 돈으로 50만 달러를 주었다는 사실을 아십니까? 우리의 영웅 프란츠 리스트가 서커스 텐트에서 연주하는 광경을 상상해 보세요! 코끼리들이 리스트의 연주에 맞춰 춤을 추고, 광대들이 재주넘기를 하고, 가장 큰 광대, 그러니까 음악 곡예사인 리스트가 건반을 두드리는 겁니다! 프란츠 리스트가 절대음감을 가지고 있는지 아닌지는 아무도 모르지만, 나는 저 피아노들이 완벽하게 조율되어 있다는 사실을 알고 있습니다."

"아니, 브람스. 만의 하나라도 리스트가 옳고 자네가 틀리다면……."

우리 네 사람은 로베르트 슈만이 2층에서 계단을 내려오는 것을 보았다. 그는 넘어질까 봐 겁을 내듯 난간을 힘주어 잡고 한 번에 계단 하나씩 천천히 내려왔다. 슈만이 바닥에서 몇 계단 위에서 걸음을 멈추더니 말했다.

"요하네스 브람스, 자네 말에 반박하고 싶지는 않지만 클라라가 중간 A음을 치고 연주자들이 연주를 시작하는 순간 나는 뭔가 분명 잘못되었다는 걸 깨달았네. 사실 오늘 연주회의 후반부 내내 중간 A음이 내 머릿속에서 계속 울렸지. 목수가 내 두개골 안에서 망치질을 하는 것 같았어."

로베르트 슈만이 여전히 그 자리에 서서 클라라 슈만에게 말했다.

"클라라, 오늘 오후에 후퍼가 작업을 하고 나서 당신이 피아노 두 대를 쳐 보지 않은 거요? 당신도 알다시피 그 사람은 도구를 꾸려서 떠나기 전에 항상 그렇게 하라고 요구하잖소."

클라라 슈만이 남편을 올려다보았다. 그러더니 몸을 홱 돌려 남편을 등지고는 가족의 비밀이나 사생활이나 신중함이나 자부심을 다 내팽개치려는 것처럼 말했다.

"로베르트, 이제는 신물이 나고 지긋지긋해요. 이제 더는 나혼자서 모든 일을 다 해낼 수가 없어요. 동시에 모든 곳에 있을 수가 없어요. 아뇨, 빌헬름이 있을 때 나는 그 빌어먹을 피아노들을 시험해 보지 않았어요. 그런데 당신은 어디 있었던 거예요? 여느 때처럼 동네 선술집에 틀어박혀 있었죠? 당신은 여섯시가 지나도록 나타나지 않았어요. 나는 손님들 맞을 준비를 하고, 아이들을 먹이고, 마지막 순간까지 세세한 일들을 처리해야했어요. 시간이…… 시간이 없었다고요!"

그처럼 감정을 한꺼번에 쏟아내는 클라라를 본다면 누구라도 당혹감을 느낄 수밖에 없었을 것이다. 고역스러운 침묵의 시간이 지나고 난 뒤, 나는 목소리를 한 번 가다듬고는 조금은 수선스럽게 말했다.

"슈만 부인, 시간이 꽤 늦었군요. 무척 피곤하시겠어요. 자, 베커 양과 저는 이만……."

클라라 슈만이 여전히 남편을 등진 채 내 쪽을 쳐다보지도 않고 말했다.

"프라이스 경위님, 이번만은 내 남편이 아픈 사람이라는 걸이해해 주세요. 더 고약한 것은, 남편은 혼자서 정신 이상의 상태로 들어가지 않고 꼭 나를 끌어들이려고 한다는 거예요."

그 말에 내가 뭐라고 대답할 수 있을까? 나는 대답하지 않는 것이 최선이라고 판단했다.

＊　＊　＊

헬레나와 함께 마차에 올라타고 나서 내가 말했다.

"한 작곡가가 다른 작곡가의 음악을 '라이프치히식'이라고 하는 것이 뭐 그리 화를 낼 일인지 아직도 모르겠어요. 경찰인 내가 보기에는 이 모든 예술적인 논쟁이 하찮고 심지어 어리석어 보이기까지 하는데 말이에요. 슈만과 리스트가 내일 새벽에 장전된 분첩으로 무장을 하고 스무 발자국 떨어진 거리에 마주 서서 결투하는 모습이 상상이 되는군요."

헬레나가 말했다.

"농담하지 말아요. 그 사람들은 천재예요. 그들의 신념은 아주 확고해요. 그들의 편견과 경쟁의식도 그렇죠. 당신이 오늘밤 본 것이 절대로 전부는 아니에요."

잠시 침묵이 흐른 뒤에 헬레나가 불쑥 말했다.

"그 사람이 옳았어요."

"누구요?"

"로베르트 슈만 말이에요. 그의 말이 전적으로 옳았어요."

"그러니까 당신 말은……."

“그래요, 중간 A음이 틀렸어요. 클라라 슈만이 우리 악기와 음을 맞추기 위해 그 음을 들려주었을 때, 나도 속으로 그 음이 높다고 생각했어요.”

“헬레나, 이해를 못하겠군요. 당신은 전문가예요. 그렇다면 왜 그 자리에서 아무 말도 하지 않았나요?”

“그렇게 하면 후퍼를 또 불러와야 하고, 그러면 그가 다시 조율을 마칠 때까지 모두 기다려야 할지도 모르잖아요. 그러면 언제 끝날지 몰라요. 이해 못 하겠어요? 아무튼 나는 문제를 일으키고 싶지 않았어요.”

“다른 연주자도 알아챘어요?”

“다른 사람들을 보았는데, 그래요, 우리 모두 그 음이 조금 높다는 걸 알았어요. 그러나 당신도 말했듯이 우리는 전문가예요. 그러니까 그저 연주를 할 뿐이에요. 아마도 후퍼가 오늘 오후에 평소처럼 일을 하지 못한 것 같아요. 어쩌면 요즘 그 노인이 귀가 먹었을지도 모르고요.”

“아니면……”

내가 말을 하다 멈추고는 시선을 돌리고 생각을 마저 정리했다. 헬레나가 물었다.

“아니면 뭐요?”

나는 고개를 흔들었다.

“아무것도 아니에요. 어떤 생각이 머리를 스치고 지나갔어요. 정말 억지스러운 생각이에요.”

“그래도 말해 봐요.”

“브람스가 클라라 슈만의 말을 정정하기 전에 클라라 슈만이 후퍼가 작업을 세 시나 세 시 반쯤에 마쳤다고 했어요, 그렇죠?”

“계속해 보세요.”

“만일 클라라 슈만이 시간을 정확하게 기억한 거라면, 내 생각엔 그런 것 같은데, 그렇다면 어떤 사람이 피아노들을 조작했을 시간이 충분했다는 얘기가 되죠. 제대로 된 도구를 갖고 있고 자신이 무엇을 하는지 아는 사람이 말이죠. 특히 그럴 이유가 있는 어떤 사람이요.”

나는 잠깐 쉬었다가 말을 이었다.

“이따금 내 상상은 저 혼자 나래를 펴곤 하죠.”

이어서 혼잣말처럼 덧붙였다.

“그런데 이따금 그렇지 않을 때도 있어요.”

그 뒤로 우리는 마차를 타고 오는 내내 옆에 나란히 앉아 아무 말도 하지 않았다. 그동안에도 내 생각은 빌커 가 15번지를 떠나지 못했다.

헬레나의 집에 도착했을 때 나는 그녀가 마차에서 내리는 것을 도와주며 말했다.

“같이 올라갈까요?”

“오늘 밤은 안 돼요.”

상관없었다. 사실 나도 별 생각 없이 한 말이었다. 그 순간 내 마음을 끊임없이 떠도는 것은 ‘후퍼’라는 이름뿐이었다.

내 금 회중시계를 수리하는 노신사는 비좁은 작업대 앞에서 오랜 세월 구부리고 일을 한 탓에 등이 아주 굽어 버렸다. 그리고 두 눈은 시계의 미세한 부속들을 들여다보느라 완전히 사팔뜨기가 되었다. 두 손은 평생 일을 하면서 정교한 도구들을 다루느라 작은 가재의 집게발처럼 되었다.

이제 60대가 된, 경찰서 내 소화기를 수리하는 이 노인에게서는 늘 총기 기름의 악취와 사용하고 난 화약의 톡 쏘는 냄새가 났다. 그의 손가락에는 아무리 세게 문질러 씻어도 지워지지 않을, 나중에 무덤에 갈 때도 지니고 가야 할 일의 흔적이 남아 있었다. 그의 일터는 지하 감옥이며, 그는 그 속에서 자유로운 장인이 아니라 죄수 같아 보였다.

우리가 매일 찾는 다른 기술자들, 상인, 숙련공들도 대부분 마찬가지였다. 그런 사람들에게는 공통점이 있었는데, 자부심과 피로를 함께 지니고 있다는 것이다. 그들은 각자의 직업에서 최고에 이르렀지만 매일 반복되는 일과 예술과 기술을 구분하는 한계에 얼마쯤은 지쳐 있었다. 그들이 죽으면 그들의 도구들도 함께 죽고, 그것으로 그들의 이야기도 끝이 난다.

슈만 부부가 '빌리'라고 부르는 빌헬름 후퍼를 처음 만나던 날 아침까지 나는 그렇게 확신했다. 그의 작업장은 꼭 병원처럼 먼지 하나 없이 깨끗하게 정돈되어 있었다. 그는 키가 나보다 작았지만 자세가 꼿꼿해서인지 실제보다 커 보였다. 의사나 연구원들이 입는 것과 같은 흰색 면 가운은 빳빳했고 얼룩 하나 없었다. 그는 면도를 말끔히 했고 두 눈도 맑았다. 수리하고 있던 커다란 뵈젠도르퍼^{오스트리아의 피아노 브랜드—옮긴이}의 뚜껑에 편안하게 놓인 그의 두 손은 외과의사의 손 같았다. 내가 이런 얘기를 하자 그는 희미하게 웃으며 대답했다.

"아, 그래요, 경위님. 의사만큼 숙련된 것은 확실하지만 훨씬, 훨씬 더 민감하지요. 무슨 말인지 설명해 드리리다."

그는 뵈젠도르퍼 피아노의 묵직한 마호가니 뚜껑을 열어 버팀목으로 받치고는 납작하게 누워 있는 하프 모양의 내부 구조를 가리켰다. 나무못 받침과 강철 현의 토대가 되는 황금색 래

커로 칠해진 주철 골조를 집게손가락 마디로 먼저 톡톡 두드리고는 이어서 케이스 안쪽 가장자리에 가로로 놓인 버팀목들로 지탱되는 두껍고 단단한 가문비나무 널빤지도 두드렸다.

"튼튼해 보이지요? 지진이 나도 끄떡없을 만큼 튼튼해 보이지 않소?"

나는 그렇다고 대답했다. 후퍼는 그 피아노가 자기 아래에서 벌거벗은 채 누워 있는 것마냥 사랑스러운 눈길로 내려다보면서 말을 이었다.

"그 위대한 리스트는 이 회사의 피아노로 연주해요. 젊었을 적부터 이 피아노를 연주해 왔지요. 다른 회사의 피아노를 연주하면 현이 끊어지곤 했지요. 사람들은 마치 사자가 양의 배를 가르듯 리스트가 그랜드 피아노의 배를 가른다고 말했어요. 그러나 뵈젠도르퍼 피아노만은 그렇게 되지 않았지요."

내가 말했다.

"무슨 말인지 모르겠군요. 만일 이 피아노가 그렇게 튼튼하다면 왜 외과의사와 같은 치밀함으로 피아노 소리가 제대로 나는지를 항상 점검해야 하는 겁니까?"

후퍼가 무지한 사람을 가르칠 기회를 반기는 전문가다운 미소를 지으며 말했다.

"흠, 내가 좋아하는 질문이로군요. 자, 여기를 보세요."

그는 피아노의 복잡한 내부로 더 가까이 몸을 숙이라는 손짓을 했다.

"내가 건반을 누를 거요. 그러니까 중간 C음 말이요. 이렇게 요……."

펠트로 감싼 망치가 강철과 구리로 된 현을 치면서 중간 C음 을 내고 다시 일렬로 늘어선 망치들 가운데로 돌아갔다.

"단순해 보이죠? 사람이 건반을 치면 그 건반이 줄을 두드리 고 다시 돌아오는 거지요. 신은 하늘에 있고 만물은 세상에 있 는 거라오."

이쯤 되면 얼간이라도 그 노인이 얘기하는 내용이 결코 단순 하지 않다는 것을 알 수 있었다. 내가 말했다.

"정말 의사와 같군요. 계속해 보세요."

"작동은 1밀리미터 혹은 그 이하의 오차 내에서 조절되어야 하지요. 가령 백 첵은 해머가 현을 치고 되돌아오면 그 해머를 잡는 부분인데, 이때 해머와 현 사이의 거리가 정확하게 12밀 리미터가 되도록 해야 해요. 그렇지 않으면 악기가 연주를 제대 로 지속하지 못하지요."

나는 후퍼가 작업대로 손을 뻗어 미세한 바늘을 고르는 모습 을 감탄스러운 마음으로 바라보았다. 그는 외과용 메스를 잡듯 바늘을 잡고는 펠트로 된 망치 끝을 부드럽지만 확실하게 찔러 그 촘촘한 섬유가 느슨해지도록 했다.

"이런 식으로 우리는 피아노를 '조율'하지요. 한 번에 망치 하 나씩 말이오. 피아노의 거장의 요구에 맞는 따뜻하고 부드러운 음색, 알맞은 음량, 고른 음계가 나올 때까지 그렇게 한다오. 이 악기는 1839년에 만들어졌는데, 뵈젠도르퍼 회사가 설립되고 10년 정도 지난 다음이지요. 사실 이 악기는 그해에 비엔나 산업박람회에서 1등상과 금메달을 받고 나서 합스부르크 가의 어떤 사람에게 팔렸어요. 아, 그 사람들은 피아노보다 일류 제품에 더 관심이 있었지만 말이오. 그래서 내가 여기서 중요한 '수술'을 해야 했지요. 그러나 내가 죽으면……."

후퍼가 말을 멈추고 애정이 담긴 손길로 건반을 매만졌다.

"내가 죽으면 이 피아노는 새것처럼 될 거요. 아니지, 새것보다 더 좋게 되지! 내가 얘기 하나 해 드리리까? 경위님이 이 피아노를 세상 끝까지 가져가서 간단한 음계를 연주한다면 어느 전문가라도 듣는 즉시 그 음계를 알아맞힐 거요."

내가 물었다.

"어떻게 그렇습니까?"

"나, 빌헬름 후퍼가 피아노를 조율했기 때문이지요. 나는 하나의 기준, 오직 완벽이라는 하나의 기준만을 알고 있으니까요."

"선생님은 유능한 의사가 지녀야 할 모든 능력을 가지고 계시군요."

내가 감탄하는 마음으로 고개를 흔들며 말했다.

"단 하나만 빼고는 전부지요. 유능한 의사처럼 부자가 될 수 있는 능력 말이오. 또한 나 같은 전문가는 의사가 누리는 유명세나 보상을 결코 받지 못해요. 그럼 그걸 누가 받는지 아시오?

연주자지요. 그리고 연주자의 지휘자, 그의 관리인, 심지어 그의 옷을 준비하고 면도를 해 주고 침실용 변기를 비우는 하인들도 받지요."

나는 분위기를 가볍게 하고 싶었다. 그래서 이해한다는 듯 미소를 지으며 대답했다.

"분명 그 보상은 하늘나라에서 받을 겁니다."

그러나 후퍼는 웃지 않았다. 그는 여전히 굳은 표정으로 대답했다.

"아니. 아니요, 경위님. 그 보상은 그보다 훨씬 더 빨리, 여기 이 땅에서 받을 겁니다. 나는 아주 오랫동안 바보같이 참아 왔어요."

"다른 제품들을 가지고도 작업을 합니까?"

내가 물었다.

"그야 물론이지요."

후퍼는 멍청한 질문을 한다는 듯 대답했다.

"의사도 한 종류의 환자만 치료하지는 않지요. 경위님, 나는 사람들이 알고 있는 어떤 피아노라도 만질 수 있는 자격이 있는 사람이라오. 물론 싼 가격에 대량생산되어 시장에 나오는 물건들은 만지지 않지만 말이에요. 사람들이 프랑스 요리사에게 소시지와 소금에 절인 양배추로 된 요리를 해 달라고 하지는 않는 법 아니겠소."

후퍼가 버팀목을 치우고 뵈젠도르퍼의 뚜껑을 조심스럽게 내려놓았다.

"그런데 말이오, 직접 연주할 좋은 피아노를 살 생각인 거요? 그래서 오늘 아침에 나를 보자고 한 것이오?"

"아닙니다. 저는 피아노를 친다고 해도 '소시지와 소금에 절인 양배추' 범주에 들어가는 사람입니다. 죄송스럽게도 제 소질에 걸맞게 대량생산되는 값싼 피아노 한 대를 샀습니다. 선생님처럼 유명한 분께는 제 집에 있는 그 피아노라는 물건의 냄새를 맡아 달라는 청조차도 감히 드릴 수가 없습니다."

내 겸손한 고백이 후퍼의 마음에 들기를 바랐다. 자부심 강한 사람의 기분을 좋게 하는 데 그 앞에서 자신을 낮추는 것보다 효과적인 방법이 있을까? 나는 그 노인이 최대한 우월감을 느끼길 바랐다. 그리고 그보다 그의 경계심을 완전히 누그러뜨린 다음 묻고 싶은 말이 있었다. 나는 그저 단순한 호기심에서 묻는 척 질문했다.

"어젯밤에 슈만 부인의 피아노가 음이 맞지 않았다는 사실에 대해 어떻게 생각하십니까?"

후퍼의 눈이 놀라서 크게 벌어졌다.

"무슨 말입니까? 질문을 이해하지 못하겠군요."

"어제 슈만 부부의 피아노를 조율하지 않았나요?"

"그렇소. 아마 슈만 부인이 연주할 피아노를 내가 조율했을 거요. 다른 하나는 하지 않았고 말이오. 그 거장은 부인에게 몇 달 전에 생일 선물로 뒤셀도르프의 클렘스 공장에서 나온 새 피아노를 주었지요. 악기로서는 명작이라고 할 수 없지만 몇 백 탈러_{독일의 옛 화폐 단위-옮긴이}라는 가격을 생각하면 우습게 볼 것도 아니지요. 케이스는 꽃무늬로 장식되어 있더군요. 만드는 사람들이 악기의 품질을 높이는 데 더 많은 시간을 썼으면 하는 바람이라오. 그러나 아까도 말했듯이 가정에서 연주하기에는 충분하리만치 좋은 피아노긴 하지요. 모든 피아노가 그 나름의 문제를 가지고 있지만 클렘스는 비교적 새 제품이기 때문에 조율만 철저하게 해 주면 되었지요."

후퍼가 눈을 가늘게 뜨고 빈정거리는 말투로 물었다.

"누가 감히 그 피아노의 조율이 맞지 않았다는 말을 했는지 물어도 되겠소?"

"프란츠 리스트입니다."

"프란츠 리스트가 슈만 부인의 피아노 조율이 맞지 않았다고 했다는 말을 나더러 믿으라는 거요?"

"그렇습니다."

"분명 농담인 게지요?"

"아뇨. 프란츠 리스트가 그렇게 말하는 걸 제가 똑똑히 들었습니다."

"그가 그분에게, 그러니까 슈만 부인에게 그랬단 말이오?"

"아니요, 브람스라는 젊은이에게 말했습니다. 집을 나설 때 짧게 인사를 하면서요. 리스트가 가고 나서 나와 슈만 부부, 브람스는 바로 그 문제에 대해 이야기를 했습니다."

그 순간 후퍼의 표정이 환해졌다. 그는 양어깨에서 힘을 빼면서 안도의 한숨을 크게 내쉬었다.

"그렇군요. 그 피아노의 조율이 완벽했다는 사실에 그 분들도 동의했을 거라고 나는 확신하오. 브람스와 슈만 부부 말이오."

나는 뵈젠도르퍼의 바깥쪽 건반 옆면에 난 작은 흠집에 정신이 팔린 척하며 대답했다.

"꼭 그렇지는 않았습니다."

나는 그 흠집에 무척 관심이 가는 듯 얼굴을 더 바짝 갖다 대고 살펴보았다. 후퍼가 다시 긴장하는 것이 느껴졌다.

"꼭 그렇지는 않았다니, 무슨 뜻이오?"

"글쎄요……."

나는 시간을 끌면서 이번에는 윤이 나는 마호가니 피아노에 코가 닿을 정도로 얼굴을 가져갔다.

"슈만 부인과 그분의 친구 브람스는 피아노의 조율이 완벽하며 리스트의 말이 틀렸다고 확신했습니다."

"그래요, 당연히 그래야지요. 그건 당연한 일이오."

"그렇지만……."

"그렇지만 뭐요?"

나는 몸을 곧게 폈다.

"그렇지만 로베르트 슈만은 부인과 브람스의 말에 동의하지 않았습니다. 그는 리스트와 같은 생각이었죠. 분명히 그랬습니다. 로베르트 슈만은 다른 악기들과 4중주를 연주하면서 중간 A음을 낼 때, 그 음이 맞지 않는다고 느꼈다고 했습니다. 그리고 4중주를 연주하던 제 친구도 그렇다고 확인했습니다. 확실한 증거라고 생각하지 않으십니까?"

"솔직히 말하자면 그렇게 생각하기도 하고 아니기도 하다오."

"무슨 뜻입니까?"

"그랜드 피아노는 복잡한 기계라는 뜻이오. 아주 작은 나사에서부터 커다란 나무 널빤지까지 만 이천 개 가까운 부속들이 모여 하나의 악기를 이루는 것이 바로 피아노란 말이오. 피아노 내부에서 일어나는 일은 때로 인간의 몸속에서 일어나는 일만큼이나 불가사의하지요."

후퍼의 목소리에서 처음으로 방어의 기미가 느껴졌다. 방금 전까지만 해도 완벽이라는 기준을 자랑하던 그가 이제는 내게 이해를 구하는 것처럼 보였다. 나는 피아노 전문가는 아니지만 대부분의 피아노가, 심지어 최고급 피아노라 하더라도 이따금씩 향판에 결함이 생긴다는 것쯤은 알고 있었다. 이제는 빌리 후퍼 개인의 향판에서 결함이 발견되었다는 생각이 들었다.

"슈만 부인의 것 같은 피아노를 조율하는 데 보통 시간이 얼마나 걸립니까?"

내가 물었다.

"아까도 말했듯이 슈만 부인의 클렘스는 비교적 새로 나온 제품이니 한 시간이나 그보다 조금 오래 걸렸을 거요. 저음에서 액션의 운동이 약간 둔했어요. 좀 오래된 피아노라면 조율하는 데 두 시간 정도 걸리는데 피아노 상태에 따라 약간 차이가 있지요. 피아노가 지나치게 습하거나 건조하면 해머들이 흉하게 굽을 수 있지요. 좀이 먹어 문제가 생기는 경우도 있고 말이오. 해머의 펠트에 좀이 생길 수도 있는데, 그러면 해머가 알맞은 각도와 힘으로 현을 치지 못하는 거지요. 경위님, 우리는 이 모든 변수들을 고려해야만 한다오."

"그래서 그렇게 하셨나요?"

내가 물었다.

"뭘 말이요? 이 모든 변수들을 고려했냐는 말이오? 내 철저함을 의심하는 거요?"

"절대 아닙니다. 저는 선생님을 믿습니다."

"그렇다면 왜 그런 질문을 하는 거요?"

이제 내가 그를 찾아온 목적을 밝혀야 하는 걸까? A음이 들린다며 끊임없이 고통을 호소하는 슈만에 대해 완전하게 기술적인 설명을 할 수만 있다면, 그 진상을 규명하는 데 후퍼만큼 나를 제대로 도와줄 사람이 있을까? 그러나 반대로 슈만이 확신했던 대로 어떤 속임수가 있다고 할 때, 만일 후퍼가 그 음모에 가담했다면 어떻게 할 것인가?

나를 만난 뒤 처음에 그가 보여 준 자신감은 내가 질문을 할 때마다 서서히 사라져 갔다. 그의 두 손은 놋쇠 드라이버를 불안하게 만지작거렸고 오른쪽 눈꺼풀이 갑자기 눈에 띄게 경련을 일으키기도 했다.

"후퍼 선생님, 이제부터 제가 드리는 말씀은 철저히 비밀로 해 주셔야 합니다. 선생님이 슈만 부부와 아주 가까운 관계라는 걸 알기 때문에 신중하게 행동하시리라 믿겠습니다."

후퍼가 교활하게 미소를 지었다.

"당연히 재미있는 얘기겠군요, 경위님. 경위님이 피아노 조율하는 방법이나 배우려고 이곳에 오지는 않았을 거라고 짐작은 했다오."

"아니, 후퍼 선생님, 그 반대의 이유로 왔습니다. 피아노의 음을 맞지 않게 하는 법을 알아야 합니다. 더 정확히 말하면 피아노를 조작해서 실제로 치지 않고도 어떤 현에서 소리가 나게 할 수 있는지 알고 싶습니다. 다시 말하면 관계가 없거나 간접적인 움직임으로 현이 계속 공명음을 내게 하는 것이 가능합니까?"

후퍼가 잠시 생각하더니 말했다.

"음, 우리가 피아노를 다루면서 때때로 아주 성가신 상황에 처할 때가 있는데…… 바로 버즈지요."

"버즈라고요?"

"그렇소. 가끔 건반을 두드리면 덜커덕거릴 때가 있는데 버즈는 그것과 비슷하지요. 피아노의 움직이는 부분이나 진동하는 부분에서 생길 수가 있지요. 원인을 찾으려면 나 같은 일급 장인이라 해도 분통이 터질 때가 있다오."

"그러면 항상 성공하셨습니까?"

"물론이오!"

후퍼가 낮은 소리로 웃었다.

"이보시오, 경위님. 피아노는 나 빌헬름 후퍼에게 말을 한다오. 물론 나도 말을 하고 말이오. 내가 말을 하면 피아노도 자기들 방식으로 내게 말을 하는 거지요. 내가 건반 한두 개만 만져도, 그냥 아무거나 만져도 그 악기는 즉시 살아나서 내게 속삭인다오. '빌리, 향판이 휘어져서 고통스러워요.' '댐퍼 스프링이 느슨해졌어요.' '최고음이 맑지가 않아요.' 운 좋게도 내 작은 영역에 들어온 모든 피아노는 나의 여왕이고 우리는 금세 친해지지요. 적어도 오랫동안 내 곁에서 고생한 내 아내는 사람들에게 그렇게 얘기한다오."

"그렇다면 정말 안심이 되는군요. 그런데 관련된 건반을 누르지 않았는데도 계속 소리가 날 수 있는지에 대해서도 알고 있습니까?"

후퍼가 고개를 흔들었다.

"외람된 말이지만, 나는 경위님이 포대기에 싸여 있을 때 이미 견습생 생활을 끝냈어요. 오랜 경험을 쌓아 왔지만 경위님이 말씀하시는 상황은 한 번도 보지 못했고 그런 일이 있을 수 있는지 아주 의심스럽소. 그런 일은 도무지 일어날 것 같지 않소만."

"그러나 가능하다면요?"

"가능하다고?"

후퍼가 어깨를 으쓱했다.

"글쎄요, 이 그랜드 피아노 하나를 구성하는 수천 개의 부품들을 생각하면 어떤 것이든 가능할 수 있겠지요. 그러나 분명히 말하는데 독일에서 부당 변경이 범죄가 된다면, 이 나라의 피아노 조율사 반 이상이 투옥될 거요. 자신을 피아노 기술자라고 부르는 사람들 대부분이 조차장에서 증기기관차에 기름칠하는 일을 한다오."

내가 물었다.

"그렇다면, 피아노의 구조를 바꿔서 어떤 곡을 연주하든 한 음이 튀게 하거나 계속 그런 상태를 유지하게 하려면, 그 일을 하는 사람은 수준 높은 조율 기술과 지식을 가진 사람이어야 할 거라는 얘기입니까?"

"분명 그런 사람은 평범한 피아노 조율사는 아닐 거요. 반은 천재고 반은 악마겠지. 그런 사람이 존재할지 의심스럽군요, 경위님."

"잠깐만요. 말씀하신 대로 반은 천재고 반은 악마인 사람이 존재한다고 가정해 봅시다. 그가 기계 장치를 조작해서 내가 얘기한 결과를 만들 수 있습니까?"

"잠깐만요, 경위님."

후퍼가 말했다.

"이 모든 것이 슈만 부부와 관계가 있는 거요? 당신이 내게 묻는 말은 단순한 억측…… 아니, 억측을 넘어 기이하고 괴이

하기까지 한 것이오. 누군가 그렇게 형편없는 짓을 했으리라는 생각은 할 수가 없어요. 특히나 슈만 부부를 희생자로 해서 말이오. 그 거장의 기분이 어떤 때는 감당하기가 아주 어렵다는 걸 다들 알고 있다 해도 그렇지요. 그 사람은 하루는 붕 떴다가 다음 날은 가라앉지요. 요즘도 날씨만큼이나 예측하기 어려울 때가 많아요. 내가 그 부부를 안 지 꽤 오래되었는데, 불쌍한 슈만 부인은 한순간도 편할 때가 없었어요. 슈만 부인이 살아온 걸 보면 기적이라 할 만하지요. 그러나 사람들은 그 두 사람에게 호감을 갖고 있어요. 아무도 고의적으로 그들에게 해를 끼치거나 당혹스럽게 하지는 않을 거요. 올바른 정신을 가진 사람이라면 설사 장난으로라도 그런 짓을 하지 않을 거요."

내가 말했다.

"제 말을 잘못 이해하신 것 같군요. 외람된 말이지만, 장난을 친 사람이 누구며 그 동기가 무엇일지에 대해 조언을 얻으려고 온 게 아닙니다. 부탁드리는데 한 가지 질문, 단 한 가지 질문에 집중해 주십시오. 어떤 순간에 어떤 음악이 연주되는가에 관계없이 한 음이 튀도록 피아노를 조율하거나 조율되지 않게 하거나 할 수 있습니까?"

나는 최대한 친근한 미소를 지었다.

"죄송합니다. 아시다시피 저는 지금처럼 어색한 입장에 익숙하지 않습니다. 그러니까 제 말은, 아주 솔직히 말씀드리자면 제가 진짜 범죄 수사를 시작하는 건지 아니면 어리석게도 바람을 쫓는 건지 확신이 서질 않습니다."

"그렇다면 프라이스 경위님, 실례를 무릅쓰고 솔직하게 대답하겠소."

후퍼가 내 얼굴을 똑바로 바라보며 말했다.

"내 생각에, 경위님은 지금 바람을 쫓고 있소."

디트리히 가 12번지에 있는 파울 뫼비우스 박사의 병원은 구석에 있어서 좋은 점이 있었다. 한 줄로 늘어선 건물들 사이에 있는 병원과는 달리 환자들이 옆문을 이용할 수 있었기 때문이다. 초인종 위에 "파울 뫼비우스 박사, 벨을 누르시오."라고 새겨진 점잖은 놋쇠 장식판이 없었더라면 그 병원은 디트리히 가의 부유한 집들과 구분이 되지 않았을 것이다. 4층짜리 건물의 외부는 나무와 벽돌과 회반죽과 돌이 뒤섞여 있었다. 그곳에 사는 사람들이 미적 감각은 없고 돈만 있음을 보여 주는 잡종 건축물이라 할 수 있었다.

나는 입구에 있는 작은 표지판에 적힌 대로 했다. 3분이 지났다. 다시 벨을 울렸다. 문이 열리고 중년의 여성이 한 손에 빗자루를 들고 숨을 헐떡이며 당황해서 나를 맞았다.

내가 말했다.

"저는 프라이스 경위입니다. 뫼비우스 박사와는 미리 약속이 되어 있습니다."

그 여성이 빗자루를 떨어뜨리더니 놀라서 눈을 크게 뜨며 잠긴 목소리로 작게 말했다.

"아, 세상에, 선생님은 아직 아침 회진 중이세요."

나는 그녀가 뫼비우스의 하녀고, 괴롭힘을 당하면서도 과도하게 일을 하고, 모르긴 몰라도 보수도 적게 받으며, 일을 하는 동안 적어도 한 시간에 한 번은 세상이 끝나는 듯한 기분을 느끼는 사람임을 한눈에 알 수 있었다.

"이해할 수가 없군요."

나는 조금 화가 나서 말했다.

"병원 회진을 하고 나서가 아니라 하기 전에 만나기로 했습니다. 뭔가 착오가 있었나 보군요."

"아, 세상에."

하녀는 이 말을 반복했다.

"정말 큰일이군요. 미안합니다."

그 여자는 아무 잘못이 없는데도 금방 무릎을 꿇고 앉아 용서를 빌 기세였다.

"선생님이 아무 말씀 없이 일정을 바꾸기도 하시거든요. 높은 분들은 어떤지 아시잖아요. 어디를 나가고 들어오시는 것에 대해 제가 여쭤볼 수가 없어요. 주님의 뜻이라면 선생님이 금방 오실 거예요. 제가 말씀드릴 수 있는 건 이것뿐이에요."

"그럼 들어가서 기다리겠습니다. 선생님의 방에서 기다려도 되겠죠?"

하녀가 어쩔 줄 모르겠다는 표정으로 물었다.

"성함이 어떻게 되신다고요?"

"헤르만 프라이스 경위입니다. 뒤셀도르프 경찰에 있습니다."

"아 세상에, 경찰이라니! 네, 네, 경찰 분을 이렇게 문 밖에서 기다리시게 할 수는 없죠. 용서해 주세요."

나는 빗자루를 조심스럽게 넘어 들어간 다음 하녀를 따라 1층 구석의 방으로 이어진 어두운 복도를 걸어갔다. 하녀가 나를 성스러운 곳으로 인도했다는 듯이 나긋한 목소리로 말했다.

"여기가 뢰비우스 선생님의 방이에요. 여기서 기다리시면 됩니다."

그러고는 평생 집 안에서 시중을 들도록 타고난 사람처럼 고개를 다소곳하게 숙이고 무용을 하듯 천천히 뒷걸음으로 사라졌다.

방에 주인의 개성이 그대로 드러난다는 말이 사실이라면 내가 처음으로 만나게 될 그 저명한 의사는 어떤 사람일까? 가구를 먼저 둘러보았다. 기껏해야 두 사람 정도 앉을 수 있는 의자가 하나 있었다. 은밀한 대화를 나누는 장소니 그래야 할 것 같았다. 의자의 모양을 자세히 보았다. 하나는 단순하고 권위적으로 보이는 무척 큰 안락의자였는데, 엉덩이가 비정상적으로 큰 사람이 앉았는지 바닥 쿠션의 모양이 완전히 망가졌다.

의자 옆에는 글 쓰는 책상이 있었다. 위치와 상태를 보아 의사가 왼손잡이며 조심성이 없어서 담뱃재를 아무렇게나 떨어뜨리고 음료수도 엎지른다는 걸 짐작할 수 있었다. 내가 그 의사를 기다리며 앉아 있던 또 하나의 의자는 떨이 판매에서 구한 것이 틀림없었다. 너무 낮고, 너무 좁고, 너무 불편했다. 느긋하게 등을 기대고 앉아 마음속의 고민을 털어놓을 만한 그런 의자는 아니었다. 그 의자가 주는 메시지는 이런 것이었다. "요점만 말하세요. 시간이 다 되었습니다. 다음 환자!"

그의 방과는 아무 관련 없지만 뫼비우스 박사에 대해 알 수 있는 사실이 또 있었다. 자신의 소중한 시간에 대해서는 무척 신경을 쓰면서도 다른 사람의 시간에는 별로 신경을 쓰지 않는 사람인 듯했다. 그는 약속 시간보다 30분도 더 늦게 나타났다. 약속 시간을 아침 아홉 시 정각으로 고집한 사람은 바로 그였다. 시계 바늘이 열 시를 향해 가면서 나는 짜증이 나기 시작했다. 좁은 의자에서 일어나 외투와 모자와 장갑을 들고 막 나서려고 하는데 방문이 활짝 열리면서 그 의사가 들어왔다.

그는 설명이나 변명 한마디 하지 않은 채 내게 앉으라는 손짓을 하면서 내가 방금 일어난 그 끔찍한 의자를 거만하게 가리켰다. 물론 자신은 안락의자에 앉았다. 그는 가슴 주머니에 있는 가죽 자루에서 통통한 담배 한 대를 꺼내더니 동그랗게 오므린 입술 사이에 넣고 천천히 굴리다가 불을 붙여 빨아들였다가 내뿜었다. 순간 그의 얼굴이 뭉게뭉게 피어오르는 자욱한 연기 뒤에서 희미해졌다. 그의 첫마디가 연기 사이를 헤치고 나와 내 귀에 닿았다.

"경위님, 의사라는 직업에서 시간 엄수는 무엇보다 중요합니다. 그러므로 직접 본론으로 들어갈 수 있다면 정말 감사하겠습니다. 직업 윤리상 저는 제 환자 로베르트 슈만에 대해 어떤 비밀이라도 누설해서는 안 되는 의무를 가지고 있습니다. 의사와 환자 간의 비밀 엄수는 의학에서 가장 신성한 기초가 됩니다. 그러므로 우리는 일반적인 내용, 그러니까 이론적인 질문과 내가 이 일을 하면서 적지 않은 노력을 기울여 얻어 낸 답에 대해서만 얘기해야 할 것입니다."

아무래도 그 의사에게서 지루한 연설과 자화자찬만 듣다가 얘기가 끝날 것 같은 예감이 들었다.

"제 말을 이해하셨나요, 경위님?"

뫼비우스가 이렇게 묻고는 짙은 양쪽 눈썹을 한데 모아 안경 위에서 하나의 검은 줄이 되게 했다. 마음 같아서는 그에게 다 그만두라고, 나는 그런 식의 강의는 취미 없다고 말하고 싶었다. 어쨌든 기본 원칙을 다 듣고 나서 나는 질문을 시작했다.

"뫼비우스 박사님, 박사님은 강연과 글에서 예를 들어 로베르트 슈만과 같은 사람들이 하는 창조적인 행위는 반드시 심각한 퇴화 상태로 이어진다고 말씀하셨습니다."

뫼비우스가 대답했다.

"분명히 그렇습니다. 거기에는 의심의 여지가 없습니다."

그는 의자에 등을 기대고 앉아 널찍한 배를 현수교처럼 가로지르는 굵은 금색 체인을 톡톡 두드렸다.

"오랜 연구 결과 반박할 수 없는 증거가 나왔습니다."

뫼비우스가 요란한 소리를 내며 코를 킁킁거렸다. 말을 끝내면서 동시에 자신감을 드러내기 위해 하는 행동이었다. 그가 계속 말을 이었다.

"예는 수도 없이 많습니다. 모차르트를 예로 들어 보죠. 그는 서른다섯 살에 죽었습니다. 슈베르트는 서른한 살에 죽었죠. 멘델스존은 서른여덟 살까지 간신히 살았습니다. 불운한 베토벤은 서른세 살에 귀가 먹었습니다. 그뿐만 아니라 그는 성격도 괴팍했어요. 이 모든 것의 이유가 바로 퇴화입니다. 몸도 마음도 모든 것이 쇠약해지는 겁니다. 내면의 힘들이 밀고 당기면서 소위 창의적인 사람들을 분열시키는 것 아니겠습니까? 예술을 하는 사람들에게 창의성과 질병은 친형제와 같습니다. 화가, 작곡가, 작가…… 그들은 온갖 종류의 질병을 안고 살아가죠. 내게 권한이 있다면 유럽에 있는 모든 이젤과 팔레트, 악기, 글쓰기용 탁자, 펜, 잉크병 등을 몰수한 다음 의학이 그런 것들에 중독된 사람들을 치료할 방법을 알아낼 때까지 그 재앙의 물건들에 자물쇠를 채워 놓을 겁니다. 분명히 말씀드리는데 창의성은 치료가 불가능한 중독입니다!"

"그렇다면 하이든과 헨델은 어떻습니까?"

내가 말했다.

"그 두 사람은 꽤 오래 살았잖아요. 바흐도 음악이나 가정뿐만 아니라 영적으로 충만한 삶을 살았습니다."

뫼비우스가 한 손을 거만하게 흔들었다.

"드물기도 하거니와 별 가치가 없는 예외입니다."

"그렇다면 선생님은 A음이 들린다고 하는 로베르트 슈만의 호소를 별로 믿지 않으시는군요."

뫼비우스가 싸늘한 시선으로 나를 보았다.

"환자의 상태에 대해서는 함부로 얘기할 수 없다고 이미 분명하게 말씀드리지 않았나요?"

나는 예의를 잃지 않으려고 애쓰면서 대답했다.

"잘 알겠습니다. 그럼 다시 이론적인 문제에 대해 얘기해 보죠. 가청 거리 내 아무 데서도 연주되지 않는 특정한 음이 들린다고 주장하는 것이 타당합니까?"

"청각 예술에 종사하는 사람들은 환청에 시달리는 경향이 있습니다. 다른 사람들은 듣지 못하는 음악 소리를 듣는 거죠. 덧붙이자면 시각 예술을 하는 사람들도 같은 증상을 겪는다는 연구 결과가 있습니다. 그들은 다른 사람들이 보지 못하는 형태와 색을 끊임없이 보는 겁니다. 분명히 그것은 미쳐 가는 과정이며, 그 결과가 대개 끔찍하고 치러야 할 대가가 크기 때문에 소위 창작 활동은 피하는 것이 좋습니다.”

“사람들이 음악과 그림, 심지어 문학에서 등을 돌리고 오직 은행과 상점과 공장을 운영하는 데만 몰두해야 한다는 말씀은 아니시겠죠?”

뫼비우스가 통통한 담배를 허공에서 톡톡 털었다. 카펫 위로 길게 재가 떨어지는데도 아랑곳하지 않았다.

“경위님, 개개인의 안정, 사회는 바로 그런 것에 근거하는 겁니다. 기술자, 의사, 과학자, 이들은 국가의 고기와 감자예요. 나머지는 모두 하찮고 전혀 중요하지 않은 디저트일 뿐입니다.”

“아까 환청이라고 하신 것이 외부 수단에 의해 일어나는 것도 가능합니까? 그 창의적인 예술가가 아닌 다른 사람이 환청을 만들어 낼 수도 있습니까?”

섬세한 은테 안경의 작은 타원형 안경알 뒤에서 뫼비우스의 두 눈이 텅 빈 회색 조각들 속으로 사라지는 것 같았다. 그가 어깨를 으쓱하며 말했다.

“무슨 말씀을 하시는지 전혀 모르겠습니다.”

“좋습니다. 질문을 다시 해 보죠. 거장 슈만은 어떤 사람이, 혹은 어떤 사람들이 아마도 어떤 기계적인 방법을 이용해 음계의 중간 A음을 내면서 그를 고의적으로 정신 이상 상태로 몰아가며, 그 소리는 언제 어떤 곡이 연주되더라도 상관없이 난다고 주장합니다. 사실, 음악이 전혀 연주되지 않을 때도 중간 A음이 불쑥 슈만의 귀에 들립니다. 이런 일이 가능합니까?"

의사가 또 다시 텅 빈 시선으로 나를 보았다.

"뭐가 가능하냐는 말입니까?"

나는 그에게 다시 한 번 질문했다.

"이런 경우에 환청이 그의 외부에서 만들어지는 것, 그러니까 엄격하게 말하면 환청이 아닐 가능성이 있습니까?"

뫼비우스가 잠시 아무 말도 하지 않았다. 그는 이미 차갑게 식은 담배를 살펴보는 것에 더 관심이 있는 듯했다. 그가 내 쪽은 쳐다보지도 않으면서 말했다.

"경위님, 저는 쓸데없는 추측이 아닌 과학을 다루는 사람입니다."

"로베르트 슈만의 의혹이 타당하지 않다는 뜻으로 하시는 말씀인가요?"

뫼비우스가가 여전히 시선을 돌린 채 말했다.

"좋을 대로 생각하십시오. 그 문제에 대해서는 더 드릴 말씀이 없습니다."

그가 조끼 주머니에서 묵직한 금시계를 꺼냈다.

"죄송하지만 이제……"

나는 자리에서 일어나 외투를 집어 들고 아무 말 없이 방을 나섰다.

건물의 옆문으로 나와 계단을 내려오면서 외투와 목도리를 어깨에 걸쳤다. 그러느라 계단을 올라오는 사람을 미처 보지 못한 탓에 중간에서 부딪치고 말았다. 나는 한쪽으로 비켜서며 말했다.

"죄송합니다."

남자는 내 사과를 들은 척도 안하고 남은 계단을 서둘러 올라갔고, 나는 그를 언뜻 볼 수 있었다. 그 찰나의 순간에 나는 그를 알아보았다. 뫼비우스의 병원으로 들어서던 그 남자는 빌헬름 후퍼였다.

경찰서까지 마차를 타지 않고 걸어서 갔다. 정신의학이라는 새로운 분야에서 독일의 명망 있는 지도자라 할 수 있는 파울 뫼비우스의 병원에서 한 시간 남짓을 완전한 절망 속에 보내고 난 뒤라(아마도 허비했다고 하는 것이 더 정확한 표현일 것이다) 혼자 생각을 정리하고 싶었다. 패배감이 내 양어깨를 묵직하게 눌렀고, 도시 한쪽 끝에서 다른 쪽으로 퍼져 있는 음울한 회색빛 솜털 같은 커다란 구름 아래로 전형적인 2월의 하늘을 보면서도 기분이 전혀 가벼워지지 않았다. 그렇게 무거운 기분으로 사무실 책상 앞으로 갔는데, 내 눈에 잘 띄도록 신경 써서 놓아둔 메모가 있었다. 메모 맨 위에 뒤셀도르프 경찰 지구를 나타내는 황금색 인장이 찍혀 있었다. 그것이 의미하는 내용은 단 하나였다. 바로 서장의 호출이었다.

"문 닫게, 프라이스."

내가 방으로 들어가자 서장이 짤막한 말로 나를 맞았다. 그는 근사한 책상 앞에 앉아 수사관들의 기록을 읽는 척했다. 그의 짙은 눈썹이 가지속(屬)식물처럼 안경 위에 매달려 있었는데, 예외 없이 한바탕 폭풍이 일어날 거라는 표시였다.

"슈만…… 슈만…… 여기에서는 슈만에 대한 내용을 전혀 볼 수가 없군. 정식 신고 기록이 없어. 어떤 범죄 기록도 없단 말이지. 내가 프라이스 경위에게 이 사람에 관계된 일을 조사하라고 지시한 기록도 없어."

"그렇습니다. 그런 지시는 하시지 않았습니다."

"그렇다면 자네는 무슨 권한으로 이렇게 쓸데없는 짓을 하는 건가?"

나는 바로 옆 의자 쪽으로 고갯짓을 하며 물었다.

"설명이 좀 복잡합니다. 앉아도 되겠습니까?"

"앉지 말게. 다시 묻겠네. 경찰의 자원과 납세자들의 돈을 낭비할 권한을 누가 준 건가?"

가슴이 뛰기 시작했다. 나를 쏘아보는 그 털북숭이는 내가 슈만 사건에 관여했다는 것을 어떻게 알았을까? 요 며칠 그 일을 조사하느라 왔다 갔다 하면서도 내가 아주 조심하고 있다고 생각했다. 우리 부서에 있는 꽤 노련한 어떤 수사관이 내 일정표를 몰래 살펴보면서 여러 정황에 근거해 눈치를 챌 수도 있다는 생각은 하지 못했다. 내 지위를 시기하고 나를 껄끄럽게 생각하는 후배 수사관들도 많이 있었다.

서장이 노여움과 조급함으로 턱을 떨며 다시 한 번 물었다.

"자, 프라이스, 세 번째로 묻겠네. 누가 자네에게 그런 권한을 주었나?"

나는 재빨리 생각을 정리해야 했다. 그런 다음 신성한 비밀을 털어놓기라도 하는 것처럼 목소리를 낮추고 말했다.

"호프만 남작 부부가 로베르트 슈만 문제에 대해 서장님께 얘기를 했다고 생각합니다만."

그 두 귀족의 이름만 듣고도 서장은 자리에서 일어나는 정도까지는 아니라 해도 눈에 띄게 관심을 보였다.

"내게 얘기했다고? 정확히 무엇에 대해서 말인가?"

내가 대답했다.

"그들의 소중한 친구 로베르트 슈만의 삶에 가해지는 위협과 관련된 극도의 고통에 대해서요. 분명 그들은 서장님에게 그 문제를 호소했을 겁니다. 아마도 서장님은 신중하기를 원하실 테니⋯⋯. 결국, 이 일은 용의자로 지목된 수많은 유명인들에게 당혹스러운 상황이 될지도 모르겠습니다. 그 문제는 기록으로 남지 않을 것이고 공식 자료도 공개되지 않을 겁니다."

"이 문제에 관해 내 부서가 나태했다는 말인가?"

서장의 목소리가 잠기는 걸로 봐서 그가 한 발 물러선 것 같왔다.

"서장님의 직속 부하를 비난하려는 의도는 아니었습니다. 분명 그것은 제 위치에 맞지 않는 일이며……."

"당연히 맞지 않는 일이지."

서장이 내 말을 잘랐다.

"각자 해당하는 계급과 규율이 있으니까 말이야."

"그렇습니다, 서장님."

나는 그의 설교를 마음에 새기는 것처럼 잠시 말을 멈췄다가 다시 이었다.

"그러나 제가 꼭 드리고 싶은 말씀은, 사실 언젠가 밤에 슈만 부부의 집에서 우연히 남작 부부와 잠깐 애기를 나누었다는 겁니다."

당연히 나는 호프만 남작이 성실한(그리고 쓸모가 없어진) 원로 공무원들에게 지급되는 연금 수당을 결정하는 지역 위원회의 회장이라는 사실을 알고 있었다. 서장은 퇴직이 얼마 남지 않았기 때문에 남작이 그 늙은 경찰의 앞날을 좌우할 열쇠를 쥐고 있다는 사실에 민감했다. 그 귀족의 펜 놀림 하나로 서장의 미래는 꽃길이 될 수도, 가시밭길이 될 수도 있었다.

"남작 부부가 이 조사의 결과에 개인적으로 관심을 가지고 있다는 말인가?"

이제 서장의 목소리에서 날카로움이 사라졌다. 나는 다시 한 번 목소리를 낮추어 말했다.

"외람된 말씀이지만 그들이 저에게 간청했다는 말을 꼭 해야겠습니다. 남작 부부는 저의 조사를 가능하면 비밀로 유지해 주기를 바라고 있습니다. 말씀드렸듯이 고위층에 혐의를 받는 사람들이 여럿 있습니다."

"그만하게, 프라이스. 기분이 썩 좋지는 않구먼. 분명히 말해 두는데 자네는 이 조사를 순전히 혼자만의 결정으로 시작한 것일세. 그러나 뭐, 너그럽게 봐주겠네."

"감사합니다. 정말 이해심이 많으시군요."

"조심하게, 프라이스."

서장이 의자에서 일어나 몸을 곧추세웠다.

"알다시피 이 일로 시간을 한없이 끌 수는 없네. 내가 이 일에 협조하겠지만 영원히는 아니야."

"무슨 뜻입니까?"

"이 일을 어떤 식으로든 매듭지어야 한다는 뜻이네. 자네가 이 일을 해결한다면 자네에게 명예가 될 거야. 그러나 만일 해결하지 못한다면 손해 본 시간만큼 보충해야 할 걸세. 2주를 주겠네. 거기서 한 시간도 더 줄 수 없어. 내 얘기는 끝났네. 나가보게."

도움이 될 만한 새로운 정보가
몹시 간절하던 차에 경찰서장의 최후통첩까지 받아 들자 더는
지체할 수가 없었다. 당장 그날 저녁에 뒤셀도르프의 상업지역
프린츠 만하임 가에 있는 아마데우스 식당에서 헬레나 베커와
늦은 저녁을 먹기로 약속을 잡았다. 그 시간에 가면 아는 사람
을 만나거나 방해를 받을 염려가 거의 없었다. 식당에는 두툼한
카펫이 깔려 있었고, 창문에는 무거운 커튼이 있었으며, 방과
의자가 충분히 마련되어 있어 은밀한 얘기를 나누기에는 제격
이었다. 헬레나와 함께 방 하나를 차지하고 앉았다. 탁자 한가
운데 놓인 유리 안의 초에서 불빛이 흘러나와 헬레나의 얼굴에

황금색 그림자를 부드럽게 드리웠다.

"오늘따라 매력적이군요."

헬레나는 내 칭찬에는 대꾸도 하지 않고 딴소리를 했다.

"피곤해 보여요."

헬레나가 내 얼굴을 찬찬히 살펴보았다. 촛불 때문에 내 얼굴이 더 수척해 보인 모양이었다.

"요즘 며칠 동안 잠을 제대로 못 잤어요."

내가 말했다.

"아, 그렇군요. 슈만 사건 때문에……."

"사건이라고요? 그 일이 사건이라는 확신은 아직 없어요, 헬레나. 어디를 봐도 공백뿐인 것 같아요. 확실한 증거도, 피 묻은 칼도, 악의가 담긴 편지도 없어요. 이상한 시간에 이상한 장소에서 어떤 음이 들린다고 주장하는 반미치광이밖에는 없어요. 그렇지만 도저히 그냥 넘길 수가 없어요!"

"어쩌면 내가 당신의 좌절감을 조금은 달래 줄 수 있을 것 같군요."

헬레나가 양옆을 살펴보더니 이어서 자기 뒤편과 내 어깨 너머까지 살펴보았다. 엿듣는 사람이 없다는 걸 확인하고 나서야 내 쪽으로 가까이 몸을 숙였다.

"저기, 프라이스, 당신에게 전해 줄 소식이 하나 있어요. 아주 믿을 만한 소식통에게서 들은 중요한 소식이에요. 그러니 한턱 단단히 내야 할 거예요. 송아지 고기 커틀릿과 최고급 와인 정도는 되어야겠는데요.”

“알았어요! 무슨 얘기죠?”

“요하네스 브람스가 클라라 슈만과 잤어요.”

“그걸 어떻게 알았어요?”

“내가 프란츠 리스트와 잤거든요.”

“당신…… 당신이…… 잤다는 건…….”

나는 말을 끝까지 할 수가 없었다. 조금의 주저함도 없이, 그리고 별로 당황하는 기색도 없이 헬레나가 고개를 끄덕였다.

“그런데 당신이 왜 그렇게 놀라는지 이해가 되질 않는군요. 경찰은 뜻밖의 상황을 예측하는 법을 배운다고 생각했는데요.”

“뜻밖의 일과 터무니없는 일은 전혀 다른 거예요.”

헬레나가 갑자기 얼굴을 붉혔다. 그 순간 나는 실수했다는 것을 깨달았다. 헬레나가 말했다.

“당신 얘기는, 프란츠 리스트가 나와 같이 자고 싶어 했다면 터무니없는 일이라는 거군요.”

“아니, 그런 얘기는 절대 아니에요!”

내가 헬레나의 말을 부정했다.

“내 말은 당신이 리스트와 자고 싶어 했다면 터무니없는 일이라는 거예요. 네로 이후로 여자를 유혹하는 데 그리 뛰어난 명성을 지닌 사람은 없었으니까요!”

“가만히 보니 질투를 하고 있군요. 당신의 고통을 달래 주려면 한 가지를 분명하게 밝혀야겠네요. 정확히 말하면 우리는 함께 자지 않았어요."

나는 이렇게 빈정댈 수밖에 없었다.

"그러니까 이상한 우연의 일치로 헬레나 베커라는 여자와 프란츠 리스트라는 남자가 불면증으로 고생하다가 어쩌다 보니 한 침대에 있게 되었다는 얘기군요."

"꼭 그렇다는 건 아니에요."

헬레나가 말했다.

"어떻게 된 거냐면…… 우리는 프란츠 리스트의 호텔방에서 한 침대에 있었어요. 그날 밤 슈만 부부네 집에서 프란츠 리스트가 나를 보고는 게오르크 아델만에게서 내 이름과 주소를 알아냈어요. 다음 날 아름다운 글씨체가 적힌 메모와 근사한 꽃다발이 배달되었더군요. 그리고 그날 저녁에 우리는 그의 호텔방에서 함께 늦은 식사를 했죠. 그러고 나서……."

헬레나는 어깨를 한 번 으쓱하고는 말을 뚝 그쳤다. 마치 "그 다음에는 어떻게 되었는지 한번 알아맞혀 볼래요?"라고 말하는 것 같았다.

"그런 다음에는 두 사람이 침대로 간 거로군요."

나는 이렇게 말하고는 아무렇지 않은 척하며 덧붙였다.

"계속해 봐요, 헬레나."

헬레나가 아차 하는 표정으로 말했다.

"당신이 돌발적인 상황을 얼마나 싫어하는지 얘기한 적이 있는데 이렇게 솔직하게 말해서 정말 미안해요. 영국인들이 뭐라고 하더라…… '진실은 드러나게 마련이다.'라고 하던가요?"

"당신을 위해서라도 리스트가 그날 할 일을 제대로 할 능력이 있었기를 바랍니다. 뭐, 그 사람은 애송이가 아니니까요."

"리스트의 능력은 어느 모로 보나 당신만큼 대단할 거예요. 그러나 사실 그 능력을 시험해 볼 필요가 없었어요. 말하자면 그날 할 일이 없었다는 거죠."

"아, 정말인가요? 그렇다면 내가 이유를 추측해 보죠. 리스트는 다음 날 꽤 힘이 드는 독주회가 예정되어 있어서 힘을 비축해야 한 거예요. 재미있군요, 헬레나. 그런 변명은 오페라 가수들에게나 통하는 거죠."

헬레나가 말했다.

"그래요, 우리는 한 침대에 있었어요. 그러나 프란츠는……."

"아, 그렇군요. '프란츠'군요, 그렇죠? 정말 근사해요. 그 위대한 남자가 당신에게 자기 이름을 불러도 좋다고 하다니요!"

헬레나가 담담한 목소리로 말했다.

"남자의 머리가 내 무릎 위에 있는데 그를 '거장'이나 '선생님'이라고 부를 수는 없어요. 얘기를 계속할게요. 제발 내 말을 막지 말아 줘요. 프란츠와 나는 함께 누워 있었고, 그는 자신의 명성이 영혼에 남긴 공허함에 대해 이야기했어요. 그가 어떤 계획을 가지고 있는지 알아요? 얼마간 수도원에 가 있을 생각을 하고 있어요. 그것을 성지순례를 한다고 표현하더군요. 그는 영적으로 새로워지고 싶어 해요."

나는 비열해지고 싶진 않았지만, 혀끝 어딘가에 문이 달린 것처럼 내가 미처 막을 새도 없이 말이 터져 나왔다.

"당분간이라고요? 스물네 시간을 말하는 건가요? 진지하게 생각해 봐요, 헬레나. 리스트가 결혼 약속 파기와 명예 훼손, 채무 불이행 혐의로 법원을 들락거렸다는 것은 다들 알고 있는 사실이에요. 그것에 대해 얼마든지 더 얘기해 줄 수 있어요. 법정에서의 이력도 연주 무대 위에서의 이력만큼이나 화려하죠. 그런 남자가 영적으로 새로워지길 간절히 원한다고 말할 수 있을까요?"

"그는 새 삶을 원한다고 말하고 있어요. 그리고 나는 그 말을 믿어요. 그는 음악계에서 자신이 존경받지 못한다는 사실을, 특히 작곡에 대해 그렇다는 사실을 잘 알고 있어요. 작년에 바이마르에서 그에게 어떤 일이 있었는지 얘기해 줄게요. 리스트는 너그럽게도 자신의 저택을 개방해서 일요일 연주회, 그러니까 실내악 연주회, 학생들의 연주회, 새로운 음악 소개, 아무튼 사람들이 생각할 수 있는 온갖 흥미로운 행사를 열었어요. 그 연주회가 열리던 어느 일요일 오후에 리스트의 손님으로 온 사람 중 하나가 요하네스 브람스였는데……."

"끼어들어서 미안해요."

내가 말했다.

"그런데 나는 그날 저녁 슈만 부부 집에 있을 때 리스트와 브람스가 처음 만났다는 인상을 받았어요."

"그들이 처음 만나는 것 같았지만, 두 사람 모두 이전에 만났던 것을 잊고 싶었을 거예요. 1년 전 바이마르의 연주회에서 이런 일이 있었어요. 젊은 브람스가 얼마 전에 완성한 해학곡의 초고를 가지고 왔죠. 리스트가 브람스에게 그곳에 참석한 친구들을 위해 그 곡을 연주해 달라고 청하자 브람스는 무척 수줍어했어요. 어떻게 보면 자신 없어 하기도 했고요. 그래서 리스트가 자리에 앉아 그 곡을 처음부터 끝까지 연주했어요. 연주는 완벽했고 브람스는 그 연주에 대해 진심으로 감사했어요. 관객들도 열광했죠. 이제 리스트가 자신의 곡을 연주할 차례였어요. 그 극적인 순간에 프란츠가 우연히 브람스를 보게 되었죠. 그때 브람스가 뭘 하고 있었는지 아세요? 의자에 앉아 고개를 숙이고 졸고 있었던 거예요!"

"그래서 뭐요? 그런 일이 있었다고 해서 리스트가 브람스와 클라라 슈만의 성 관계에 대해 얘기할 권리를 갖는다는 건가요?"

"피아노 조율사였어요."

"뭐라고요?"

"피아노 조율사요."

헬레나가 말했다.

"빌헬름 후퍼요. 기억하겠지만, 그의 이름이 나온 것은……."

"그래요, 그래요."

나는 조바심이 나서 말했다.

"물론 기억해요. 그 사람이 무슨 상관이 있다는 건가요? 그 사람은 기술자예요. 망치와 렌치를 가지고 일을 하죠."

"그래요, 헤르만. 그러나 그는 이 분야에서 최고이기 때문에 리스트의 호텔방에 있는 연습용 피아노 조율사로 고용되었어요. 당연히 그 두 사람은 슈만 부부와 그들의 추종자에 대해 관심을 가졌죠. 그런데 우리의 최고 기술자가 그 일을 하는 사람에게 걸맞은 예리한 귀를 가진 것에 그치지 않고 시력도 예리했던 거예요. 후퍼는 음악회가 열리던 날 저녁에 슈만 부부의 집에서 일을 하고 있었어요. 거장 슈만은 그 시간에 없었죠. 클라라 슈만, 그러니까 슈만의 아내는 남편이 나갔다면서 아마 어느 선술집에서 술로 괴로움을 잊고 있을 거라고 말했어요. 지칠 대로 지친 그 불쌍한 부인은 그동안 집에 남아서…… 그녀가 뭐라고 말했더라?…… '천한 가지는 되는 마지막 세부 작업'을 해야 했어요."

"정확하게 그렇게 얘기한 것 같군요, 맞아요."

"음, 헤르만. 그런데 그녀가 잘못 생각한 거예요. 천두 가지 마지막 세부 작업이 있었거든요."

나는 한 손을 들어 헬레나의 말을 막았다.

"그만해요. 브람스도 그녀가 해야 할 일의 목록에 있었겠죠. 그런데 후퍼는 리스트에게 뭐라고 말했고, 리스트는 당신에게 무슨 말을 했나요?"

"슈만의 거실에는 그랜드 피아노가 두 개 있어요, 기억나요?"

"그럼요."

그렇게 대답하면서 나는 후퍼의 가게에 갔을 때 그가 해 준 말을 떠올렸다.

"분명 하나는 꽤 새것이었는데 여기 뒤셀도르프에서 만들어진 클렘스 제품이었어요. 고급 제품은 아니었지만 새것이기 때문에 많은 작업이 필요하지 않았죠. 좀더 오래된 피아노는 물론 더 주의가 필요했어요. 후퍼는 그 오래된 피아노를 제대로 조율하는 데 두 시간 동안 작업을 해야 했어요."

"그러나 사실은 클라라 슈만이 그 클렘스 피아노를 연주했어요."

헬레나가 말을 이었다.

"그리고 클라라 슈만이 연주하기 전에 브람스가 사람들에게 인사를 하고 나서 어떤 피아노를 연주했죠?"

나는 잠깐 기억을 떠올렸다.

"그도 그 피아노, 그러니까 클렘스 피아노를 연주했어요."

"맞아요."

헬레나가 말했다.

"바로 여기에서 의문이 생기는 거예요."

"네? 어떤 의문 말인가요?"

헬레나가 조금 전 내가 만지작거리던 버터나이프를 집어 들고는 마치 지시봉인 양 휘두르면서 설명하기 시작했다.

"슈만의 집에 도착한 후퍼는 하인의 안내를 받아 안으로 들어간 다음 작업할 준비를 했어요. 그때까지 슈만 부인은 어디에서도 보이지 않았고, 하인은 거장이 외출했으며 늦은 오후까지 돌아오지 않을 거라고 설명했어요. 그래서 후퍼는 거실로 들어갔죠. 물론 거기에는 그랜드 피아노 두 대가 있었고……."

"그래요, 그래요, 헬레나, 제발 요점을……."

"후퍼가 겉옷을 벗고 소매를 걷어올리고 막 일을 시작하려고 할 때, 그는 거실 바로 바깥쪽 복도의 계단에서 흘러들어 오는 남녀의 은밀한 속삭임 소리를 들어요. 그 다음에 어떤 일이 있었을까요?"

"어떤 일이 있었죠?"

"브람스가 허겁지겁 들어왔어요. 코트도 입지 않고 넥타이도 매지 않은 채였죠. 셔츠의 가슴 부분 단추 몇 개는 풀어진 채였어요. 그리고 머리카락은…… 그 긴 금발은……."

"알겠어요. 머리카락이 헝클어져 있었겠죠. 옷차림도 흐트러져 있었고요. 그래서요?"

"'방해해서 미안합니다.' 브람스가 빌리 후퍼에게 말했죠. '놓고 간 게 있어서요.' 그러더니 브람스는 클렘스 피아노 위에 있던 작은 가죽 가방을 쥐었어요. 그리고 서둘러 거실을 나가다가 가방의 내용물을 바닥에 쏟았지요. 그는 물건들을 주워 담으며 '이런 멍청한 인간 같으니!'라고 중얼거렸어요. 그때, 후퍼가 가방 안에 자기 것과 흡사한 도구들이 있는 것을 보았고, 브람스는 설명을 해야 할 필요성을 느꼈어요."

내가 사정을 했다.

"헬레나, 제발 그 버터나이프 좀 내려놔요."

헬레나는 버터나이프를 내 얼굴 가까이서 불안하게 흔들고 있었다.

"브람스가 뭐라고 했는지 말해 봐요."

헬레나는 내 부탁을 들은 척도 하지 않고 금방이라도 창을 던질 듯이 버터나이프를 쥐고는 이야기를 계속했다.

"브람스는 가방을 여미고 후퍼에게 말했어요. '아시겠지만 제가 연주할 피아노는 꼭 제 취향에 맞게 직접 미리 조율하곤 합니다. 그래서 시간을 들여서 클렘스 피아노를 조율했어요. 오늘 저녁에 그 피아노를 연주할 예정이거든요.' 그리고 이렇게도 이야기했어요. '더 방해하지 않겠습니다. 나중에 다시 와서 클렘스 피아노를 최종 점검하겠습니다.' 이 일이 왜 그렇게 중요할까요? 리스트 말에 따르면 오늘날 유럽에는 직접 피아노를 조율하고 조정하는 피아노 연주자가 없다고 해요. 그런 작업은 늘 후퍼같이 숙련된 기술자들의 몫이죠. 한 가지 이유는 대부분의 피아노들이 공공 연주회장에 있는데 그 주인들이 연주자가 와서 피아노를 만지는 것을 탐탁해하지 않기 때문이에요. 그리고 연주회가 개인의 거실에서 열린다고 해도 이와 같은 불문율이 적용되죠. 기술적인 작업은 기술자에게 맡겨야 한다는 거예요. 이상이에요!"

헬레나가 의자에 등을 기대면서 버터나이프를 테이블에 탁

하고 올려놓았다.

"자, 프라이스 경위님, 내가 술과 식사 값은 한 건가요?"

나는 생각을 하느라 대답을 하지 못했다. 그러나 끝도 없이 차곡차곡 쌓이는 것은 대답이 아닌 질문이었다. 헬레나가 화난 목소리로 말했다.

"정말이지 은혜를 모르는 사람이군요. 나는 당신의 컵이 넘치도록 따라 주었어요. 그 보답으로 내가 받는 건 뭐죠? 텅 빈 시선이군요. 그리고 텅 빈 접시하고요."

내가 걱정스러운 눈길로 식당의 시계를 보는데 마침 시계 종이 여덟 시를 알리는 소리가 들렸다. 식당 뒤쪽 자동식 문 뒤에서 주방장이 하루 일을 마치고 흰색 모자와 에이프런을 벗을 시간이었다. 웨이터가 아무 말도 없이 우리 앞에 놓인 나이프와 포크, 유리그릇, 롤빵 바구니와 양념 쟁반을 가져가 버려 테이블은 텅 비었다. 헬레나와 나는 무뚝뚝한 웨이터에게 쫓겨나 식당 밖 인도에 섰다.

"헤르만, 어쩌다 보니 오늘 이른 아침을 먹은 뒤로 아무것도 먹지 못했어요. 내가 굶어 죽는다고 해도 당신은 아무 관심이 없는 건가요?"

그때 내가 한 대답이 분위기와 전혀 맞지 않은 것 같다.

"후퍼는 이런 일들을 프란츠 리스트에게 얘기하는데……"

이렇게 말하면서 내 두 눈은 거리와 상점들과 이제는 불이 꺼진 건물들과 황량해진 인도를 따라 움직였다.

"후퍼는 이런 일들을 프란츠 리스트에게 얘기하는데……."

나는 또다시 생각에 빠져 이 말을 반복했다.

"그런데 무슨 이유인지 나에게는 얘기하지 않기로……."

"헤르만, 당신이 모르나 본데요, 나는 아직 여기 있고……."

"그러면 그가 뫼비우스 박사의 병원에 찾아간 것은……."

"좋아요."

헬레나가 순교자 같은 말투로 말했다.

"내가 굶주리고 있다는 건 넘어가기로 해요. 뫼비우스 박사와 후퍼가 정확히 무슨 관련이 있다는 건가요?"

내 시선이 다시 헬레나에게 머물렀다.

"헬레나, 나는 당신의 질문에 대한 답을 몰라요. 그러나 당신이 해 주었으면 하는 일이 있어요."

나는 마차를 불러 헬레나를 그
녀의 집 앞까지 바래다주었다. 집 앞에서 우리는 상대방의 뺨에
형식적으로 키스를 하고 헤어졌다. 그녀와 보낸 한 시간 남짓
동안 나는 지쳤고, 식욕이 없는 것은 말할 나위도 없었다. 무엇
보다 내 방의 네 벽 안으로 들어가서 편안한 옷으로 갈아입고
난롯불 앞에 앉아 몸과 마음을 풀어 주는 브랜디 한잔의 힘을
빌려 마음을 풀어놓고 싶었다.

내 아파트의 작은 로비로 들어서니 얼굴에 전쟁의 상처가 있
고 무자비한 관절염 탓에 두 손이 비틀린 늙수그레한 퇴역군인
인 관리인이 나를 맞았다.

"저기 어떤 남자분이……."

관리인은 모양이 일그러진 집게손가락으로 자기 어깨 뒤쪽, 로비 바깥쪽에 있는 작은 대기실을 가리켰다.

"한참 전부터 기다리고 있었어요."

관리인이 갑자기 목소리를 낮추어 속삭였다.

"한 시간도 넘게요! 뭔가에 단단히 화가 난 것 같았어요. 차를 좀 권하고 싶었지만 사람을 바짝 겁먹게 하는 분위기가 있어서요."

"고마워요, 헨켈."

나는 이렇게 말하고는 로비를 가로질러 대기실로 갔다.

"프라이스 경위! 이렇게 고마울 데가! 당신이 영영 오지 않을 거란 생각이 들기 시작했다오."

"안녕하세요."

돌발 상황이 다 그렇듯 그런 밤 시간에 찾아온 손님도 영 반갑지 않았지만 그래도 최대한 공손한 말투로 인사했다.

"무슨 일로 오셨습니까?"

"이렇게 부담을 줘서 미안하오, 경위."

로베르트 슈만이 말했다.

"따로 만나 해야 할 말이 있어서……. 아주 급한 일이오."

슈만이 내 뒤를 따라 내 방까지 세 개 층을 올라갔는데, 계단을 한 칸 한 칸 오를 때마다 마치 산을 오르는 것 같았다. 내 집 앞에 이르자 그는 숨을 헐떡거렸다.

"브랜디 한잔 드릴까요?"

그가 한 손을 들어 됐다는 표시를 했다.

"머리를 맑게 하고 싶어서요."

"저는 마셔도 괜찮겠습니까?"

나는 슈만의 대답을 기다리지도 않고 꽤 많은 양을 따라 단숨에 반을 마셨다. 그러면서 이런 생각을 했다.

'이 정도는 해도 돼. 보나마나 오늘 밤에는 편치 않을 테니까.'

내 방에 온 손님의 얼굴을 가까이서 보니 왜 관리인이 그의 앞에서 필요 이상으로 두려움을 느꼈는지가 이해되었다. 그의 두 눈은 충혈되었고 물기가 있었다. 얼굴은 얼룩덜룩했고 뺨과 턱의 피부는 면도가 제대로 되지 않아서 여기저기 살갗이 벗겨져 있었다. 자줏빛 입술 주위의 땀방울 때문에 입 모양이 불분명해져서 미 발굴된 동굴의 입구처럼 보였다. 옷에서는 담배 냄새가 강하게 났고, 술은 전혀 마시지 않은 것 같았는데도 숨결에서 술 냄새가 심하게 났다. 나는 슈만에게 앉으라는 손짓을 했다.

"고맙소만, 나는 서 있는 게 좋아요."

슈만이 말했다.

"이렇게 불쑥 찾아온 이유부터 말하리다. 내 귀중품들 중 하나가 없어졌는데 아마 누가 훔쳐 간 것 같소. 베토벤의 피아노 소나타 8번 op. 2의 초안인데 요제프 하이든에게 바친 곡이라오. 내 소중한 친구 펠릭스 멘델스존의 유언으로 내게 남겨진 거지요. 말할 것도 없이 가격을 매길 수 없을 정도로 귀중한 악보라오."

"그것이 없어졌다는 걸 언제 알았습니까?"

내가 물었다.

"우리 집에서 음악회가 열렸던 다음 날 아침이오."

슈만이 말했다.

"그 악보를 보관해 놓은 서재의 장식장에 가 보았지요. 베토벤이 오프닝 테마를 어떻게 처리했는지 다시 한 번 보고 싶었소. 사람들이 하나님을 만나기 위해 이따금 교회에 가는 것처럼 나도 그 바흐와 베토벤의 음악을 가서 보고 또 가서 보고 했다오. 그런데 악보가 없어졌어요. 악보가 사라졌단 말이오!"

나는 악보가 진열되어 있었는지 아니면 장식장 안에 보관되어 있었는지 궁금했다. 그 질문을 하자 슈만의 얼굴이 고통으로 일그러졌다.

"내가 얼마나 어리석은 사람인지! 나는 주님이 영혼을 거두어 가신 펠릭스 멘델스존이 그 악보를 내게 남겨 준 것이 너무도 자랑스러워서 온 세상이 다 볼 수 있도록 유리 장식장 안에 진열해 놓았다오. 그리고 이제는……."

슈만의 목소리가 갈라졌다.

"악보를 다른 곳에 놓아둔 것은 아닙니까?"

"다이아몬드가 가득 든 보물 상자를 잘못 놓아둘 수가 있겠소? 그렇지 않소. 악보는 도둑맞은 것이오."

"그렇게 확신하신다면 분명 마음속에 의심 가는 사람이 있을 겁니다."

나는 슈만이 얘기를 계속하길 기다렸지만 갑자기 그가 망설이는 것처럼 보였다. 나는 최대한 부드럽게 말했다.

"솔직하게 말씀해 주시지 않으면 제가 도와드릴 수가 없습니다. 의심 가는 사람이 누구입니까?"

잠시 동안 긴장된 침묵이 흘렀다. 슈만이 불쑥 말했다.

"아델만…… 게오르크 아델만…… 그 사람이 틀림없소. 상상이 갑니까? 내가 믿는 사람이, 내가 집과 마음을 열어 준 사람이…… 내 친구, 내 전기 작가라고 생각한 사람이 말이오!"

"왜 그 사람이라고 확신하는 겁니까?"

"그가 도둑이기 때문이오. 그가 도둑이라고 아내가 말했소. '좀도둑'이라고 말했지만, 분명 그는 좀도둑에서 큰 도둑이 된 거요. 아내에게 그를 어떻게 알았는지 물어보았소. 아내 말이 그 음악회가 열리던 날 밤에 프라이스 경위가 아내에게 그를 조심하라고 했다더군요."

슈만이 갑자기 내 팔을 잡더니 말했다.

"프라이스 경위가 그를 만나 주었으면 하오. 그가 악보를 가져가게 할 수는 없어요."

괴로워하는 방문자에게 잡혀서 불편했지만 나는 침착하고 조용하게 말했다.

"선생님, 진정하십시오. 말씀하신 방법은 신중한 방법이 아닐 수도 있습니다. 단지 의심이 간다는 이유만으로 누군가에게 그렇게 중대한 죄를 씌운다는 것은……"

슈만이 내 말을 막았다. 그가 화난 목소리로 말했다.

"프라이스 경위, 그러니까 경위도 내 주위에 있는 모든 사람들처럼 내가 미쳤다고 이미 확신하고 있군요. 음, 그렇다면 내 말은 못 들은 걸로 하시오. 필요하다면 경찰서장을 직접 만나겠소."

내가 재빨리 대답했다.

"저라면 함부로 경찰서장을 끌어들이지 않을 겁니다."

"왜 안 된다는 거요?"

"왜냐하면, 솔직히 서장은 예술가들에게 대체로 별 관심이 없고 특별히 선생님의 사건에 크게 인내심을 갖고 있지도 않습니다. 사실 저는 요 며칠 선생님이 처음에 말씀하신 문제를 조사하고 있었습니다. 그래서 더 긴급한 업무를 등한시했다는 이유로 불편한 징계를 받고 있습니다. 제 직업이 위험에 노출될 수 있다는 건 아시겠죠?"

슈만은 온몸에서 힘이 빠지는 듯했다.

"그렇다면 나는 동화에 나오는 동상처럼 서서…… 천진한 참새뿐만 아니라 까마귀와 독수리 떼, 음모자들, 강도들까지 내 몸에 박힌 보석들을 하나씩 하나씩 빼 가도록 놔둬야겠구려. 나는 세상에 빛나는 음악을 주고 있소. 그런데 그 보답으로 세상은 내게 무엇을 주고 있소? 원한, 시기, 배신뿐이지요."

내가 말했다.

"그러나 선생님, 선생님은 감사해야 할 것이 많이 있습니다. 예쁜 아이들이 있고 아름답고 재능 있는 아내가 있으니까요. 그리고 선생님의 음악을 사랑하는 수많은 사람들의 찬미와 수많은 동료들의 존경까지……."

"나는 내 삶이 싫소, 프라이스! 내 삶이 혐오스럽소!"

슈만이 소리를 지르는 바람에 나는 깜짝 놀랐다. 그가 떨리는 목소리로 말했다.

"더 이상 나를 볼 수가 없소. 지금 내가 작곡하는 곡의 모든 소절에 죽음이 마치 폭풍 구름처럼 매달려 있다오."

슈만은 내가 권하지도 않았는데 옆에 있던 의자로 비틀거리며 가더니 털썩 주저앉아 부끄럽다는 듯 두 손으로 눈을 가리고는 격렬하게 흐느꼈다. 내가 말했다.

"알겠습니다. 내일 최대한 이른 시간에 아델만에게 가 보겠습니다. 그리고 최대한 빨리 보고를 드리도록 하겠습니다."

그렇게 약속을 하고 나는 이내 후회했다.

며칠 전에 내가 병원으로 찾아
가 만난 뫼비우스처럼 게오르크 아델만도 높은 신분의 상징들
로 주위를 둘러싸려는 충동을 느끼는 사람임이 분명했다. 명예
학위증을 액자에 끼워 서재의 사방 벽에 아주 공을 들여서 죽 걸
어 놓았는데, 다른 사람들이 그를 높이 평가한다는 증거뿐만 아
니라 그가 스스로를 높이 평가한다는 증거도 되었다. 아델만의
집은 뫼비우스의 병원과 달리 가구가 호화로웠다. 두 사람의 집
모두 뒤셀도르프의 부자 동네에 있었지만, 그 언론인의 집은 고
급스러운 세간과 미술품, 술탄을 뿌듯하게 만들어 주었을 페르
시안 카펫을 사랑하는 사람의 유복함을 그대로 드러내 주었다.

그 방에서 특히 내 관심을 끌었던 것은 교회의 높은 제단처럼 거실에 우뚝 서 있는 커다란 마호가니 장식장에 든 물건들이었다. 유리문 뒤 여섯 개의 선반에는 금식기와 은식기, 그러니까 쟁반, 촛대, 소스 그릇, 차와 거피 세트, 화려한 장식이 있는 그릇 등이 가득 차 있었다.

아델만이 젠체하며 말했다.

"저 장식장은 당연히 영국제이고 1760년쯤에 만들어진 거랍니다. 그러나 진열된 물건들은 하나우와 포르츠하임에서 가장 솜씨 좋은 독일 장인들의 작품이지요. 우리가 마침내 프랑스를 앞지르기 시작했어요. 경위님도 좋은 물건들의 숭배자라고 알고 있소만."

나는 장식장에서 시선을 떼지 못하면서 말했다.

"아주 겸손하시군요. 저 물건들은 단순히 '좋은 물건'이 아닌데요. 고급 취향을 가진 사람의 징표, 이렇게 말해도 된다면 훌륭한 욕심쟁이의 표시라고 해야 할 것 같습니다."

아델만이 씩 웃었다.

"훌륭한 욕심쟁이라. 흠, 들어 보지 못한 표현이군. 기분이 아주 좋소이다."

"기분 좋으라고 한 말이 아니라 진심으로 하는 칭찬입니다."

"말을 꽤 잘하시는구려. 직업을 경찰로 택하신 것이 유감이오. 그렇게 정확한 표현을 하는 분이라면 좀더 사람들의 사기를 높여 주는 직업을 택하는 편이 좋았을 텐데요."

그 순간 내게 단검이 있었다면 아델만의 목을 베었을 것이다. 나는 화를 억누르면서 말했다.

"사람은 다음 생은 더 나을 거라는 희망으로 살아가죠. 제 경우에는 범인보다 사람의 말을 좇을 겁니다."

그러고는 쉬지 않고 다음 말을 덧붙였다.

"저 은쟁반…… 네 번째 선반에 있는 쟁반은 정말 앙증맞고 예쁘군요! 저런 것은 어디서 구하셨습니까? 저도 저런 물건을 오랫동안 찾았지만 운이 없었습니다."

당연히 나는 그 은쟁반이 에머리히의 식당에서 함께 점심을 먹을 때 아델만이 훔친 그릇이라는 걸 알았다. 아델만이 퉁명스럽게 대답했다.

"아, 저 쟁반 말이오? 선물로 받은 거지요. 편집자인가 누구인가에게서 받은 거요. 하이델베르크에 사는 사람이었던 것 같소. 고마운 편집자와 출판업자와 학자들 덕에 내게는 온갖 고급 가정용품들과 예술품들이 넘쳐난다오. 물론 그들은 내 취향을 잘 알고 있지요."

그 집의 물건들에는 뚜렷한 공통점이 있다는 생각이 들었다. 내가 볼 때 그 물건들은 고마운 여러 동료들이 준 것이라기보다는 강박관념에 사로잡힌 한 사람이 모은 거라는 느낌을 주었다. 내가 말했다.

"참으로 안타깝군요. 저렇게 훌륭한 수집품들을 많은 사람들이 볼 수 없다니 말입니다. 이런 물건들을 보고 싶은 사람들이 많을 텐데요."

아델만이 싸늘한 목소리로 대답했다.

"그것은 현명한 행동이 아니라고 생각해요. 호기심 가득한 눈, 비어 있는 손…… 다른 사람들은 몰라도 경위님은 이해할 텐데요. 경위님, 내 수집품에 대해서는 얘기를 그만하는 게 좋겠소. 경위님도 같은 생각일 거라 믿어요."

아델만은 내게 안락의자에 앉으라는 손짓을 하고는 네덜란드 진을 한잔 권했다. 내가 말했다.

"괜찮습니다. 제게는 이른 시간이어서요. 그리고 지금은 근무시간입니다."

"얘기하고 싶은 다급한 문제가 있다는 뜻으로 들리는군요."

"그렇습니다. 민감한 문제이기도 하고요. 어떻게 얘기를 꺼내야 할지 모르겠군요."

"경위님이 표현이 부족한 사람은 아니니까요. 내가 어떻게 도와드리리까? 이번에도 첼리스트 친구 분 얘기 아니오? 그 매력적인 젊은 여성 말이에요. 게다가 음악적 재능은 또 어떻고!"

아델만이 내 옆 의자에서 몸을 앞으로 기울이며 나를 친근하게 툭 쳤다.

"남자의 마음을 휘저어 놓지요, 안 그렇소?"

"사실, 슈만 부부의 일…… 특히 로베르트 슈만의 일로 여기에 온 겁니다."

아델만이 실망한 표정으로 다시 의자에 몸을 기댔다. 그리고 깊은 한숨을 내쉬며 말했다.

"아무도 우리에게서 슈만 부부를 빼앗아 가지 않을 거요!"

그의 얼굴에 어두운 표정이 스쳐 지나갔다. 그는 대화를 끝내고 싶어 하는 것 같았다. 나는 서둘러 용건을 말했다.

"슈만의 집에서 아주 귀중한 악보…… 펠릭스 멘델스존이 친구 슈만에게 유언을 통해 선물로 남겨 준 베토벤 소나타 원본이 없어진 것 같습니다."

내가 말을 채 끝내기도 전에 아델만의 얼굴에 놀라는 기색이 보였다. 갑자기 그가 큰 소리로 웃음을 터뜨렸다. 그는 의자에서 벌떡 일어나더니 서랍이 달린 장롱으로 가서 맨 위 서랍에서 황금색 넓은 리본으로 정성스럽게 묶인 검은 가죽 가방을 꺼냈다. 그리고 그것을 높이 들어 올리며 말했다.

"이것 말이오?"

아델만이 내 쪽으로 와서는 그 가방을 허공에서 흔들었다.

"이걸 잃어버렸다는 거요? 경위님, 잘 보세요. 여기 베토벤의 악보가 있어요. 허깨비가 아니라 진짜란 말이오."

그가 다시 웃었다.

"이걸 잃어버렸다고 한 거요?"

"슈만 선생님이 하신 말씀을 전한 것뿐입니다. 제가 판단한 것이 아닙니다."

내가 말했다. 그 순간 아델만의 표정이 다시 어두워졌다.

"그 사람은 정말 미쳤구려. 잃어버렸다니, 어림도 없는 소리!

슈만이 내게 이 악보를 주었소. 사실을 말하자면 그가 내게 받으라고 조른 거지요."

"그가 졸랐다고요?"

"분명 그래요."

"왜 그걸 가지라고 졸랐단 말입니까?"

"식지 않는 감사의 표시로 준다고 했소. 그가 한 말을 그대로 옮긴 거요."

"무엇에 대한 감사인지 물어봐도 됩니까?"

"그가 굉장히 수치스러워하는 과거, 내가 그의 삶을 조사하다가 알아낸 내용에 대해 발설하지 않은 것에 대해서라오."

"젊은 시절의 성행위에 대한 것, 음경의 감염에 대한 것 말입니까? 우리가 함께 점심을 먹던 날 잠깐 말씀하셨지요."

아델만이 우리가 앉은 의자 사이에 있는 둥근 탁자에 가방을 놓으며 말했다.

"아, 아니오, 프라이스. 젊은 시절의 성적 욕구 같은 사소한 실수보다 훨씬 심각한 문제이지요."

나는 멍한 표정으로 말했다.

"무슨 말씀이신지 저는 도저히……."

"슈만이 내게 해 달라고 간청한 것은 내 직업적 양심을 위태롭게 하는 것이었어요. 나는 슈만의 친구들 몇 명, 정확히 말하면 남자 친구들을 만났는데 그들은 멀쩡한 사람들, 그러니까 하층 계급 사람들이 아니고 교육받은 사람들이었어요. 내가 애

기할 수 있는 건 그 사람들과 우리의 친구 슈만이 성적 실험 이
상의 것을 했다는 거요."

"확실하게 말씀해 주시겠습니까? 동성애 행위를 말씀하시는
겁니까?"

내가 물었다.

"행위들. 복수요."

아델만이 대답했다.

"그 남자친구들 중 하나가 내게 말하길 슈만은 그런 해괴한
일에 탐닉하는 사람이라고 하더군요. '필사적'이라고 표현하기
도 했어요. 내가 슈만에게 이 문제를 얘기하니 그 사람의 피가
얼굴로 몰리고, 이마가 땀으로 젖고, 입술이 떨리고, 말투가 흐
릿해지고, 목소리가 떨렸어요. 프라이스 경위님, 보기에 끔찍할
정도였소. 그런 슈만을 보니 안됐다는 마음이 들어서 어쩔 수
없이 내 논문에 그 문제는 언급하지 않기로 동의했던 거요."

"그러니까 슈만이 선생님에게 식지 않는 감사의 표시로 베토
벤의 악보를 받으라고 했다는 거군요."

"바로 그렇소."

아델만이 대답했다. 해결되지 않던 일을 사소한 부분까지 말
끔히 매듭지었다는 듯 그의 얼굴에 완전한 안도의 빛이 어렸다.
그가 날카로운 목소리로 한마디 더했다.

"그 일은 정말로 다 잊었어요. 그 일에 대해서는 더 말할 필요
가 없을 것 같소."

나는 동의하는 뜻으로 고개를 끄덕였다.

"그렇습니다. 우리 두 사람 다 그 일에 대해서는 더 얘기하지 말도록 하죠."

그러나 슈만과 나는 분명 그 일을 이야기해야 할 것이었다. 다음 날도 아니고 바로 그날. 슈만과 아델만 중 한 사람은 나를 속이고 있었다.

나는 마차를 미리 불러 놓고 자리에서 일어섰다. 주인이 열어 준 문으로 막 나서다가 갑자기 몸을 돌리고 말했다.

"그런데 아델만 선생님, 다른 일에 대한 보답으로 베토벤의 악보를 로베르트 슈만에게 돌려줄 생각은 있습니까?"

"아니, 그것은 불가능해요!"

아델만이 대답했다.

"왜 불가능합니까?"

"그런 질문을 할 수도 있겠지요."

아델만이 거만한 미소를 지으며 말했다.

"그러나 악보를 돌려줄 수 없는 이유는 극히 개인적인 것이고 경위님이 관심을 가질 일은 아니라서요."

"알겠습니다."

나는 그를 쳐다보지도 않고 대답했다. 그러나 그 순간에도 나의 후각은 작용하고 있었다. 마차에 오르면서 마부에게 빌커 가 15번지로 가 달라고 말할 때 내 얼굴에 부는 바람에는 아주 불결한 뭔가가 있었다.

18

　　　　　　　　　　　　　　슈만의 집에 들어갔을 때 나를
맞은 사람은 처음 보는 사람이었다. 그 사람은 하녀에게 할일을
하라고 지시하고는 나를 서재로 안내했는데, 어디서든 지시를
하는 것이 몸에 밴 사람 같았다. 그의 태도는 딱딱했고 말투는
또렷했다. 움푹 들어간 연회색 눈이 나를 꿰뚫어 보는 듯했다.
가늘고 길어 비열한 인상을 주는 입은 얇은 입술로 조심스럽게
미소를 지을 때도 부드러워지지 않았다. 그가 말했다.

　"내 소개를 하겠소. 나는 프레드릭 비크 교수요. 프라이스 경
위님, 내 딸 클라라 덕분에 당신의 이름은 이미 알고 있소. 내
딸이 그 아이의 남편과 잠깐 집을 비운 것 같구려."

"나갔다고요?"

"그렇소. 오늘 아침 내가 여기 도착하기 바로 전에 라인 강 아래쪽 바드 그륀발트에 있는 온천에서 며칠 보내기로 갑자기 결정이 된 모양이오. 내 딸이 메모를 남겼어요. 그 아이의 남편에게 마사지와 물 치료, 아무튼 그런 장소에서 할 수 있는 이런저런 처치가 필요한 것 같더군요."

그 교수의 말투에서 '그런 장소'를 별로 좋아하지 않는다는 걸 느낄 수 있었다. 그리고 그가 사위인 슈만을 매번 '그 아이의 남편'이라고 표현한다는 것도 알아차렸다. 어린 클라라에게 그가 어떤 영향을 미쳤는지에 대해 얼마 전에 들은 얘기가 이해되고도 남았다. 어린 시절 클라라는 말하라고 할 때 말하고, 자라고 할 때 자고, 연주하라고 하면 연주하고, 심지어 옷을 입고 머리를 빗을 때도 아버지의 엄격하고 끊임없는 지시를 받았다고 들 사람들은 얘기했다.

"내가 뭐 도와줄 일이 있소?"

비크가 말했다. 내가 어서 돌아가기를 바라는 것이 분명했다. 그 교수가 불편해하는 걸 알면서도 나는 외투의 단추를 풀고 모자를 벗어 옆의 의자에 놓으며 말했다.

"그렇게 물어봐 주시니 고맙습니다. 네, 사실은 저를 좀 도와주실 일이 있습니다."

나는 근처에 있는 또 하나의 의자를 쳐다보면서 앉아야겠다는 눈치를 주었다. 집주인(그를 그렇게 부를 수 있다면)은 내가 보내는 신호를 무시해 버렸다.

"경위님, 참으로 미안하지만 사실 나는 시간이 별로 없어요."

비크가 말했다.

"그렇다면 죄송합니다."

나는 용서를 구하는 목소리로 말했다.

"다른 약속이 있는 줄은 몰랐습니다. 제가 시간을 뺏었다면 죄송합니다. 나중에 다시 뵐 수 있겠습니까?"

비크의 얼굴 표정이 딱딱하게 굳었다.

"나중에 나는 라이프치히로 가는 기차에 있을 거요."

"이해가 되질 않는군요. 이곳에 오늘 아침에 도착하셨다고 말씀하셨는데요. 그렇게 금방 가시는 겁니까?"

"경위님, 뭐 하나 물어보겠소. 아이가 있소?"

"아뇨. 아직 결혼하지 않았습니다."

"그렇다면 운이 좋은 사람이구려. 이 세상에서 자식의 배은 망덕만큼 감정을 상하게 하는 것이 없어요. 그 미치광이가 내 딸을 조종하고 그 아이를 내게서 점점 더 멀리 떼어 놓는 한, 이 집에서 내가 있을 곳은 없소이다. 프라이스 경위님, 내가 보기에 당신은 아주 총명한 사람 같소. 그런데 내 딸의 남편이 사람들을 속이는 이 병적이고 터무니없는 짓에 어떻게 말려들 수 있소?"

내가 이의를 제기했다.

"따님의 남편은 위대한 업적을 남긴……."

비크가 경멸이 섞인 미소를 지으며 내 말을 잘랐다.

"당장은 아니더라도 후세 사람들은 그의 이름을 기억하지 못할 거요. 당신은 경찰이니까 이런 일들을 이해하지 못하겠지만 내 말을 믿으시오. 지금부터 십 년이 지나면 그 사람도 그 사람의 음악도 하찮게 될 것이요. 사람들이 기억하는 것은 그가 보여 준 변덕스러운 성격일 것이오."

내가 말했다.

"'변덕'이라고 하시는 걸 보니 A음이 끊임없이 들린다는 슈만 선생의 호소를 별로 믿지 않으시는군요. 슈만 선생은 그 소리가 어떤 종류의 음모 때문이라고 주장하고 있습니다."

비크가 비꼬듯이 웃었다.

"별로 믿지 않는다고 하셨소? 전혀 믿지 않는다고 하는 것이 정확한 표현일 거요. 전혀 믿지 않아요. 하나도요!"

"그러나 교수님, 저는 최근에 로베르트 슈만의 행동을 몇 번 목격했습니다. 유럽에서 가장 훌륭한 배우라고 해도 그런 고통을 연기할 수는 없습니다."

"내 말을 들어 보시오. 그가 내게 왔을 때 그는 스무 살 학생이었소. 부유하고 점잖고 교육받은 집안 출신이었고, 잘생긴 데다 음악적 재능까지 갖춘 젊은이였지요. 아, 그러나 단점도 있었소. 남자다움이 부족했어요. 늘 어린애 같은 환상 속으로 도망치려 했고 충동적이었소. 나는 유럽의 재능 있는 피아노 연주자들, 교육을 받을 자세가 되어 있는 남녀 젊은이들을 많이 가르쳤는데, 그들은 내 생각과 방법을 존중했소. 그런데 로베르트 슈만은 절대 그렇지 않았어요. 그가 백 살이 된다고 해도 절대 그렇게 되지 않을 거요."

내가 말했다.

"죄송한 말씀이지만 슈만 부인의 이력이 로베르트 슈만과의 결혼으로 손상된 것 같지는 않습니다. 오히려 비평가들과 대중에게 높은 평가를 받고 있습니다."

"경위님, 그것은 그 아이가 진정으로 훌륭한 음악을 연주할 때만이오. 아마도 경위님은 모차르트와 하이든, 베토벤, 슈베르트에 대해 들어 보았겠지요? 그런 이름들이 경위님에게는 별로 중요하지 않겠지만……."

"아, 교수님, 분명히 말씀드리는데 저도 그 사람들을 조금은 알고 있습니다. 아니, 조금 아는 것 이상이라고 할 수 있습니다."

비크가 미심쩍은 표정으로 나를 보며 말했다.

"정말이오? 음, 경위님이 그들의 음악을 알든 모르든 내 말을 들어 보시오. 그들의 음악을 연주할 때 딸아이는 말하자면 천상에서 연주를 하는 것이오. 문제는 그 미친 인간이 내 딸아이에게 자신의 음악을 연주하라고 요구한다는 것이오. 그 사람의 피아노 협주곡이라는 걸 들어 보았소?"

그는 내 대답을 기다리지도 않고 말을 계속했다.

"30분짜리 허튼 푸념이지요. 그 사람은 그 곡을 클라라를 위해 썼다고 합디다. 선물이라나요!"

한 가지 의문이 머릿속을 떠나지 않았다. 내가 말했다.

"그저 한 사람의 경찰이 갖는 호기심이라고 이해해 주시길 바랍니다. 그처럼 여러 가지 상황이 마음에 들지 않는데 왜 뒤셀도르프에 오신 겁니까?"

비크가 대답했다.

"지난 몇 년 동안 나는 이따금 이곳에 와서 불쌍한 클라라와 내 손자들을 보곤 했어요. 그러나 며칠 전에 클라라가 보낸 편지에서 이곳에 있는 두 대의 피아노 상태와 관계된 어떤 일이 있다는 느낌을 받았지요. 딸아이는 좋지 않은 주변 상황 때문에, 집이 강과 가까워 습기가 많다거나 이맘때 충분한 햇빛이 들지 않는다거나…… 아무튼 이런저런 문제 때문에 피아노가 망가질까 봐 걱정을 했어요. 클라라가 어릴 적에 그 아이와 나는 언젠가 그 아이가 멋진 저택에 살기를 바랐다오."

비크가 재빠르게 주변을 둘러보았다.

"그런데, 경위님도 보시다시피……. 어쨌든 나는 이곳에서 한참 머물면서 피아노를 살펴본 다음 떠날 생각이오. 경위님의 시간을 뺏었다면 미안하오. 그럼 안녕히 가시오."

내가 외투 단추를 채우는데, 서재 문을 노크하는 소리가 들렸다. 비크가 회중시계로 시간을 보면서 말했다.

"흠, 딱 맞춰서 왔군. 좋았어."

그러고는 시계에서 눈을 들며 소리쳤다.

"들어오시오."

문이 열리고 빌헬름 후퍼가 들어왔다. 딱딱하던 비크의 태도가 금세 부드러워졌다.

"아, 후퍼, 내 좋은 친구. 이렇게 보게 되니 참 반갑구려! 시간에 맞춰 와 주어서 고맙소."

그리고 내 쪽을 힐끗 보며 덧붙였다.

"이 신사 분과는 막 작별인사를 하던 참이었소. 아무래도 소개를 해야겠군요."

"그럴 필요 없습니다, 교수님. 후퍼 선생과는 만난 적이 있습니다."

내가 말했다.

비크가 영 부자연스러워 보이는 장난스러운 동작으로 후퍼에게 손가락을 흔들며 말했다.

"그러니까 후퍼, 당신이 이 경찰 양반을 이미 알고 있다는 거군. 지금까지 무슨 일을 하고 있었던 거요? 이 늙은 악당, 솔직하게 말하는 것이 좋을 텐데."

후퍼가 나를 향해 희미하게 미소를 지으며 말했다.

"가끔 사소한 장난을 친다고 해서 누구에게 해를 주는 것은 아니지 않을까요? 비크 교수님은 유머 감각으로 유명하신 분이지요, 경위님."

나는 그 교수가 여러 가지로 유명하다고 해도 유머 감각은 절대 해당되지 않는다는 데 모든 것을 걸고 싶은 마음이었다. 그러나 그저 이렇게만 대답했다.

"두 신사 분들, 경찰은 이처럼 기지 넘치는 분위기에서 그만 물러나겠습니다. 두 분이 용무를 보실 수 있도록 저는 이만 가 보겠습니다."

이렇게 말하고 모자를 집어 드는데 후퍼의 얼굴에 깊은 안도의 표정이 스쳤다. 비크도 안심하는 표정이었다.

나는 문을 열다 말고 돌아서서 후퍼에게 말했다.

"그런데, 후퍼 선생님. 분위기를 깨고 싶진 않지만, 슈만 부부의 피아노 문제를 해결할 전문적인 수리 방법이 있습니까?"

"문제라고요? 무슨 문제를 말하는 건가요, 경위님?"

"습기 말입니다. 당연히 집이 강과 가까워서겠지요. 그렇지 않습니까?"

후퍼가 비크에게 시선을 고정한 채 대답을 궁리했다.

"습기라고요? 글쎄, 확실하지는 않지만…… 그러니까 이곳 같은 기후에서는 그럴 가능성이야 늘 있는 것이고…… 그러나 집 안에는 충분한 온기가 있으니까…… 적어도 내가 볼 때는 그래요. 그렇다고 해도……."

후퍼가 어깨를 한 번 으쓱하고는 말을 멈췄다. 비크가 틈을 놓치지 않고 나가려고 서 있는 나를 향해 말했다.

"잘 가시오, 경위님. 이제 보내 드려야겠소. 곧 다시 만나길 바라겠소."

"저도 그렇습니다."

나는 낮은 소리로 대답하고 그곳을 나왔다.

19

나는 불편한 마음으로 경찰서
의 내 사무실로 돌아왔다. 그 두 사람, 비크와 후퍼의 행동에는
제과점의 진열대에서 파이를 훔치다가 잡힌 어울리지 않는 2인
조, 한 사람은 지나치게 침착하고 또 한 사람은 겁이 많은 2인
조를 떠올리게 하는 어떤 분위기가 있었다. 그리고 시간이 부족
하다는 걱정이 사라지질 않았다.

나는 사무실 문을 열고 들어서면서 내 책상에 서장 쉴링이 보
낸 반갑지 않은 메모가 또 있을 거라는 생각을 했다. 그러나 사무
실에는 쉴링 본인이 상기되고 기분 좋은 표정으로 앉아 있었다.
그의 옆에 우아하게 앉아 있는 사람은 바로 헬레나 베커였다.

"아, 프라이스, 골칫거리가 드디어 왔구먼."

셜링이 바다코끼리처럼 웃으면서 말했다.

"이 아름답고 젊은 여성 분에 대해서는 소문을 들었네. 자네의 미적 감각을 칭찬해야겠어, 프라이스! 자, 나는 내 할 일을 다 했네. 이제 자네가 왔으니 이만 가 봐야지."

서장은 어설프게 허리를 숙여 헬레나가 내민 손에 입을 맞추었다.

"대단한 영광입니다."

그는 이렇게 속삭이고는 방을 나섰다. 나는 헬레나를 내려다보았다. 그녀는 웃음이 터져 나오려는 걸 애써 참고 있었다.

"헬레나, 서장이 한 말이 무슨 뜻이죠? '내 할 일을 다 했다'니, 무슨 할 일 말인가요? 느낌이 별로 좋지 않았어요."

헬레나가 자리에서 일어서서 내 뺨에 가볍게 입을 맞추었다.

"경위님, 걱정할 것 전혀 없어요. 그 사람은 나를 당신의 사무실로 안내해 준 것뿐이에요. 나를 1층 로비에서 보았는데, 내가 안내원에게 당신이 있느냐고 묻는 소리를 듣고는 자기가 안내하겠다고 했어요. 아주 친절하더군요. 그러나 아까 당신이 나타나서 정말 반가웠어요. 내가 빨려 들어가는 줄 알았거든요. 그 사람은 늘 그렇게 심하게 숨을 쉬나요?"

"내가 서장의 숨에 관심이 있는 건 그가 어느 날에 숨을 멈추느냐 하는 것뿐이에요."

내가 툭 하고 내뱉었다.

"저런, 저런. 분위기가 별로 좋지 않군요."

"그럴 만한 이유가 있죠. 나는 눈가리개 게임을 하는 기분이에요. 슈만의 일에 발을 들여놓을 때마다 벽에 부딪치는 것 같아요."

"음, 프라이스. 포기하기 전에 당신의 하루를 밝게 해 줄 소식이 있어요. 당신은 지금 파울 뫼비우스의 최근 환자를 보고 있어요."

헬레나 베커가 자랑스럽게 미소를 지으면서 지갑에서 작은 종이 한 장을 꺼내 펴더니 내 눈앞에 대고 흔들었다. 그녀가 말했다.

"일종의 수면제 처방전이에요."

"글씨체를 알아볼 수가 없군요."

짐승이 휘갈겨 놓은 것 같은 글씨를 보며 나는 눈만 껌뻑거렸다.

"여자들을 뱀으로 변하게 만드는 바그너의 술인가 보군요. 아니면 최음제일지도 모르고요. 그런 데에 관심이 있었나요?"

헬레나가 말했다.

"최음제가 필요한 적이 있었냐고요? 아뇨, 그저 뫼비우스 박사에게 두통이 심하고 귀에서 끊임없이 음악소리가 울려서 잠을 잘 수 없다고 우겨서 약을 받은 거죠."

"그가 정말 당신 말을 믿던가요?"

헬레나가 잠시 말을 멈추고 요염한 눈길로 나를 보았다. 그리고 느릿느릿 말했다.

"글쎄요, 확신을 좀 주어야 했어요."

"확신을 좀 주었다고요?"

"나는 머리와 목에만 통증이 있다고 말했지만, 그는 몸 전체를 검사해 봐야 한다고 하더군요. 손발의 끝에서 만들어지는 독소 같은 것이 중력의 힘에도 불구하고 가슴과 그 위까지 번져 결국에는 청각 기관에까지 영향을 미친다는 거예요. 특히 나 같은 직업을 가진 여성들에게 일어나는 증상이라고 했어요. 하마터면 그의 말에 넘어갈 뻔했어요."

"헬레나, 그러니까 당신 말은……."

"그래요. 갓 태어난 아기처럼 벌거벗겨졌어요. 군대에서는 그런 걸 두고 임무를 벗어났다고 한다면서요?"

"직무 범위를 넘어섰다고 하죠."

"글쎄요, 내 경우에는 이상한 쪽으로 직무 범위를 넘어섰다고 해야겠군요. 내 말 좀 들어 보세요. 뫼비우스는 여기저기를 조사하고 나서 나더러 다시 옷을 입으라는 손짓을 했어요. 그러더니 개인적으로 물어볼 것이 많은데…… 이 대목에서 그는 기침을 하면서 목소리를 가다듬더군요…… 대답해 줄 수가 있냐고 했어요. 물론 과학적인 진단을 위해서라고요."

"좋아요, 헬레나. 분명히……."

헬레나가 내 입술을 손가락으로 눌러 막았다.

"그래서 나는 새침하고 수줍어하는 척하면서 '개인적인'이라는 것이 무슨 뜻이냐고 물었어요. 그러니까 그가 터놓고 얘기하더군요. 내 상태, 그러니까 불면증과 환청이 성적 억압 때문이라고……."

"성적 뭐라고요?"

내가 웃음을 터뜨렸다. 헬레나가 화가 난 척하며 말했다.

"프라이스, 당신의 남자다움이라는 제단에 자존심을 바친 여자 앞에서 감히 웃다니요. 무슨 짓이에요!"

"남자다움이라는 제단에 자존심을 바쳤다고요? 헬레나, 도대체 그런 말은 어디서 배운 거예요?"

"어쨌든 내가 '개인적인' 질문 몇 가지에 대답을 하는 동안 그가 꼼꼼하게 메모를 하더니 펜을 내려놓고 나를 심각하게 보면서 바로 이렇게 말했어요. '헬레나 양, 당신은 이런저런 일들에 자존심을 바쳤군요.'"

"그럼 그 사람에게 우리 얘기를 한 건가요? 알겠지만, 뫼비우스가 당신과 나 사이에 아주 가는 끈이라도 연결되어 있다고 느낀다면 당신이 그를 찾아가 봐야 아무 소용없을 거예요."

헬레나가 말했다.

"프라이스, 내 말을 믿어요. 나는 완벽했어요. 그리고 아직 얘기가 많이 남아 있어요. 뫼비우스는 그러고 나서 창작을 하거나 연주를 하는 예술가들의 삶이 타락하는 경향에 대해 장황하게 연설을 했어요. '불안정한' '무절제한' '불성실한' '방탕한' 등의 단어들이 악취가 나는 담배 연기와 함께 그의 입에서 쏟아져 나오더군요. 정신병 환자를 치료하는 의사가 아닌 드루이드 교 사제와 있는 듯한 착각이 들 정도였어요."

나는 의자에 등을 기대고 헬레나의 얘기를 잠시 생각해 보았다. 그러다 결국 이렇게 말했다.

"아주 흥미로운 얘기긴 한데 솔직히 말해서……."

"잠깐만요."

헬레나가 소리를 질렀다.

"끝까지 얘기할게요! 나는 살면서 겪은 변화에 대해 참회를 하는 지경에까지 이르렀어요. 그러다 뫼비우스가 나를 상대로 저속한 여러 가지 환상을 드러내고 있다는 것을 깨달았어요. 그가 품어 온 온갖 음탕한 생각의 살아 있는 표본을 내게서 보고 있다는 것을 그의 눈빛에서 알 수 있었어요. 그러자 잘하면 그의 경계심을 허물어뜨릴 수 있겠다는 생각이 들더군요."

"경계심이요? 환자와 의사 간의 비밀 유지를 말하는 건가요?"

헬레나가 말했다.

"바로 그거예요. 그래서 무심한 척하면서 말했죠. '의사 선생님, 제 증상이 로베르트 슈만의 증세와 아주 흡사할 것 같군요. 우리 둘 다 음악가고 예술에 발을 들여놓은 사람들이고 둘 다 사람들 앞에서 자주 연주를 하니까요. 슈만의 상태에 관한 소문이 널리 퍼졌는데 저도 바로 그렇게 되겠죠?' 뫼비우스는 내 질문에 지체 없이 대답했어요. '아, 그렇지 않습니다. 절대 그렇지 않아요. 슈만의 경우는 당신의 증세와 비슷한 데가 전혀 없습니다. 그런 걱정은 하지 마세요.’”

“차이점을 설명해 달라고 했어요?”

“물론이죠. 그랬더니 그는 노골적으로 잘난 체하면서 로베르트 슈만의 증세에는 완전히 다른 현상이 있다고 말했어요. ‘그 문제에 대해서는 내 전문적인 판단을 믿으셔야 합니다.’라고도 하더군요. 그러면서 노트를 덮더니 처방전을 써서 단호한 태도로 내게 주었어요.”

“‘완전히 다른 현상’이 무슨 말인지는 물어보았어요?”

헬레나가 내 쪽으로 조금 다가오면서 말했다.

“손을 좀 줘 봐요, 프라이스.”

나는 당황해서 말했다.

“갑자기 그건 왜……”

“그냥 줘 봐요.”

헬레나가 졸랐다. 나는 순순히 내 오른손을 내주었다.

“자, 무슨 뜻인지 알겠어요?”

그제야 이해가 되었다. 그녀의 손은 따뜻하고 부드럽고 놀라울 만큼 매끈했다. 헬레나가 손을 아주 희미하게 떨었는데 미묘하지만 멈추지 않는 에너지가 그녀의 몸에서 나와 그 떨림을 통해 내 몸으로 전달되는 것 같았다. 헬레나가 내게서 시선을 떼지 않은 채 말했다.

“흠, 나는 자리에서 일어서면서 뫼비우스의 손을 바로 이렇게 잡았어요. 그렇게 하고서 나처럼 과학적이지 못한 불쌍한 사람에게 그 현상이라는 게 무엇인지 설명해 줄 수 없겠느냐고 물었어요."

"그가 뭐라고 하던가요?"

헬레나는 뫼비우스가 한 말을 그대로 기억하려고 애썼다.

"어떤 일이 아무리 불가능해 보인다고 해도, 사람들이 그 일을 오랫동안 집중해서 생각하다 보면 가능하게 될 수 있다는 그런 내용이었어요. 자신이 몇 년 동안 연구하고 있는 이론이라고 했어요. 그걸 '과학의 철학'이라고 부른다고 하더군요."

나는 헬레나를 미심쩍게 바라보았다.

"당신이 그의 손을 잡고 있는 동안 그런 얘기를 한 건가요?"

"그것 말고 또 있어요."

헬레나가 여전히 내 손을 잡은 채 말했다.

"사실은 뫼비우스가 하는 얘기를 도무지 알 수가 없었어요. 그래서 내가 그냥 첼리스트가 이해할 수 있는 말로 설명해 달라고 부탁했죠. 정말 비참했어요! 그런데 뫼비우스는 내 부탁을 마음에 들어 하더군요. 여자의 겸손함이 남자들을 자극하기도 하나 봐요, 그렇지 않아요?"

나는 손을 빼면서 말했다.

"모르겠어요. 얘기하던 주제로, 그러니까 뫼비우스가 과학의 철학이라고 한 것으로 돌아가 볼까요?"

"아마도 내가 전혀 이해를 못하겠다고 말했을 때 그가 해 준 설명이 도움이 될 거예요. 그가 말하길……."

헬레나가 또 한 번 말을 멈추고는 기억을 되살렸다.

"그가 말하길, 만일 사람들이 어떤 일이 일어날까 봐 오랫동안 집중해서 두려워하면 그 일이 일어날 수 있다는 거예요. 다시 말하면 사람들이 두려워하는 그 일이 일어날 가능성이 있다는 거죠. 내게는 전혀 말도 안 되는 얘기처럼 들려요."

나는 깜짝 놀라 의자에서 일어나서 서둘러 책상 쪽으로 갔다. 서랍에서 새 메모지를 꺼내고 펜을 잉크병에 담근 다음 글씨를 쓸 자세를 취했다. 그리고 헬레나에게 말했다.

"뫼비우스가 들려준 얘기를 다시 한 번 천천히 말해 줄래요?"

헬레나가 정신 나간 사람을 보듯 나를 쳐다보았다.

"프라이스, 이 얘기를 심각하게 받아들이지 말아요!"

내가 힘주어 말했다.

"제발, 다시 한 번 정확하게 천천히 말해 줘요."

내가 알아보기 쉽게 큼직하게 받아 적을 수 있도록 헬레나가 뫼비우스에게서 들은 이야기를 한 단어 한 단어 천천히 반복했다. 나는 메모지를 책 더미에 기대 놓고 그 내용을 읽고 또 읽었다. 메모지에서 눈을 뗄 수가 없었다. 큰 소리로 읽어 보았다.

"만일 사람들이 어떤 일이 일어날까 봐 오랫동안 집중해서 두려워하면 그 일이 일어날 수 있다. 사람들이 두려워하는 그 일이 일어날 가능성이 있는 것이다."

헬레나가 말했다.

“프라이스, 사실대로 말해 줘요. 세상이 끝나려고 하는 건가요? 내가 하느님과 화해라도 해야 하는 건가요?”

나는 내가 적은 글에 시선을 고정한 채 대답했다.

“그 반대예요. 아무것도 끝나지 않아요. 오히려 정반대의 일이 일어나고 있어요.”

비록 잠깐이지만 비크와 후퍼를 만난 뒤로 나는 아주 이상한 느낌에 사로잡혔다. 그래서 아직 세세한 부분까지 생생하게 기억 날 때 슈만에게 이야기해야 한다는 생각이 들었다. 비크와 후퍼의 눈에 보이는 친분을 로베르트 슈만이 불편해하더라도, 그 거장이 내가 새롭게 발견한 혐의점을 보충할 뭔가를 제시해 줄 거라고 기대했다.

다음 날 아침, 나는 로베르트 슈만을 찾아가기로 했다. 슈만과 그의 아내가 바드 그륀발트로의 '피신'에서 돌아왔기를 바랐고 내 기대는 적중했다. 그러나 그 거장이 이미 외출복을 다 갖춰 입고(꽤 말쑥하게) 손에 지팡이를 꽉 쥐고 힘찬 걸음으로 집에서 나오리라고는 미처 예상하지 못했다.

"안녕하시오, 프라이스 경위."

내가 마차에서 내리는데 슈만이 큰 소리로 인사를 건넸다.

"이렇게 기분 좋은 우연이 다 있구려!"

그는 여느 때와 달리 기분이 좋아 보였다.

"우연이라고요?"

"그렇소. 마침 나와 같이 산책할 수 있게 됐으니 말이오. 근사한 아침이지요, 안 그렇소?"

슈만이 지팡이로 구름 한 점 없는 하늘을 가리켰다.

"요즘 이런 햇볕을 본 적 있소? 이런 햇볕이라면 실컷 즐겨야지요. 같이 운동합시다. 사람의 몸과 마음과 영혼에는 운동이 좋다오!"

나는 밤에 활동하는 사람이었기 때문에, 비록 늦은 아침이라고 해도 몸을 움직여 운동을 한다고 생각하자 썩 마음이 내키지 않았다. 내가 말했다.

"감사하지만 이 시간에 제가 걷는 것은 업무상 꼭 필요할 때뿐입니다."

"그렇다면 나와 함께 걷는 것을 업무상 꼭 필요한 일이라고 생각하시오."

그는 예전에는 전혀 볼 수 없었던 쾌활한 태도로 내 말을 받았다. 나는 불만스러운 기색을 감추지 않고 말했다.

"좋습니다. 그러면 이 주위를 한 바퀴만 돌지요."

"말도 안 되는 소리!"

슈만이 웃으며 말했다.

"내가 좋아하는 길이 있다오. 오늘처럼 좋은 날에 산책을 하면 큰 도움이 될 거요. 우리 둘 다 말이오."

어떻게든 다른 핑계를 대 보려 했지만 그는 내 말을 듣지 않았다.

"내가 가는 곳에 그대도 갈지니!"

슈만은 장난스럽게 엄숙한 말투로 얘기했다.

"람베르투스 교회로 가시려는 것 같군요."

나는 멀지 않은 곳에 있는 유명한 13세기 교회를 말했다.

"저를 종교적인 사람으로 만드시려는 것은 아니겠죠?"

"그렇지 않아요, 프라이스. 오히려 그 반대요. 우리는 뒤셀도르프의 가장 중심으로 갈 겁니다."

나는 그가 쾨니히스알레^{뒤셀도르프 중심가에 있는 거리-옮긴이}를 말한다는 것을 알아챘다. 그곳 말고 또 어디가 있을까?

"쾨니히스알레라면 아무 때고 갈 준비가 되어 있습니다."

거기로 갈 생각이 전혀 없었지만 나는 그렇게 말했다.

"나도 거기 가는 걸 좋아한다오."

슈만은 빌커 가에서 세 블록 정도 떨어진 쾨니히스알레를 향해 서쪽으로 나와 함께 걸어갔다.

"나는 그곳을 '불쌍한 남자의 샹젤리제'라고 불러요. 온 나라를 통틀어 파리가 생각나는 유일한 장소지요."

나는 한 번도 파리에 가 본 적이 없지만 그 도시에 대해 글로 많이 접했기 때문에 슈만의 말을 알아들을 수는 있었다.

뒤셀도르프의 건물들 중에는 과거의 흔적을 지닌 것들이 많았다. 교구 교회와 성당 중 상당수가 1600년대나 혹은 그 이전에 지어진 것이었다. 이 오래된 도시는 라인 강둑과도 접해 있었다. 그 테두리 안에 사는 사람들은 녹슨 경첩의 삐걱거리는 소리 속에서, 고대의 마룻장이 내는 모든 신음소리 속에서, 자갈길 위를 달리는 나무 바퀴 테의 덜커덕거리는 소리에서 역사의 음성을 들었다. 그 오래된 도시에서는 어느 거리에서나 라인 강을 볼 수 있으며, 양파가 든 삼베 자루를 둘러메고 시장으로 가는 등이 굽은 15세기의 농부, 갓 만든 질그릇을 수레에 가득 싣고 시장으로 팔러 가는 옹기장이, 골목 귀퉁이에 임시로 만든 설교단에 서서 행인을 향해 영원히 로마에 등을 돌리라고 큰 소리로 외치는 마르틴 루터의 허름한 추종자가 된 나 자신을 어렵지 않게 상상할 수 있었다.

반면 쾨니히스알레는 뒤셀도르프에서 가장 환하고 생기 있고 세련된 곳이었다. 나는 예전 쪼들리던 초년병 시절에 처음 그곳을 걸었을 때부터 쾨니히스알레를 좋아했다. 그곳에서는 호사스러운 옷과 보석과 음식을 보고 어떤 때는 만져 볼 수도 있었다. 그러나 그때는 그걸로 다였다. 츠비켄에서 온 젊은이에게 쾨니히스알레는 지상의 천국이었고, 경찰 초년병 시절에 그곳의 거리는 직장 상사는 말할 것도 없고 부모와 선생들, 성직자들이 내 젊은 머리 위로 퍼붓는 모든 훈계보다도 더욱더 성공에 대한 내 야망을 자극했다.

"내가 재미있는 얘기 하나 해 드릴까요?"

슈만이 힘차게 걸으며 말했다.

"나는 특별히 종교를 믿지 않지만 쾨니히스알레를 만들어 준 것에 대해서는 정말로 신에게 감사하지요. 오늘 나는 할 일이 있어요. 아이들 각자에게 작은 장난감을 선물하는 거라오. 뭐 대단한 것은 아니고, 그 아이들이 내 삶을 언제나 밝혀 주는 것처럼 이 겨울날에 그 아이들의 삶을 밝혀 줄 수 있는 것으로 말이오. 아, 맏아이인 마리에게는 뭔가 특별한 것, 이를테면 팔찌 같은 걸 선물할 생각이오. 그 아이는 여덟 살인데 이미 제 엄마의 뒤를 따르고 있다오. 아버지의 자랑을 기꺼이 들어 준다면 우리 마리는 또 한 사람의 클라라가 될 거요. 오늘 시장에 가서 고급 독일 담배 한 상자와 나폴레옹 코냑 한 병, 그리고 영국제보다 훨씬 고급으로 슈피겔만 상점에서 파는 밀라노 수입품인 100퍼센트 실크 넥타이를 한두 개 살 생각이라오. 아, 그리고 클라라에게 줄 숄도 사야 해요. 역시 이탈리아제로 말이오."

슈만은 물건을 산다는 기대로 흥분한 것 같았다. 그러나 나는 슈만이 어디서 돈이 났는지 궁금했다.

"선생님, 복권에라도 당첨되셨나 보군요."

슈만이 껄껄 웃었다.

"복권은 아니요. 클라라가 최근에 연주 여행을 갔다가 꽤 많은 돈을 벌어 왔어요. 게다가 오늘 아침에 나와 함께 일하는 출판업자에게서 편지가 왔소. 내가 최근에 쓴 피아노 모음곡이 마음에 드는 모양이오. 그런데 프라이스, 돈을 대체 어디에 써야 하겠소? 가만있자, 아직 겨울이 한참 남았으니까 오늘 새 모자를 하나 사야겠소. 그 유명한 러시아제 모피 모자로 말이오. 멘케스 모자 가게 진열장에서 멋진 모자를 하나 봐 두었소. 담비 모피 같아 보이더군요."

우리는 쾨니히스알레에 도착하고 나서 계속 북쪽으로 걸었고, 외투를 입고 결의에 찬 표정으로 커피를 마시는 사람들이 일 년 중 그맘때 받을 수 있는 최대한의 햇빛을 받고 있는 야외 카페 몇 군데를 지났다.

그런 카페 중 하나를 지나는데, 힘이 넘치는 내 동행인이 갑자기 내 소매를 잡더니 멈춰 세웠다.

"저길 봐요, 프라이스. 점쟁이가 있구려!"

"저 여자는 손금을 보는 사람입니다."

내가 노골적으로 경멸을 드러내며 대답했다. 과거의 경험으로 나는 그런 사람들이 어떻게 장사에 열을 올리는지 알고 있었다. 그들은 떼를 지어 다녔는데, 나는 그들을 '이리떼'라고 불렀다. 마술사, 곡예사, 하루의 일을 정직하게 하는 법이 좀처럼 없는 여러 종류의 이상한 사람들. 그들은 사람들을 현혹하는 데는 이골이 난 아주 영리한 무리였다. 가난하고 어수룩한 시골 사람이든 돈 많은 속물이든 일단 자신들의 노련한 손안에 들어오기만 하면 산 채로 가죽을 벗겼다. 나는 한때 그런 사기꾼들 여러 명을 고소했고, 그들 사이에서는 내 구역에서 장사를 하면 위험하다는 소문이 퍼지기도 했다.

그 점쟁이, 50대 후반쯤으로 보이는 마녀 같은 여자는 내 얘기를 못 들었거나 들었어도 신경 쓰지 않는 척하는 게 분명했다. 그 여자가 나를 힐끗 보자마자 말했다.

"손금 볼 거유? 내가 보기에 앞날이 아주 밝은 사람 같구먼. 5페니히밖에 안 해요."

내가 슈만을 향해 고갯짓을 했다.

"내가 아니고 여기 이분이 손금을 볼 겁니다."

여자가 곁눈질로 슈만을 아래위로 훑어보았다. 그러더니 흡족한 듯 미소를 지으며 말했다.

"아, 기품 있어 보이는 신사분이시군요. 나는 높은 관리 분은 멀리서 봐도 알아본다니까요. 내 수정 구슬을 걸고, 그러니까 내게 그것이 있다면 말이지요, 아무튼 수정 구슬을 걸고 말하는데 손님은 퇴역 장군이 분명해요. 자, 앉아요."

슈만이 나를 보며 씩 웃었다. 당연한 얘기겠지만, 그는 군인으로 오해를 받은 것이 꽤 즐거운 눈치였다. 작은 탁자를 사이에 두고 여자 맞은편의 접의자에 앉으며 슈만이 물었다.

"어느 손을 볼 거요?"

"보통 때 어느 손을 잘 쓰나요?"

"두 손을 다 쓰지요."

슈만이 아주 진지한 표정으로 대답했다. 그러자 손금 읽는 여자가 말했다.

"당연히 그렇지요. 높은 양반들은 그러는 게 당연하다우."

"아부를 잘하시는군요."

슈만이 말했다. 그가 웃음을 참으려고 꽤 애를 쓰고 있다는 걸 알 수 있었다.

"절대 아니랍니다. 손님은 노련한 군인이 분명해요. 자, 그러면 오른손 손금을 보도록 합시다."

슈만이 순순히 오른손을 내밀고 손바닥을 위로 했다. 여자가 잠시 뒤에 말했다.

"음, 그래, 왕과 나라를 위해 수많은 전쟁을 하고 그 전쟁에서 모두 이긴 남자의 손이야. 영웅의 손이라니까. 자, 손님, 이런 얘기를 하게 되니 참 기분 좋은데 말이우⋯⋯."

여자가 슈만의 엄지손가락에서 손목으로 이어진 긴 선을 따라 집게손가락을 움직였다.

"이 선은⋯⋯."

여자가 슈만의 눈을 심각하게 바라보며 말했다.

"손님에게 곧 보상이 온다는 걸 의미해요. 올해가 가기 전에, 그동안 쌓은 공을 인정받아 후한 연금을 받게 되겠구려."

여자의 말이 채 끝나기 전에 슈만이 탄성을 질렀다.

"세상에, 연금이라니! 내 기도가 응답을 받았구먼!"

"잠깐만요, 손님. 그게 다가 아니라니까요. 프랑스 남부에 있는 저택을 물려받을 텐데……."

"듣고 있소?"

슈만이 고개를 돌려 나를 보며 외쳤다.

"저택이라는군요!"

"아, 그게 다가 아니라니까."

여자가 계속 말을 이었다.

"이제 독신 생활도 행복하게 끝나겠고……."

"드디어!"

슈만이 손금 보는 여자의 말에 신이 나서 맞장구를 쳤다. 여자가 말했다.

"이제 손님은 적어도 스페인 왕족쯤 되는 아가씨와 결혼을 하겠구려."

슈만은 이성을 잃고 소리쳤다.

"내 행운이 절정에 이르렀군! 뭐 더 없소?"

"있지요. 그러나 50페니히를 더 내야 한다우."

"그깟 돈쯤이야. 나폴레옹이 워털루에서 패배한 후에 이렇게 기쁜 소식은 처음 들어요."

슈만이 한껏 기분이 좋아서 말했다.

"워털루에도 있었우?"

여자가 궁금해했다. 그 순간 여자는 감동을 받은 것 같았다. 누가 누구를 속이는 건지 나로서는 분간이 되지 않았다. 슈만이 대답했다.

"그렇소. 나는 젊은 중위로 영국 군대를 지원했지요. 정확히 말하면 웰링턴 장군의 전속 부관이었다오. 웰링턴 장군에 대해서는 당연히 들어 봤겠지요?"

"아, 그럼요."

여자가 얼른 대답했다.

"못 들어 본 사람이 있으려고요? 어쨌든, 내가 아까 얘기한 명예 말고도 뒤셀도르프 한가운데 있는 광장이 곧 손님의 이름을 따서 이름이 지어질 거라우. 이름을 내게 얘기하셨던가?"

슈만이 말했다.

"아니요. 내 이름은 슈만하인크요. 군대에서는 막시밀리안 폰 슈만하인크 장군이었지요."

여자가 말했다.

"그렇고말고요. 내가 진즉에 알았어야 했는데. 이렇게 멍청하다니까. 막시밀리안 폰 슈만하인크라는 이름이야 브레멘에서 베를린 그리고 그 너머에 이르기까지 모든 독일 사람들의 입에 오르내리는 이름이지요. 만나서 정말 영광이구려. 손님, 전부 합해서 100페니히라오."

"200페니히 값은 했소."

손금 읽는 여자가 눈을 가늘게 떴다. 그녀는 슈만을 의심스러운 표정으로 바라보며 물었다.

"이백 뭐라고요?"

"200페니히라고 했소. 말하자면 보너스인 셈이오."

슈만이 말했다. 여자의 표정이 단숨에 안도의 표정으로 바뀌었다.

"아주 친절하시구려, 장군님."

슈만이 지갑을 꺼내기 위해 겉옷 주머니에 손을 넣었다. 그리고 여자에게 인자하게 미소 지으며 말했다.

"정말 즐거웠소."

갑자기 슈만의 얼굴이 어두워졌다. 그가 잠긴 목소리로 속삭였다.

"아, 이런! 집을 나설 때 분명히 지갑을 가져왔는데……."

그리고 슈만은 나를 보며 말했다.

"돈이 없어요. 하나도 말이요."

"그럴 리가요."

내가 이렇게 말하며 왼쪽으로 몇 걸음 옮겼다. 거기에서 우리를 계속 지켜보던 젊은이 하나가 막 자리를 뜨려고 하던 참이었다. 나는 그 젊은이의 옷깃을 잡고 거칠게 내 쪽으로 끌어당겼다.

"선생님, 금방 돈을 찾을 수 있을 겁니다."

내가 남자의 오른쪽 팔을 등 뒤로 세게 비트니 남자의 입에서 고통의 비명이 터져 나왔다.

"내놔!"

나는 그 젊은 소매치기에게 명령했다.

"부러지겠어요!"

내가 팔을 잡은 손에 힘을 주자 청년이 소리를 질렀다.

"팔보다 더한 것도 부러뜨릴 수 있어. 지갑을 어디에 감췄는지 말해."

나는 한 번 더 팔을 비틀었다. 청년이 간신히 소리를 냈다.

"바지 뒷주머니에 있어요. 오른쪽이요. 제발요!"

한 손으로는 청년의 팔을 계속 잡은 채 다른 한 손으로 그의 바지 뒷주머니를 뒤져 지갑을 꺼냈다. 손금 읽는 여자가 의자에 얼어붙은 듯 앉아 젊은이를 올려다보았다.

"놔달라고 얘기 좀 해 줘요."

소매치기가 어깨 너머로 여자를 돌아보며 사정했다.

"이 사람이 나를 죽이겠어요!"

"당연히 그래야지."

여자의 목소리는 냉랭했다.

"이 멍청한 녀석아! 이 근처에서 어슬렁거리지 말라고 그렇게 말했는데……."

두 사람은 한눈에 보기에도 닮은 모습이었다. 검은 머리카락, 햇볕에 그을린 얼굴, 검은 올리브 같은 눈. 두 사람은 모자지간이었다.

나는 슈만에게 지갑을 건네주면서, 그가 거창한 감사 인사까지는 안 하더라도 안도의 한숨 정도는 쉴 거라고 생각했다. 나도 그렇고 두 명의 범인들도 다음에 일어날 일을 미처 예상하지 못했다. 슈만의 얼굴은 분노로 시뻘게졌다. 그는 자신과 여자 사이에 놓인 작은 탁자를 양손으로 움켜쥐었다. 그리고 있는 힘을 다해 탁자를 날려 버렸다. 탁자 위에 있던 카드 한 뭉치가 갑자스러운 폭풍을 맞아 휘날리는 낙엽처럼 허공에 흩어졌다. 여자는 공포에 질린 채 앉아 자기 일의 유일한 도구가 다시 돌아올 수 없는 모습으로 사라지는 것을 바라보기만 했다. 허술한 탁자는 놀란 구경꾼들 근처에 떨어지면서 산산조각이 났다.

그러나 슈만은 그걸로 끝내지 않았다. 이제 그는 여자 쪽으로 뛰어가며 여자의 목을 향해 두 손을 내밀었다. 나는 선택의 여지가 없었다. 젊은이를 놓아주고 슈만과 여자에게로 달려갔다.

"프라이스, 물러서시오!"

슈만이 여자를 잡으려고 하며 내게 소리쳤다. 그가 여자에게로 힘껏 달려들고 내가 그를 막으려고 하면서 우리 두 사람은 여자 쪽으로 세게 넘어졌다. 그 바람에 여자의 의자가 뒤로 넘어갔고, 여자가 뒤로 완전히 널브러지면서 두 팔과 다리를 허공으로 내저었다.

어쨌든 내가 힘으로 슈만을 제압해 금세 혼란을 끝낼 수 있었다. 그즈음 손금 읽는 여자의 공범자는 사람들 속으로 이미 사라졌다. 그래도 소매치기의 엄마는 다시 일으켜 확실하게 체포할 수 있었다.

그런데 그다음에 이상한 일이 벌어졌다. 여자는 나를 향해 분노를 드러내는 대신(경찰인 나로서는 당연히 그렇게 예상했다) 슈만에게 저주를 퍼부었다. 이번에는 프랑스 저택 애기도 스페인 귀족 신부 애기도 하지 않았다. 천천히 그리고 지독하게 슈만을 지옥으로 몰아넣었다.

여자는 더러운 주먹을 슈만의 얼굴 앞에서 흔들면서 독일의 한쪽 끝에서 다른 쪽 끝까지 들릴 만한 목소리로 소리를 질렀다.

"네가 겁내는 일이 그대로 네 인생에서 다 일어나라!"

슈만이 그 말을 듣고는 주춤거리며 물러섰다. 슈만이 그렇게 놀란 표정을 한 것을 나는 처음 보았다. 손만 대면 바로 병을 옮기는 나병 환자나 천연두 환자라도 보는 듯한 그런 표정이었다. 슈만은 공포에 질려 힘겹게 숨을 몰아쉬었는데, 금방이라도 쓰러질 것 같았다.

나는 여자를 놓아주고 거칠게 밀치며 말했다.

"썩 꺼져. 다시는 뒤셀도르프에 발도 들여놓지 마. 혹시 신이 나를 돕는다면, 네 끔찍한 삶이 끝날 때까지 감옥 안에서 썩는 모습을 보게 될지도 모르지!"

여자가 아무 말도 하지 않고 다리를 끌며 물러갔다. 그러나 그녀는 이미 온갖 말을 다 했고, 슈만은 폐인처럼 덜덜 떨며 서 있었다.

"저 여자가 하는 말이 무슨 뜻이오, 프라이스?"

나는 별것 아니라는 듯 말했다.

"슈만 선생님, 만일 내가 범인들의 저주를 모두 심각하게 받아들인다면 아침에 침대에서 일어나지 못할 겁니다."

슈만이 고개를 저었다.

"아니, 아니오. 그것은 그냥 저주가 아니었소. 그 여자가 한 말을 모두 기억해요. '네가 겁내는 일이 그대로 네 인생에서 다 일어나라.' 여자는 이 말을 당신이 아닌 내게 했소. 아, 나를 보시오, 프라이스. 몸이 계속 떨려요. 내가 어떻게 된 거요?"

* * *

빌커 가 15번지에 슈만을 데려다 주고 나서도 그의 질문은 오랫동안 내 머릿속에서 떠나지 않았다. 슈만은 집 앞에서 나와 헤어질 때까지도 심하게 몸을 떨었다.

그는 도대체 어떤 사람인가? 손금 보는 여자가 어처구니없는 말을 할 때 맞장구치며 신나게 즐기다가, 다음 순간에는 그저 노파의 심술궂은 눈초리에 지나지 않는 것에 겁을 냈다.

그때 내 맘속에 강하게 든 생각은, 그 여자의 저주와 뫼비우스가 헬레나에게 했다고 하는 설명이 같다는 것이었다. 그 두 사람의 말이 같지 않은가? 당신이 두려워하는 망령은 당신이 만들어 낸 것이다. 당신이 두려워하는 결과는 당신이 만들어 내는 결과다.

좀더 정확하게 말하면 로베르트 슈만 자신이 그가 두려워한 모든 것을 현실로 만들어 낸 것인가? 만일 그렇다면 나는 무엇 때문에 그 일에 이렇게나 말려든 것인가? 슈만은 스스로 비극을 만들어 냈을지도 모른다. 그런 슈만이 딱하긴 했지만, 나는 그의 사건을 불량 대출을 말소하듯 지워 버리고 일상의 업무로 돌아가야 했다. 그러고 나면 세상은 그 신비로운 축을 중심으로 계속 돌아갈 것이었다.

그러나 그날 이후 두 가지 사건이 일어났다.

헬레나와 마지막으로 얘기를 나누고 한참이 지나서야 나는 내 일에 애쓴 그녀에게 감사의 표시로 선물을 했어야 했다는 생각이 들었다. 발터 튀링어의 보석 상점은 유행의 첨단을 달리는 쾨니히스알레의 상가에 있었다. 경위의 월급으로는 그런 곳에 자주 드나들 처지가 안 되었기 때문에 나는 아주 가끔 그곳에서 특이한 장신구를 샀다. 나이 든 보석상 주인은 여러 종류의 공무원에게 물건을 할인해 주면 뇌물로 비칠 수 있다는 걸 알고 있었지만, 참으로 이상하게도 내가 어떤 물건에 관심을 나타내기만 하면 바로 그 순간에 아주 싼 가격으로 할인이 시작되었다. 나는 그런 식의 우연의 일치에 굳이 의문을 품지 않았다. 그리고 아마도 세상을 떠난 귀족들에게서 구입한 걸로 보이는 진열장의 귀중품들이 어디에서 왔는지도 굳이 묻지 않았다. 그러나 그 물건들이 파리나 런던, 비엔나, 심지어 상트페테르부르크처럼 먼 곳에서 훔쳐 온 것이라는 확신을 갖고 있었다.

늘 그렇듯 튀링어는 그날도 오래전에 헤어진 동생을 보듯 나를 맞았다.

"아, 프라이스 경위님, 정말 반가워요! 언제나처럼 나무랄 데 없이 멋지군요! 나는 점점 늙어 가는데 경위님은 점점 젊어져요."

상점 주인은 처량하게 고개를 흔들었다.

"할 수만 있다면, 다음 생에서는 꼭 경찰이 되고 싶어요."

"아부 좀 그만하세요. 내가 별로 가진 게 없는 사람이라는 걸 잘 알잖아요."

"무슨 소리! 내 물건은 전부 경위님이 마음대로 할 수 있잖아요."

"나는 물건 전부를 사려고 온 게 아니에요. 작은 선물을 하나 사러 왔을 뿐이에요."

"작은 선물이라고요? 여자에게 선물할 거라는 얘기로 들리는군요."

"그래요, 아주 특별한 여성이죠."

튀링어가 두 팔을 활짝 벌렸다.

"경위님, 편하게 둘러보세요. 구경하고 계시면 금방 다시 돌아올게요. 죄송하지만 저는 다른 손님을 상대해야 해서요."

그가 뜻하지 않게 환불을 해 주러 온 세금 징수원에게 하듯 내게 깊숙이 고개를 숙이고는 옆에 서 있던 그 가게의 유일한 손님에게로 가면서 내게 등을 돌렸다.

"아주 멋진 물건을 고르셨군요."

튀링어가 남자에게 하는 말이 들렸다.

"우리 가게에 있는 금속 곽 중에 가장 좋은 물건이죠. 당연히 프랑스 장인의 솜씨고요. 물건 뒷면에 그림을 새겨 넣는 값은 가격에 포함됩니다."

손님이 말했다.

"가격 말인데요, 더 싸게 해 줄 수 없습니까?"

손님이 목소리를 낮췄지만 나는 알아들을 수 있었다.

"이렇게 비쌀 거라고는 전혀 생각 못했거든요."

주인은 아주 푸근하게 말했다.

"젊은이, 이 선물을 받는 사람은 분명 죽을 때까지 소중하게 간직할 거예요. 이런 선물은 돈으로 가치를 매길 수 없는 거라니까요."

손님이 마지못해 대답했다.

"그렇다면 좋습니다. 제가 희생을 해야겠군요."

바로 그때 손님이 몸을 약간 돌렸는데, 나는 그를 바로 알아보았다.

"브람스?"

"아, 경위님……."

"프라이스입니다. 헤르만 프라이스."

내가 대답했다.

"아, 그래요, 압니다. 또 만났군요."

브람스가 말했다.

그 말은 내게 아주 익숙한 표현이었다. "또 만났군요."라는 말은 나를 만나는 것이 전혀 반갑지 않은 사람들이 주로 하는 말이었다. 그렇지만 나는 짐짓 쾌활하게 말했다.

"우리는 같은 상황에 처한 것 같군요. 나도 여성에게 줄 선물을 고르느라 바쁘거든요. 그리고 이 교활한 튀링어를 만나면 나도 애초 계획보다 많이 쓰게 된답니다."

튀링어는 내게 놀림당하는 것을 좋아했고, 그럴 때마다 친근하게 웃었다. 어쨌든 그와 나는 한 가지 진실을 마주하고 있었다. 그는 정말로 늙은 악당이었다. 브람스는 분위기를 밝게 바꾸려고 했다.

"경위님, 이곳 주인 덕분에 가벼워진 지갑을 들고 여기를 나가게 되었습니다. 좋은 하루 보내세요."

그는 코트의 단추를 잠그면서 튀링어에게 말했다.

"내일 이 시간까지 글자 인쇄가 될까요?"

주인이 손을 가슴에 얹으며 대답했다.

"믿으셔도 됩니다."

나는 브람스가 나가길 기다렸다가 튀링어에게 말했다.

"물어볼 게 있어요."

"얘기하세요."

"좀 전에 그 사람을 아세요?"

"요하네스 브람스 말인가요? 그럼요. 유명한 음악가잖아요. 장난이 아니라, 그 사람에 대해서는 아는 게 별로 없어요."

"물건 뒤에 새기기로 한 글자 말인데요……."

"네, 그게 뭐가요?"

"어떤 내용인지 좀 알아야 해서요."

튀링어가 놀란 표정으로 한발 물러섰다.

"알아야 한다고 해도 그런 일은 비밀이에요. 내가 새길 글자를 얘기하는 것은 어떤 사람의 비밀 편지를 열어 보는 것과 같아요. 그런 일에 대해 나 나름의 도덕 기준이 있답니다."

내가 조용히 말했다.

"튀링어, 내 말을 들어 보세요. 성직자들은 윤리 기준을 가지고 있어요. 당신은 성직자가 아니에요. 내 말을 이해하겠어요? 그 물건 뒤에 어떤 글자를 새길 건가요?"

"사람을 아주 곤란하게 만드는군요."

보석상은 고집을 굽히지 않았다. 내가 말했다.

"그렇다면 그 곤란한 입장을 내가 해결해 드리죠. 협조해 주시면 그 보답으로 이 상점의 골동품에 대한 경찰 조사를, 그러니까 더 매서운 눈을 가진 경찰보다는 헤르만 프라이스 경위가 하도록 해 드리죠."

튀링어가 아무 말 없이 진열 상자의 뒤편 서랍에 방금 넣어 둔 종이를 내게 건넸다.

"이것은 누구의 글씨죠?"

내가 물었다.

"브람스의 글씨죠."

내가 소리 내어 읽었다.

"소중한 클라라, 내 삶의 피여."

이 말 밑에 이니셜 J가 있었다. 요하네스를 의미하는 글자였다. 나는 종이를 튀링어에게 돌려주며 말했다.

"고마워요. 이 일에 대해서는 아무에게도 말하지 않겠다고 약속할게요. 아, 진열장에 진주 귀고리가 있군요……."

나는 그 귀고리를 샀고(우연의 일치인지 그 귀고리는 꽤 낮은 가격
으로 막 할인이 시작되었다) 작은 흰색 카드를 선물 상자 안에 넣었
다. 카드에는 이렇게 적었다.

"친애하는 헬레나에게. 나는 듣지 못하는 소리를 듣는 귀를
가진 그대."

이제 베토벤 악보 얘기를 해야겠다. 보석 상점을 나오면서 나
는 나 자신에게도 선물을 하기로 했다. 선물이라야 내가 좋아하
는 쉼멜의 커피하우스에 가서 30분 정도 시간을 보내는 소박한
것이었다. 향이 좋은 커피 한 잔, 블랙 포리스트 케이크 한 조
각, 그리고 베를린에서 출간된 최신 예술 잡지는 슈만의 일에서
자유롭게 놓여나기 위해 내게 꼭 필요한 것이었다.

커피 맛은 전보다 더 신선하고 풍부했다.

"콜롬비아에서 직수입한 거예요."

쉼멜이 대단한 자부심을 가지고 내게 설명했다.

"영국 사람들은 아프리카 어딘가에서 커피를 수입하는데, 그
들이 커피에 대해 아무것도 모른다는 증거지요."

블랙 포리스트 케이크도 완벽했다. 나는 의자에 등을 기대고
두 다리를 쭉 펴고 앉아 바로 옆에 놓인 「베를리너 쿤스트차이
퉁」을 집어 들었다. 그리고 헤드라인을 천천히 훑어보았다. 그
때 내 눈이 맨 앞장 하단 부분에 가서 멎었다. 그 순간 잠깐 동
안의 휴식과 기분 전환 시간도 끝나 버렸다.

눈에 익은 음악가의 사진 아래에 이런 글이 씌어 있었다.

"프란츠 리스트가 귀한 베토벤 피아노 악보를 얻다."

　　　　　"그러니까 프라이스 경위, 이런 식으로 약속을 지킨 거요?"

베토벤의 악보가 프란츠 리스트의 손에 들어갔다는 내용이 「베를리너 쿤스트차이퉁」에 실린 다음 날 아침의 일이었다. 로베르트 슈만이 내 사무실로 쳐들어와 잡지를 책상에 내던졌다.

"약속이라니요?"

나는 슈만이 무슨 말을 하는지 잘 알면서도 이렇게 물었다.

"그 악마 같은 아델만이 악보를 가져갔는데도 그냥 넘어간 거요? 부주의해서요, 아니면 당신도 그 공범자들과 한패라고 내가 생각해야 하는 거요?"

내가 차분하게 말했다.

"설명을 드리겠습니다. 저는 게오르크 아델만을 만났습니다."

"아, 그러니까 당신이 내게 한 약속을 기억한다면……."

"제발 제 말을 끝까지 들어 보세요. 저는 아델만을 만났고, 그가 베토벤 악보를 가지고 있습니다. 아니, 가지고 있었습니다."

"그렇다면 그가 훔쳤다는 자백을 받은 거요?"

나는 크게 숨을 내쉬었다.

"그렇지는 않습니다."

"나는 당신이 이 나라에서 가장 뛰어난 수사관이라고 생각했소. 그 악보를 보았지만 압수하지는 못했다는 말은 하지도 마시오."

나는 또 한 번 숨을 크게 내쉬었다.

"둘 다 맞습니다. 나는 악보를 보았고 압수하지는 않았습니다."

"왜요? 왜 그랬소?"

슈만이 앉을 생각도 하지 않고 금방이라도 내게 달려들 기세로 책상 쪽으로 사납게 몸을 기울였다.

"선생님, 앉으시는 게 좋겠군요."

내가 말했다.

"나를 어린아이나 얼빠진 죄수 대하듯 하지 마시오. 나는 앉을 필요 없습니다."

나는 의자에서 일어나 이번에는 좀더 매몰차게 말했다.

"앉으세요. 안 그러면 더 얘기하지 않겠습니다. 앉으세요!"

슈만이 내 맞은편 의자에 천천히 앉았다. 그 모습이 아이처럼 측은해 보여서 그를 윽박지른 것이 잠깐 후회가 되었다. 나는 다시 차분한 목소리로 말했다.

"베토벤 악보 문제에 대해 드릴 말씀이 있습니다. 아델만은 그의 서재에서 조금의 주저함도 없이 장식장으로 가더니 악보를 꺼내 보여 주었습니다. 도둑이라고 의심되는 사람의 행동이 아니었어요. 사실 그는 그 악보를 손에 넣은 과정에 대해서도 빈틈없이 설명했습니다. 계속할까요?"

나는 슈만이 저항할 거라고 예상했다. 그러나 예상과는 달리 그는 경멸 어린 미소를 지었다.

"계속해 보시오, 프라이스 경위."

그리고 이내 덧붙였다.

"그 욕심 많은 쥐가 뭐라고 얘기를 하던가요?"

"미리 말씀드리는데, 앞으로 제가 할 얘기는 말하기도 껄끄럽고 아마 듣기에도 썩 편치 않을 겁니다."

나는 주저하면서, 슈만이 먼저 입을 열어 내 당혹감을 덜어 주길 바랐다. 그러나 그런 행운은 일어나지 않았다. 슈만이 말했다.

"계속 얘기하라고 했소. 뭘 더 원하는 거요? 팡파르라도 울리길 바라는 거요?"

"그렇다면 솔직히 얘기하겠습니다. 아델만은 선생님이 약속에 대한 보답으로 자신에게 그 악보를 준 거라고 주장했습니다."

"약속? 무슨 약속 말이오?"

"선생님이 젊은 시절에 했던 어떤 성적 행위를 말하지 않는다는 약속입니다."

슈만이 억지 웃음을 지었다.

"어떤 성적 행위라고 했소? 세상에, 나는 고자로 태어난 사람이 아니오. 아델만이 그걸 얘기한 거라면 말이오. 혈기왕성한 독일인들은 젊은 시절에 예쁜 여자들과 방탕하게 지내지 않소? 그래요, 나도 여자들과 한두 번 즐겨 보았지요. 아니, 그보다 더 여러 번일 수도 있지요."

"아델만은 여자들과의 연애를 말하는 게 아니었습니다."

슈만이 눈을 가늘게 떴다.

"무슨 말을 하는 거요?"

"이해해 주십시오, 선생님. 그건 제가 한 말이 아닙니다."

"그래요, 그래요. 얘기를 해 보시겠소?"

"아마도 아델만은 선생님의 과거를 조사하는 과정에서 선생님의 남자 친구들 몇 명을 만난 것 같습니다. 아니, 만났다고 주장합니다. 그는 '친구들'이라는 말을 썼는데…… 그것은 제가 한 말이 아니고 그의 표현이며…… 그들과 함께 선생님이 꽤 자주 동성애에 빠졌다고 했고……."

나는 이쯤에서 슈만이 강력하게 부인할 거라고 예상했다. 그러나 슈만의 얼굴은 표정 없는 가면처럼 보였다. 진실을 감추고 있는 것이 분명했다. 나는 가라앉은 목소리로 말했다.

"불쾌하실 거라고 미리 말씀드렸습니다."

슈만이 말했다.

"내가 불쾌한 것은, 이 땅의 법이 편협한 경찰관들, 야경꾼에 지나지 않는 사람들의 손아귀에 있다는 거요. 인간 행동의 미묘함, 내면의 진실이라는 문제에 대해 당신들은 라인 강의 물고기만큼이나 아둔하지요."

내가 말했다.

"죄송합니다만, 저는 소위 '내면의 진실'을 찾는 훈련을 받지 못했습니다. 저는 볼 수 있고 만질 수 있고 들을 수 있는 증거를 다룹니다. 내면의 진실이라고요? 창작하기를 좋아하는 소설가와 거짓말쟁이들만이 그런 것에 익숙하겠죠. 그러니까 아델만이 찾아낸 사실에 대해 무슨 말을 하고 싶은 겁니까? 그 사람 말이 맞는 겁니까, 아니면 틀린 겁니까?"

슈만이 벌떡 일어서더니 내 책상에 놓여 있던 「쿤스트차이퉁」을 휙 잡아챘다.

"나는 협박을 당하고 싶지 않습니다. 앞으로는 플로레스탄이 내 사건을 맡을 겁니다."

플로레스탄이라고? 전에 그 이름을 어디서 들었더라?

그때야 기억이 났다. 아델만이 플로레스탄과 오이제비우스라는 이름을 얘기한 적이 있었다. 슈만이 오래전에 만들어 냈고 그의 상상 속에 살며 그가 감정적인 고통에 시달릴 때 얘기를 건넨다는 두 친구였다. 플로레스탄은 활동적이고 대담하며 충

동적이고 무모하기까지 한 존재였고, 오이제비우스는 성품이
온화하고 내성적이며 생각이 깊은 존재였다.

내가 말했다.

"선생님, 환상 속에서 허우적거릴 때가 아닙니다. 현실에 집
중해야 합니다. 베토벤 악보를 갖게 된 경위에 대한 아델만의
설명이 사실인지 거짓인지를 제가 알아야 합니다."

슈만이 뭔가 단단히 결심한 듯 모자를 쓰고는 구겨진 잡지를
꼭 쥐고 사무실을 나가려 했다.

"제 질문에 대답하시지 않았습니다."

나는 사무실 문을 여는 슈만의 뒤를 따라가며 말했다. 슈만이
몸을 돌려 나를 마주 보았다.

"플로레스탄은 질문에 대답하지 않소. 플로레스탄은 이곳에
서 심문을 받지 않아요. 프라이스 경위와는 이제 끝이오. 플로
레스탄이 당신 없이 일을 처리할 거요."

"나는 연습할 때 방해를 받는 것에 익숙하지 않아요."

클라라 슈만의 카랑카랑한 목소리가 텅 빈 연주회장의 화려한 네 벽에 부딪치며 울려 퍼졌다. 그 연주회장에서 클라라 슈만은 다가오는 주에 헬레나의 현악 4중주단과 실내악을 연주할 예정이었다.

"죄송합니다, 슈만 부인."

나는 이렇게 말하고는 중앙 통로를 걸어가 무대 앞에 섰다.

"보통 때라면 이런 시간에 방해할 생각을 절대로 안 했겠지만 아주 급한 문제가 있어서요. 아시겠지만……."

“왜 오셨는지 알고 있어요. 그러나 저를 좀 봐주셔야겠어요.”

“그러나 부인······.”

“지금은 안 된다니까요.”

“부인의 남편은 아주 아픕니다.”

“경위님이 우리 집에 왔던 그날 밤에 제가 남편에게는 참견하기 좋아하는 경찰이 아닌 의사가 필요하다고 말씀드렸을 텐데요.”

“그분에게는 의사와 참견하기 좋아하는 경찰 모두 필요합니다. 주변의 모든 상황과 모든 사람들에 대한 그분의 판단은 너무 불안정합니다. 그런 이유로 그분은 오늘 아침에 제 사무실에 와서 그가, 아니 플로레스탄이 제가 하던 조사를 혼자서 계속할 거라고 말했어요.”

클라라가 말했다.

“흠, 이제 확실한 증거가 있는 거군요. 경위님, 그렇다면 이제 필요한 것은 의학 전문가 집단이 정식으로 서명한 정신이상 진단서겠군요, 그렇죠?”

“부탁드립니다. 부인은 남편의 마음을 바꿀 수 있어요. 남편이 아마추어 형사 놀이를 하도록 해서는 안 됩니다.”

클라라가 빈정대는 말투로 대답했다.

“그렇다면, 게오르크 아델만에게 지금 필요한 것은 아마도 제 남편의 기질이겠군요. 경위님이 아델만을 신중하게 다루고 싶어 하시니 더욱 그럴 거예요.”

"부인, 부인은 남편께서 아델만에 대해 가지고 있는 문제의 본질을 이해하시는지 모르겠군요."

"그 사람은 우리의 귀중한 재산 하나를 가지고 달아났어요. 경위님이 제게 그가 도둑이라고 충고하셨다는 걸 기억하세요. 더 이해해야 할 것이 있나요? 그런데 경위님, 지금 사람의 인내 심을 시험하시는군요!"

내가 말했다.

"그러나 그 문제에는 또 다른 면이 있습니다. 제가 아델만을 만났을 때 그는 베토벤 악보가 분실되었다는 사실을 부정했을 뿐만 아니라 조금의 주저함도 없이 바로 내 눈앞에서 그것을 보 여 주었어요. 로베르트 슈만이 그것을 자신에게 주었다고 말했 습니다."

"그에게 주었다고요?"

"그렇습니다. 선물로요."

"무엇 때문에요? 남편이 왜 그런 행동을 하겠어요?"

"아델만은 성적 행위에 관련된 조사를 하다가 어떤 사실을 발견했는데……."

"행위라고요?"

"죄송하지만 다른 단어로는 설명할 방법이 없군요. 거기에는 다른 남자들이 관련되어 있습니다. 아델만의 논문이 출간된다 면 십중팔구 이런 일들이 밝혀지고 모든 사람들이 알게 될 겁니 다. 아델만이 그런 얘기를 내게 했고, 나는 오늘 아침에 또 그 얘기를 남편께 했습니다."

"물론 남편이 부정했겠죠."

클라라가 신경질적이지만 자신만만한 목소리로 말했다. 내가 선뜻 동의하지 않자 클라라가 얼굴을 찌푸렸다.

"확실하게 남편이 부정을 했나요?"

나는 고개를 저었다.

여기에서 처음으로 클라라의 평정에 균열이 생겼다. 그녀는 방금 들은 말을 받아들이기 위해 안간힘을 쓰는 듯 고개를 돌리고 눈을 감았다. 마침내 그녀가 말했다.

"그러니까 경위님은 아델만의 얘기를 전혀 의심하지 않았다는 거군요? 그의 말을 곧이곧대로 듣고 그를 이해한 건가요? 바로 그것이 경위님이 말하는 심문인가요?"

"말씀드렸다시피 남편께서도 확실하고 완전하게 부정하지 않았습니다. 대신 남편께서는 '내면의 진실'에 대해 알 수 없는 얘기를 했습니다. 너무도 미숙해서 인간 행동의 미묘함을 이해하지 못한다며 저를 비난했죠. 그러고는 아까 얘기한 것처럼 자신이 사건을 직접 맡겠다고 선언하고 사무실을 뛰쳐나갔어요. 이제 저의 당혹스러움이 이해가 됩니까?"

클라라가 나를 싸늘하게 바라보며 말했다.

"내가 이해하는 것은 경위님이 서툰 대처로 내 남편을 자극하기만 했다는 거예요. 그리고 이제 경위님은 제 불쌍한 남편이 플로레스탄의 모습을 띠도록 해 놓고는, 자신이 저지른 일을 되돌릴 수 없으니까 제게 와서는 기적이라고 할 만한 일을 하기를, 남편이 오이제비우스의 소극적인 역할로 되돌아가게 하기를 원하는 거예요."

내가 말했다.

"슈만 부인, 제 행동의 잘잘못을 논할 때도, 그럴 장소도 아닙니다. 가능한 한 빨리 남편께 가셔야 합니다. 남편께서 우리가 후회할 만한 경솔하고 어리석은 행동을 하지 않도록 모든 노력을 해야 합니다. 허비할 시간이 없어요!"

그러나 클라라 슈만의 반응은 나를 놀라게 했다. 클라라 슈만은 내게서 몸을 돌리더니 두 손으로 자신이 내내 앉아 있던 뵈젠도르퍼의 건반을 힘껏 내리치면서, 그 악기의 수명을 몇 년은 단축시킬 만한 폭발적인 불협화음을 냈다. 그러고는 신경질적으로 소리쳤다.

"모두들 시간에 대해 말하지만, 아무도 내 시간에 대해서는 말하지 않아요. 마치 나만의 삶은 없는 것처럼, 내 목적은 오직 아버지와 아이들과 지휘자와 그리고 당연히 남편에게 봉사하는 것인 것처럼 말이에요. 나는 그 모든 게 정말 지긋지긋해요."

내가 말했다.

"제발 제 말을 믿으세요. 저는 부인을 돕고 싶을 뿐입니다."

클라라 슈만이 등을 펴고 나를 쏘아보더니 다시 차분해진 목소리로 말했다.

"정말 저를 돕고 싶다면 여기를 떠나 주세요. 제게는 시간이,

온전히 혼자 있을 시간이 필요해요."

*　*　*

　클라라 슈만과 만난 뒤 나는 기진맥진한 상태로 사무실에 돌아왔다. 당장은 그동안 방치해 놓은 서류 더미에 파묻히는 것이 최선인 듯했다. 토요일 오후에 우리 부서는 늘 조용했다. 우리는 토요일 오후를 '폭풍 전의 고요함'이라고 불렀는데, 뒤셀도르프에서는(다른 곳도 대개 그럴 거라고 짐작한다) 대부분의 치정에 얽힌 범죄들, 특히 치명적인 범죄들이 토요일 밤에 일어나기 때문이었다. 순진해 보이는 술주정뱅이들도 토요일 밤이 되면 악마만 알고 있는 어떤 장난으로 살인자가 되었다.

　늦은 오후쯤 되니 며칠 동안 묵혀 둔 서류 더미도 점점 줄어들어 드디어 마지막 한 장이 남았다. 그 서류를 막 열려는 순간 젊은 직원 하나가 내 사무실로 뛰어들어 왔다.

　"뉴스 들었어요? 게오르크 아델만이라는 그 기자 아시죠? 방금 보고가 들어왔어요. 그의 집주인 여자가 한 시간 전에 집에서 그를 발견했대요. 살해된 것 같다고 합니다."

"프라이스 경위, 누가 이런 일을 했는지 짐작 가는 사람이 있나?"

쉴링 서장이 장갑 낀 두 손을 등 뒤에서 단단히 마주 잡고는, 현장에 있는 게오르크 아델만의 변사체에 닿지 않도록 거리를 두고 서 있었다.

"없습니다."

나는 고개를 돌려 대답했다. 그리고 시체 위로 몸을 구부리면서 오른쪽 관자놀이를 가리켰다.

"누군지 모르지만 상당한 힘을 가진 사람인 것만은 분명합니다. 겉으로 보기에는 한 번의 가격으로 끝낸 것 같습니다."

눈으로 확인할 수 있는 것은 피부에 난 이상한 모양의 상처에서 흘러나온 가는 핏줄기뿐이었다. 서장이 말했다.

"생각해 보면 용의자 목록이 이 나라의 한쪽 끝에서 다른 쪽 끝까지 뻗어 있을 수도 있겠어. 이 사람 같은 언론인이라면…… 자네도 알다시피 날카롭고 강한 견해를 늘 피력하고 게다가 뜬소문을 캐내려는 사람이라면 아마도 썩은 고기가 구더기를 모으듯 적을 끌어들이는 법이지."

불룩 나온 배 때문에 조금 힘겹게 허리를 숙이면서 서장이 내 옆에서 좀 더 자세히 시체를 조사했다. 그는 예술 작품을 감상하듯 머리를 흔들며 말했다.

"흠, 프라이스, 누군가 난폭한 죽음을 맞아야 한다면 이렇게 죽는 게 좋겠어. 빠르고 효과적이고 치명적이잖아. 우아한 살인이라고 할 만하구먼. 정말 우아해."

내가 말했다.

"문제는 이겁니다. 우아한 살인인가, 아니면 살인의 우아함인가?"

서장이 눈살을 찌푸렸다.

"자네는 그게 문제야, 프라이스. 하찮은 일에 늘 지나치게 집착한단 말이지. 내가 여기에서 단서를 찾아볼 테니까 그동안 자네는 필요한 사항을 최대한 메모해 두게."

나는 외투 주머니에서 노트를 꺼내 처음에 관찰한 내용을 적었다.

"피해자는 옷을 다 차려입었지만 넥타이는 매지 않은 채였고 (아마도 편한 평상복 차림인 것 같다), 오른쪽에 가해지는 타격을 피하려는 듯 왼편으로 누워 있었다. 관자놀이 주위에 약간의 출혈과 얼룩이 있다. 옷매무새가 단정한 걸로 봐서 다툼이나 저항은 없었던 것 같지만 예상하지 못한 갑작스러운 공격이 있었다고 판단되고……."

나는 아델만의 거실을 한 번 둘러보고는 계속 메모했다.

"시체는 방 한가운데 있다. 불법 침입의 흔적이 없는 걸로 보아 가해자는 정상적으로 집 안에 들어온 듯하다. 가해자는 침입자라기보다 잘 아는 손님인 걸로 추측된다. 방은 대체로 정돈이 잘 되어 있다."

서장이 조각 장식이 있는 큰 책상 뒤에서 내게 소리쳤다.

"강도일 가능성도 있지 않을까?"

서장은 검은 가죽 지갑을 높이 들어 올렸다.

"여기서 이걸 발견했는데, 편지와 서류 더미 위에 열려진 채로 있었네. 여길 보면……."

그가 지갑을 열어 보였다.

"텅 비었어. 1페니히도 없어. 강도의 짓으로 보이는군. 아델만 같은 사람이라면 꽤 많은 현금을 가지고 있었을 텐데 말이야."

내가 말했다.

"그런데요, 서장님. 아델만의 왼쪽 새끼손가락에 다이아몬드

반지가 있는데, 제가 볼 때 1캐럿 반에서 2캐럿 정도 되는 것 같습니다. 그리고 황금 회중시계도 줄에 매달려 있습니다. 진짜 강도라면 이런 물건들을 보지 못했을 리가 없겠죠."

"그럼 이 지갑은 어떻게 설명할 텐가?"

"간단합니다. 아델만을 죽인 사람은 피해자의 관자놀이를 정확히 가격할 정도의 실력이 있다고 해도 완전한 아마추어입니다. 당황한 나머지 지갑은 던져 놓고 내용물만 가지고 간 겁니다. 낡은 수법이죠."

나는 자리에서 일어나 땅이 꺼질 듯 한숨을 쉬었다.

"범인은 상상력이 지독하게도 없는 것 같군요."

거실 맞은편, 아델만의 금그릇과 은그릇들이 있는 유리문 장식장으로 갔다.

"서장님, 이 물건들을 가져가려 한 흔적도 전혀 없습니다. 분명 꽤 값이 나가는 물건들인데 말입니다."

이 말을 하는 순간 내가 실수했다는 것을 깨달았다. 서장이 미심쩍은 눈길로 나를 쏘아보며 말했다.

"자네는 여기에 와 본 적이 있다는 얘기처럼 들리는군. 이곳을 잘 아는 것 같은 느낌이야."

"사실 한 번…… 최근에 딱 한 번 와 보았습니다."

서장은 내 대답이 만족스럽지 않은 모양이었다. 뒤셀도르프 경찰서장인 자신도 아델만과 아는 사이가 아닌데 어떻게 부하인 내가 그와 어울릴 수 있었는지 궁금하기도 할 터였다.

"프라이스, 아델만과는 어떻게 알게 된 건가? 자네 동료들끼리 하는 말로는 자네가 이런 사람들과 때때로 어울리는 것으로 정평이 나 있다고 하던데."

헤르만 프라이스, 겸손해지자. 나는 스스로 타일렀다.

"어울린다는 말은 사실과 맞지 않는 표현입니다. 게오르크 아델만이 드나드는 모임에 제가 끼어드는 것은 상상도 할 수 없는 일입니다. 아델만이 자신의 귀중품 보관과 안전에 대해 내게 조언을 구한 것뿐입니다. 함부르크와 베를린 슬럼가를 떠도는 범죄 집단들에게서 귀중품들을 보호할 수 있는 방법을 물었죠. 그는 걱정을 많이 했습니다. 보시다시피 이곳은 그야말로 보물 창고니까요."

서장은 그 귀중품들을 제대로 보지도 않고 말했다.

"이것 보게, 나는 세상 물정에 밝은 사람이야. 그래서 자네 같은 사람은 자신을 향상시킬 수 있는 기회, 말하자면 지역의 지식인들과 사귀어서 사회적 지위를 향상시킬 기회를 어떻게든 잡으려고 한다는 걸 알아. 경찰청의 평판에 이롭다면 그런 일도 바람직하다는 걸 인정하지만……"

"인정해 주신다니 감사합니다."

"끝까지 들어 보게. 충고해 줄 말이 있어."

서장이 비밀 얘기라도 하듯 목소리를 낮췄다.

"그런 행동도 지나치면 좋을 것이 없네. 경찰의 객관성을 잃어서는 안 되지. 상류층 사람들, 그들이 하는 프랑스 말로 '오몽드'들도 법을 어긴다는 걸 기억해. 드문 일이라 해도, 언제나 경계를 늦춰서는 안 되네. 내가 하고 싶은 말은 이거야. '휘핑 크림이 너무 많으면 케이크를 망친다!' 단순한 말이지만 이 교훈이 내게는 큰 도움이 된다네."

잠시 동안 나는 고향 츠비켄의 기차역으로 돌아가 아버지가 나를 배웅하면서 했던 충고를 기억의 가장 깊숙한 곳으로 받아들이던 그 자세를 취했다. 그러고 다음 순간 서장의 말을 흘려보냈다.

다행히도 서장이 다른 것에 관심을 보인 덕에 충고에 대해 감사 인사를 해야 하는 고역을 덜 수 있었다.

"아, 이건 뭐지?"

서장이 벽난로 선반에 있는 아델만의 수첩을 발견했다. 그는 평소와 달리 관심을 표정에 그대로 드러내며 말했다.

"흠, 뭔가 알아낼 수도 있겠어!"

서장은 그답지 않게 민첩한 동작으로 즉시 그날의 페이지를 펼쳤다. 그의 표정이 어두워졌다.

"아무것도 없어. 이런 빌어먹을. 정말 운도 없군."

"아주 운이 없는 것은 아닙니다. 잘하면 수사의 범위를 좁힐 수도 있을 겁니다."

"프라이스, 솔직하게 말하자면 그것도 자네의 문제야. 자네는 명확한 사실을 늘 부정하곤 하지. 아무것도 없어. 오늘 날짜 페이지에는 흐릿한 낙서 하나 없어. 그런데 도대체 어떻게 도움이 된단 말인가?"

"첫째, 그 사실은 아델만을 죽인 사람이 예정에 없던 손님이라는 것을 말해 줍니다. 뜻밖의 손님이라고 추측할 수 있는 거죠. 이는 시신의 위치로도 확인할 수 있습니다. 둘째, 분명 살인자는 방으로 안내되었는데……. 현관에 그냥 서 있지 않았다는 거죠. 그러므로 그는 희생자와 아는 사람일 가능성이 있다는 겁니다. 친구일 수도 있고요."

"자네는 살인자를 '그'라고 표현하는군. 어쩌면 이 사건은 이상한 연인의 원한, 여자의 복수, 그런 종류의 어처구니없는 일일 수도 있어. 이런 기자들은 치정에 얽히기로 악명 높으니까 말이야."

"서장님의 통찰력이 놀랍군요."

내가 말했다.

"그러나 어떤 여자도 단단한 무기 없이 아델만의 머리에 치명적인 타격을 가할 만큼 힘이 세지는 못할 겁니다. 무기, 그러니까 곤봉이나 벽난로에 쓰는 철 막대 혹은 묵직한 조각상을 사용해서 상처를 냈다는 증거가 없어요. 분명 이것은 남자의 소행입니다."

서장이 말했다.

"게다가 엄청나게 화가 난 사람이겠지. 화가 난 만큼 물리적인 힘이 나오는 거니까. 그렇다면 누구일까?"

그 집에 들어서던 순간부터 내 마음속에서는 '로베르트 슈만'이라는 이름이 떠올랐지만, 소리 내서 말할 수는 없었다. 그 뿐만 아니라 내가 슈만을 괴롭히는 사람을 추적하겠다고 서장을 설득했는데, 만일 슈만 자신이 냉혹한 살인자라는 의심을 받게 되면 내 노력을 어떻게 변명할 수 있겠는가?

서장의 관심을 다른 여러 용의자들에게(부디 슈만은 제외하고) 집중시키려고 애쓰면서 내가 말했다.

"지난 일주일 정도의 페이지를 조사해 보죠."

서장이 수첩을 열고 7~8일 정도 앞 날짜의 장을 폈다.

"그런데 이 아델만이라는 사람은 글 쓰는 사람이면서도 필체가 끔찍할 정도로 형편없군. 여기 이 글씨는 뭐라고 썼는지 읽지를 못하겠어. 하필이면 안경까지 경찰서에 두고 왔단 말이지."

서장이 수첩을 내게 건네주며 짜증스러운 목소리로 말했다.

"자네가 나보다 나은 게 하나 있지. 눈이 나보다 젊다는 것 말이야. 자, 자네는 여기 적힌 이름들을 읽을 수 있겠지."

수첩에 적힌 이름들을 내가 소리 내어 읽었지만, 우리 두 사람에게는 아무 의미도 없었다. 서장이 껄껄 웃으며 말했다.

"아마도 정육점 주인이나 빵집 주인, 촛대 만드는 사람들인가 보지? 유명한 기자도 일상생활은 평범할 테니까."

"그런 것 같습니다."

"자, 계속해 보게. 뭔가 떠오르게 할 만한 이름이 나올지도 모르잖나."

"제 생각에는 수첩을 경찰서로 가져가는 것이 좋을 것 같습니다."

"어째서? 도움이 되는 자료라면 어디서 보든 마찬가지일 텐데."

"그렇습니다. 그러나……."

"그러나 뭔가?"

"제 사무실에 좀더 성능 좋은 돋보기가 있습니다. 그걸 쓰면 이름과 메모를 알아보는 데 확실히 도움이 될 겁니다."

"자네 시력도 별로 좋지 않다는 얘긴가? 그 나이밖에 안 된 사람이 그런 얘기를 하다니 놀랍군."

"조만간 안과 의사에게 가서 진료를 받아 볼 생각입니다. 그건 그렇고, 이 수첩을 사무실에……."

"알았네, 알았어. 꼭 그래야 한다면 그래야지."

서장이 조급하게 대답했다.

나는 조용히 안도의 한숨을 쉬었다. 아델만이 죽기 직전 사흘 동안 그의 수첩에 나와 있는 이름들, 내게 친숙한 이름들을 정리할 시간은 번 셈이었다. 그 이름은 프레드릭 비크, 빌리 후퍼, 파울 뫼비우스였다.

그리고 아델만의 수첩에서 틀림없이 찾을 수 있을 거라 짐작되는 이름, 역시 내게 익숙한 이름이 또 하나 있었다. 그러나 그 이름, 요하네스 브람스는 수첩에 없었다.

* * *

"자, 프라이스, 자네는 진짜 범죄를 저지른 것이네."

서장이 금테 안경을 주먹코에 딱 끼게 쓰고 서서는 싱글거리며 내 어깨너머를 뚫어지게 보았다.

"진짜 범죄라니요?"

"알겠지만, 자네가 관여하고 아주 열중했던 그 어이없는 일과는 반대가 되었어. 당연히 슈만이라는 사람에 대한 터무니없는 짓을 말하는 걸세. 흠, 그쯤 해 두지. 아델만의 수첩에 있는 이름들, 지난 이삼일 동안 나타나 있는 이름들이 자네에게 무얼 의미하는가? 그 이름들을 다시 한 번 읽어 보게."

"프레드릭 비크."

"계속하게."

"빌헬름 후퍼."

"그래 그래, 계속해. 더 있다는 걸 아니까."

"파울 뫼비우스."

"아, 내가 아는 이름이군. 신경 전문가인 걸로 아는데."

"정신과 의사를 말씀하시는 겁니까?"

"요즘엔 그렇게 부르나?"

서장이 웃으며 말했다.

"우리 때는 돌팔이라고 불렀는데 말이야. 몇 년 전에 경찰학교에서 뫼비우스가 하는 강의를 들은 적이 있지. 살면서 그렇게 멍청한 얘기는 처음 들어 봤다니까. 의학 용어로 치장한 완전히 허튼 소리였지. 아델만이 그런 사람과 어울려서 뭘 했을까? 그런 사람을 뭐라고 부른다고 했지?"

"정신과 의사입니다. 아델만과 뫼비우스가 왜 만났는지는 모르겠습니다."

"비크는 어떻게 된 걸까? 그리고 후퍼는?"

나는 어깨를 으쓱했다.

"그들의 이름도 제게는 아무런 단서가 되지 않습니다."

"흠, 아델만은 꽤나 중요한 인물이야. 모든 일정을 취소하고 이번 조사에 집중해야 할 거야. 잘 기억하게, 프라이스. 사실이 명확하게 드러나지 않을 때마다 나는 늘 내 직감을 믿네. 절대 틀리는 법이 없거든. 자네도 자신을 믿을 수 있을 만큼 얼른 자신감을 키우길 바라네. 이 사건을 어디서 시작해야 할지 자네가 알고 있을 거라 생각하네만."

"그렇습니다."

나는 어디서 시작해야 할지 정확하게 알고 있었다. 그러나 당분간 혼자만 알고 있는 게 좋을 거라는 직감이 들었다.

"그럼, 시작하게. 시간은 쏜살같이 지나가니까."

"프라이스 경위님, 다시 만났군요. 이것은 공식적인 방문입니까?"

브람스가 물었다.

"아니면 피아노 조율에 대해 얘기하려고 오신 겁니까? 놀라지 마십시오. 제게도 정보원이 있습니다. 그런데 제 집은 어떻게 아셨습니까?"

"제게도 정보원이 있으니까요. 아, 그리고 이것은 공식적인 방문입니다."

내가 대답을 한 뒤 재빨리 방을 둘러보았다. 내 얼굴에 실망하는 기색이 그대로 드러난 것 같았다. 그렇지 않아도 나를 꺼려하는 주인이 그런 표정을 놓칠 리 없었다.

"집이 누추해서 죄송합니다. 음악이라는 영역이 아직 제게 돈을 쏟아 부을 정도는 되지 않아서요."

"거처 얘기인데, 당신이 빌커 가 15번지에 있는 슈만 부부 집 손님 방에 묵고 있다고 알고 있었습니다. 제 정보가 틀린 겁니까?"

"틀린 것은 아닙니다. 그러나 정보가 약간 늦군요. 며칠 전에 이사했습니다."

"정말입니까? 이유를 물어봐도 됩니까?"

브람스가 새파란 두 눈으로 나를 차분하게 바라보면서 말했다.

"물어보셔도 되지만, 답을 이미 알고 있으면서 질문을 하는 의도가 뭡니까?"

"아, 물론 그렇죠. 로베르트 슈만과 같은 집에 사는 것이 불가능한 일이었겠지요? 제 말은, 로베르트 슈만의 종잡을 수 없는 기분과 성격이……."

"경위님, 장난하지 마십시오. 제가 그 집을 나온 것이 로베르트 슈만과 전혀 관계없다는 것을 알고 있잖아요. 사실 저로서는 클라라 슈만과 한집에 사는 것이 불가능했는데, 경위님이 그 이유 혹은 그 이유들을 아실 거라 생각합니다."

브람스의 목소리가 아주 차분하고 자신만만해서 잠깐 나는 혼란스러웠다.

“게오르크 아델만이 살해되던 날 그의 집을 찾아갔습니까?”

나는 화제도 바꾸고 대화의 주도권도 되찾고 싶은 마음에 이렇게 물었다.

“제가 찾아온 진짜 이유는 그것입니다.”

“꼭 아셔야 한다면, 그 늙은이를 찾아갔는데 그 전에 로베르트 슈만이 그를 죽이겠다고 위협했기 때문이었습니다. 제가 아델만을 먼저 만나 타협해 보겠다고 로베르트 슈만을 설득했죠. 저는 로베르트 슈만이 곤란에 빠지는 것을 원치 않았습니다.”

“슈만이 아델만을 죽이겠다고 얘기하는 걸 실제로 들었습니까?”

“그런 얘기를 많이 한 것은 아니지만, 플로레스탄의 기분에 있을 때마다 그런 얘기를 했습니다. 그대로 놔두면 그가 어떤 행동을 할지 어디까지 나갈지 알 수가 없어요.”

“슈만이 왜 아델만을 죽이려고 하는지 얘기했습니까?”

브람스가 잠시 말을 멈췄다.

“그 질문에 대한 답을 들으면 기분이 유쾌하지는 않을 겁니다, 경위님. 로베르트 슈만은 경위님이 아델만에게서 베토벤 악보를 되찾아 오지 못한 것에 대해 매우 실망했어요.”

“로베르트 슈만이 그렇게만 얘기했습니까? 다른 얘기는요?”

“더 할 얘기가 있습니까?”

“내가 악보를 찾아오지 못한 것이 유일한 이유라고 한 겁니까?”

내가 물었다.

"경위님, 죄송하지만 뒤셀도르프에서 가장 뛰어난 수사관으로 알려진 사람이 현행범인 도둑을 찾고도 체포하지 못하고 설상가상으로 도둑맞은 귀중한 물건도 찾아오지 못한다면, 로베르트 슈만 같은 사람이 분노로 미쳐 버릴 거라고 예상되지 않습니까?"

"그러니까, 내가 성공하지 못했다고 하는 그 일을 당신은 성공할 거라고 생각하고 아델만에게 직접 갔다는 말이군요."

나는 단어 하나하나를 신중하게 선택하면서 말했다.

"바로 그렇습니다, 경위님."

"내가 들었던 대답을 당신도 똑같이 아델만에게서 들었을 거라는 생각이 드는데요."

브람스가 주저했다. 그는 내가 그곳에 간 뒤 처음으로 자신 없는 모습을 보였다. 브람스가 나를 빤히 보면서 말했다(이런 모습 때문에 그가 거짓말을 한다는 것을 확신했다).

"그래요. 아델만이 경위님께 했던 것과 똑같은 말을 내게도 했다고 생각합니다."

"베토벤 원고를 어떻게 얻게 되었는지 이야기했습니까?"

"네."

"뭐라고 하던가요?"

브람스가 다시 머뭇거렸다.

"글쎄, 정확히 기억이 나지 않습니다."

"기억이 나지 않는다고요? 바로 어제 일인데요, 브람스 씨."

"경위님, 저는 경위님을 도와드리려고 최선을 다하고 있습니다."

"저도 알고 있습니다. 아델만이 뭐라고 설명했는지 기억을 해 보세요."

"그의 설명이라고요?"

"그렇습니다."

"글쎄…… 생각해 봅시다. 그의 설명은 워낙 뒤죽박죽이어서 얘기하기가 힘든데……."

"저는 시간이 얼마든지 있습니다."

내가 그를 안심시키며 말했다.

"글쎄요. 말씀드렸듯이, 아델만이…… 악보에 대해 한 얘기는…… 악보가 리스트의 손에 어떻게 들어갔는지 말했는데…… 그 얘기가 워낙 뒤죽박죽이어서…… 얘기가 전부 제대로 끝나질 않았고, 말하자면 이런저런 암시와 논리적으로 앞뒤가 안 맞는 말투성이였어요."

"브람스 씨, 제가 기억을 되살려 드리죠. 당신은 아델만을 찾아가기로 했습니다."

내가 말했다.

"예, 그랬어요."

"그런데 사실 당신은 그 약속을 지키지 않았습니다, 그렇죠?"

"무슨 말입니까?"

"다시 한 번 말하죠. 당신은 아델만의 집에 가지 않았어요."

"말도 안 돼요!"

"분명 제 말이 맞습니다, 브람스 씨."

"어떻게 그렇게 확신합니까?"

"당신은 슈만의 귀중한 물건을 돌려받는 문제에 대해 아델만과 아무 얘기도 하지 않았습니다. 만일 당신이 그런 얘기를 했다면 아델만이 악보를 갖게 된 이유, 아니면 적어도 그에 대한 아델만의 설명을 제대로 기억 못할 리가 없어요."

"무슨 말을……?"

"아니, 아직 안 끝났습니다. 먼저 당신이 아델만에게 가지 않기로 한 이유를 말씀드리죠. 단도직입적으로 말하겠습니다. 당신은 끼어들 생각이 전혀 없었어요. 사실 당신은 정반대의 일이 일어나길 바랐지요. 말하자면 슈만이 정말로 아델만을 죽이기를 바랐고 아마도 기대했겠지요. 살인죄 판결을 받으면 로베르트 슈만은 구속될 것이고 십중팔구 남은 평생 나오지 못하겠죠. 그렇게 되면 당신은 클라라 슈만과 자유롭게 관계를 맺을 수 있고, 더 숨길 필요 없이 공개적으로 그녀와 함께 지낼 수 있게 될 테니까요. 간단하게 말하면 당신은 로베르트 슈만이 완전히 사라져 주길 바란 겁니다."

브람스의 얼굴에서 표정이 사라졌다.

"로베르트 슈만이 아델만을 죽이도록 내가 길을 열어 주었단 말인가요? 그렇게 한 이유가 로베르트 슈만 대신 그 집 주인이 되고 싶어서 그랬다는 거죠? 그것이 경위님의 생각입니까?"

"네…… 아니…… 아마도요."

"네, 아니, 아마도요!"

브람스가 버럭 소리를 질렀다.

"당신은 어떻게 된 경찰입니까? 금방 혐의를 두었다가 다음 순간 모호한 태도를 취하는군요."

"뭣 좀 물어보겠습니다. 피아노 앞에 앉아 작곡을 할 때 어떤 식으로 음악을 표현할지 처음부터 생각합니까?"

"저는 예술가입니다. 단순한 기술자가 아닙니다."

브람스가 모욕감을 느낀 듯 말했다.

"저도 단순한 기술자가 아닙니다. 당신은 로베르트 슈만 대신 게오르크 아델만을 만나기로 한 약속을 지키지 않았어요. 제 말이 맞죠? 그렇습니까, 아닙니까?"

브람스가 의자를 거칠게 잡고 앉았다. 내 말에 어떤 대답을 할지 궁리할 시간을 벌려는 것 같았다. 분명히 말하지만 나는 그의 발뺌을 받아 줄 생각이 없었다.

"그러니까 '네'입니까, '아니요'입니까?"

내가 다그쳤다.

"그렇습니다."

"뭐가요?"

"네, 경위님 말이 맞습니다. 아델만을 만나러 가지 않았다는 애기입니다. 이유는 간단합니다. 저는 인생에서 하나의, 오직 하나의 목적밖에 없습니다."

"뭡니까?"

"훌륭한 작곡가가 되는 것입니다. 음악은 나의 종교입니다. 음악이 없으면 내 인생 이야기도 없습니다. 이런 얘기가 이기적으로 들린다는 것은 알지만, 정말로 나는 내 이력에 방해가 되는 것은 아무것도, 절대 그 무엇도 원하지 않습니다."

"그렇다면, 적어도 당신이 게오르크 아델만과 만날 약속을 지켰는지 아닌지, 그리고 왜 약속을 지키지 않았는지에 대한 대답은 얻은 셈이군요."

"정정하겠습니다. 대답의 반만 얻은 겁니다."

브람스가 말했다.

"무슨 말인지 모르겠는데……."

"저는 클라라 슈만에게 빠져 있고…… 사실 누가 그러지 않겠습니까? 그러나 그녀를 사랑하는 건 아닌데, 말하자면 내 인생에서 가장 중요한 것, 즉 나의 자유를 기꺼이 포기할 만큼 사랑하는 것은 아닙니다."

나는 고개를 흔들었다.

"브람스 씨, 미안하지만 나는 당신이 클라라 슈만을 바라보는 눈길을 보았습니다."

"나도 경위님이 그녀를 보는 눈길을 보았습니다."

갑자기 얼굴로 피가 몰리는 느낌이었다. 브람스가 교활한 미소를 지었다.

"아하! 이제 밝혀졌군요. 우리 둘 다 그 여성의 그물에 걸린 겁니다. 당신의 첼리스트 친구는…… 이름이 헬레나 베커라고 알고 있는데 맞나요? 그 분은 요즘 경위님의 가정생활에 어떤 모습으로 등장하나요?"

"내게는 가정생활이 없습니다. 그리고 그건 브람스 씨가 상관할 일도 아니고요."

내가 말했다.

"그러면 경위님이 고된 하루를 보내고 집에 들어가면 예쁜 아내가 김이 나는 음식 그릇을 앞에 놓아 주는 생각을 한 번도 안 해 보았다는 건가요?"

브람스는 나를 놀리는 걸 즐기는 눈치였다. 나는 화를 이기지 못할까 봐 겁이 났다. 내가 말했다.

"당신은 나를 철도역 차장쯤으로 착각하는군요. 당신이 당신의 자유를 소중하게 생각하는 만큼 나도 나의 자유를 소중하게 생각합니다. 아내와 김이 나는 음식과 흔들의자가 있는 집으로 매일 밤 가는 것은 제 기질과 맞지 않습니다."

"당신의 입장을 그 젊은 첼리스트에게 이해시킬 정도의 배려는 있을 거라 생각합니다."

"당신이 슈만 부인과의 관계에서 보여 주는 배려와 용기 정도는 있습니다."

내가 쏘아붙였다.

"당신은 몇 살입니까?"

"스물 한 살입니다."

"슈만 부인은요?"

"서른다섯 살입니다."

"그렇다면 슈만 부인과 금지된 시간을 함께 보낼 때마다, 언제든 온전하고 품위 있게 자신을 바칠 준비가 되었음을 분명히 표현하겠군요?"

"당연히 아닙니다. 터무니없는 생각이에요."

"그렇다면 슈만 부인의 명성과 연줄과 친절과 열정을 이용하면서 그녀를 꾀어낸 거군요. 꽤나 냉혹한 사람이로군요."

"나는 함부르크 사람입니다. 우리 독일 북부 사람들은 대체로 마음을 숨기지 못합니다."

"그렇겠지요. 그러나 특별한 북독일 사람은 죄책감의 고통을 분명히 느낄 겁니다."

내가 말했다.

브람스가 차분하고 덤덤한 목소리로 대답했다.

"제가 죄책감을 느낄 이유가 있다면, 훗날 내 양심을 돌아볼 시간이 충분히 있을 겁니다. 적어도 당분간은 나의 음악이 우선입니다."

"당신의 말을 믿을 수가 없군요."

내가 말했다.

"제 말을 믿지 못하신다면 이유는 단지 한 가지뿐입니다."

"뭡니까?"

"경위님이 클라라 슈만에게 완전히 매료되어서 나 같은 사람, 그녀 가까이 있으면서도 완전히 빠져들지 않는 사람을 도저히 이해하지 못하는 거죠. 분명한 사실은 경위님이 로베르트 슈만을 없애고, 귀중한 자유를 포기하고, 슈만 부인을 차지할 생각이 없다면 나도 그렇다는 겁니다."

브람스가 의자에서 일어나더니 내 위에서 호기심 어린 미소를 지었다.

"생각해 보면 말이죠, 경위님과 나는 공통점이 많아요. 이 하찮은 대화를 시작하기 전에 우리 중 누군가가 생각했던 것보다 훨씬 더요."

그러더니 갑자기 웃음을 터뜨렸다.

"그리고 또 생각해 보면, 어쩌면 경위님이 로베르트 슈만의 짓으로 보일 거라는 희망으로 게오르크 아델만을 죽였을 수도 있어요."

내가 벌떡 일어섰다.

"농담할 일이 아닙니다, 브람스 씨."

브람스가 정색을 하며 말했다.

"물론 아니죠. 경위님이 용의자가 아니라면 나도 아니라는 애기를 하는 것뿐입니다. 경위님 말이 맞습니다. 나는 아델만을 만나지 않았어요. 그러나 슈만이 그를 죽이도록 고의적으로 길을 내주지도 않았습니다."

그가 싸늘한 눈길로 나를 보며 말했다.

"제가 또 도와드릴 일이 있습니까, 경위님?"

피아노 조율 문제를 꺼내고 싶었지만, 그 민감한 주제는 다음으로 미루기로 했다. 브람스가 모든 면에서 자신의 결백함을 내게 확신시켰다고 생각하기를 바랐다.

그의 집을 나오는데, 브람스에 관한 한 내 두 발이 허공에 단단하게 박혀 있는 느낌이 들었다. 잘생기고, 총명하고, 논리정연하고, 기지가 넘치고……. 그는 이 모든 것에 해당되는 사람이었다. 그런데 그는 거짓말쟁이기도 한 것인가?

슈만의 집 앞에 서서 문을 세게 대여섯 번 두드리고 나서야 하녀가 나왔다.

"미안합니다, 경위님."

하녀는 나를 똑바로 쳐다보지도 못하고 말했다.

"나중에 다시 와 주세요. 주인마님이 지금 아주 바쁘시거든요."

나는 그 불쌍한 여자를 지나쳐 집 안으로 들어가며 말했다.

"저도 바쁘긴 마찬가지입니다. 슈만 부인께 지금 당장 만나야겠다고 전해 주십시오."

내 목소리가 안에까지 들렸는지 잠시 뒤에 클라라 슈만이 거실에서 나왔다.

“무슨 일이세요, 경위님?”

클라라 슈만은 이렇게 묻고는 얼른 덧붙였다.

“늘 그렇지만 오늘도 일정이 꽉 차 있어요.”

그리고 하녀를 무섭게 쏘아보았다.

“내가 그렇다고 분명히 얘기한 것 같은데.”

내가 말했다.

“슈만 부인, 다른 사람이 없는 곳에서 얘기하고 싶습니다.”

클라라 슈만이 조급하게 한숨을 내쉬고는 말했다.

“꼭 그래야 한다면, 남편의 서재로 가죠.”

그러면서 내게 따라오라는 손짓을 했다.

“남편은 뛰쳐나갔어요. 요즘은 늘 그러죠. 뭘 보더라도 트집을 잡고 말이에요. 툭하면 폭발을 한답니다.”

내가 말했다.

“부인, 죄송하지만 남편 분의 이상한 행동에 대해 전혀 걱정이 안 되십니까?”

“남편의 문제를 해결하기 위해 이미 수많은 의사를 만나 봤어요. 그런 문제에 대해서는 의사들의 능력과 경험이 경위님의 능력이나 경험보다 우월하다는 것을 인정하셔야 할 거예요.”

“그러나 남편 분은 의사들을 믿지 않습니다. 뫼비우스 같은 의사를 만나 보면……”

“뫼비우스 박사 말이군요.”

“정신과 의사가 더 나을 겁니다. 남편 분은 미로 속에 있어요.”

"아주 확신을 하고 계시군요. 그 사람의 환자였나요?"

"환자는 아니었지만 조언을 구한 적은 있습니다."

"그렇다면 경위님은 뭐라고 말할 입장이……."

"그 반대로 나는 충분히 그럴 만한 입장에 있습니다. 나도 뫼비우스를 만났지만, 내 가까운 친구도 그를 만나 보아야 합니다. 환자로 말이에요. 그도 의사일 뿐입니다."

"친구라고 하셨나요?"

클라라 슈만의 목소리가 경멸적으로 변했다.

"어떤 '친구'가 자기 친구더러 정신병 치료를 받으라고 한다는 말인가요? 그처럼 개인적인 문제에 대해 공개적으로 얘기하는 것은 바람직하지 않아요. 잘 들으세요. 제 경험으로 말씀드리는 겁니다. 남편과 제가 이 의사 저 의사 앞에서 사생활을 드러내는 것이 얼마나 굴욕적인지 아시나요? 그리고 경찰 앞에서 그래야 할 때는 두 배는 더 굴욕적이라는 걸 아시나요? 경위님, 솔직해지세요. 그리고 있는 그대로 사실을 인정하세요. 경위님은 우리 문제에 관여할 권리가 없어요. 내가 정말 후회가 되는 것은, 그날 밤 남편의 요구에 못 이겨 경위님에게 와 달라는 전갈을 보냈다는 거예요. 그때는 내가 마음이 약해졌고, 그 사실에 대해 나를 절대 용서하지 못할 거예요."

"부인의 친구 브람스에 대해……."

내가 말했다.

"내 친구 브람스가 어떻다는 건가요?"

클라라 슈만의 표정이 굳었다. 두 눈에 어리는 사나움이 내가 그곳에서 시험을 받고 있다는 느낌을 주었다. 내가 말했다.

"그 사람에 대해, 그리고 부인에 대해 꼭 여쭤볼 말이 있습니다."

클라라 슈만이 조용히 말했다.

"경위님은 이런 상황에서 제가 거짓말을 할 거라고 예상할 테지만 저는 거짓말을 하지 않을 겁니다. 저는 요하네스 브람스에게 얼마간 애정을 가지고 있어요. 사실 꽤 많은 애정을 가지고 있죠. 평범한 여자라면 그럴 수 있는 것 아닐까요?"

"간단하게 말하자면, 자신을 그에게 바칠 만큼의 애정입니까?"

"다시 한 번 말씀드리죠, 경위님. 평범한 여자라면 그럴 수 있는 것 아닌가요?"

"그러나 부인은 평범한 여자가 아닙니다."

"어떤 면에서 보면 나는 평범해요. 다른 면에서 보면…… 경위님이 스스로 판단하세요. 나는 폭군의 딸이고, 날씨만큼이나 전혀 예측할 수 없는 남자의 아내며, 까다로운 여섯 아이의 엄마고, 연주하는 음악가고, 그 연주가 요즘 우리 가정의 유일한 수입원이에요. 내 목에는 이런저런 골칫거리들만 매달려 있죠."

"부인의 목에서 제가 볼 수 있는 것은 목걸이뿐이고, 나는 그게 어떤 것인지 알고 있습니다."

"정말인가요? 어떻게요?"

"브람스가 그것을 살 때 나도 튀링어의 보석상에 있었어요. 뒷면에 글씨를 새겼죠. '소중한 클라라, 내 삶의 피여.'라고요."

"무슨 말씀을 하시는지 모르겠군요. 무슨 글자 말인가요?"

클라가 슈만이 말했다.

"슈만 부인, 거짓말을 하지 않겠다고 말씀하셨잖아요."

클라라 슈만이 얼른 목에 손을 가져가 목걸이를 벗어 내게 주었다.

"직접 보세요, 경위님."

거기에는 아무 글자도 없었다. 내 귀와 눈이 나를 가지고 장난을 친 것일까? 아니면 그 교활한 악마 요하네스 브람스가 장난을 친 것인가? 클라라가 말했다.

"경위님, 이번에도 경찰의 상상력이 지나치게 발달했나 보군요."

클라라 슈만이 거만하게 한 손을 내밀었다.

"목걸이는 돌려주세요."

목걸이를 되돌려 주고 클라라가 그것을 다시 목에 거는 모습을 보면서 솔직히 당황스럽고 아주 혼란스러웠다. 클라라가 말했다.

"자, 이제 얘기를 끝내도 된다면……"

"아뇨 부인, 아직 끝나지 않았습니다."

내가 말했다. 그리고 외투 안주머니에서 내가 가진 것 중 가장 고급인 아일랜드제 면 손수건을 꺼내 조심스럽게 펼치고 소리굽쇠를 보여 주었다.

"이 소리굽쇠를 알아보시겠습니까?"

나는 이렇게 물으며 그녀의 반응을 유심히 살폈다. 그녀는 소리굽쇠를 제대로 보지도 않고 말했다.

"이 소리굽쇠를 아느냐고요?"

그러더니 피식 웃었다.

"이런 소리굽쇠는 수천 개가 있어요."

"물론 그렇습니다. 그러나 그 모든 소리굽쇠가 이것처럼 끝에 핏자국이 있지는 않을 겁니다."

클라라 슈만은 전혀 흥미를 보이지 않으며 말했다.

"제가 그 범죄의 물건을 경위님만큼 신기해하지 않는다고 해도 용서해 주세요."

"단순한 '물건'이 아닙니다. 이것은 어쩌다가 살인 무기가 되었습니다. 이 무해해 보이는 물건은 게오르크 아델만의 두개골에 엄청난 충격을 주어 그 사람의 생명을 빼앗았습니다."

"그렇다면 그때의 소리굽쇠 소리가 그 불쌍한 사람이 마지막으로 들었던 음악이었겠군요?"

클라라 슈만이 괴로운 척하며 말했다.

"슈만 부인, 농담으로 넘어갈 일이 아닙니다. 저는 이 소리굽쇠가 남편 것이라고 확신합니다. 남편께선 거의 늘 이것을 가지고 다니는 것으로 유명해요. 예를 들어 남편께서는 지휘를 할 때마다 오케스트라의 오보에 연주자와 끊임없이 소리굽쇠를 두고 싸우는데, 자신의 소리굽쇠로 음의 높이를 정해야 한다고 고집한다고 들었습니다.”

“계속하세요.”

“남편께서는 또 화를 참지 못하는 것으로도 유명해요.”

“그렇다면 경위님은 게오르크 아델만을 죽인 혐의로 제 남편을 체포하고 고소할 만한 충분한 근거가 있다고 생각하시는군요.”

내가 미처 대답을 하기도 전에 하녀가 서재로 급히 들어왔다.

“마님, 빨리 와 보세요!”

갑자기 집 안이 싸움하는 소리로 왁자지껄해졌다. 클라라가 먼저 나가고, 나도 하녀를 따라 현관으로 갔다.

집 안은 온통 아수라장이었다. 현관문은 활짝 열려 있었고 복도 중앙에는 낚시꾼 차림을 한 건장한 남자 세 명이 한 남자를 말리느라 진땀을 빼고 있었다. 그 남자는 도무지 힘이 없어 보이는데도 다른 세 남자들을 제압해 놓여나려고 발버둥을 쳤다. 열린 문을 통해 거리에서 쌀쌀한 바람이 불어와 그날 아침의 신문과 뜯지 않은 한 무더기의 우편물과 악보 다발을 흩어 놓았다. 네 남자의 발밑은 흙투성이였고, 강물의 고약한 냄새가 코를 찔렀다. 그 냄새는 남자들의 옷에서도 났다. 울음소리와 고함과 어지러운 말들이 뒤섞여 의미를 알 수 없는 소리가 되었다.

가장 큰 소리를 내는 사람은 네 번째 남자였는데, 그는 물론 로베르트 슈만이었다. 해초처럼 보이는 띠가 슈만의 헝클어진 머리에 매달려 있었다. 평소에는 보기 좋을 만큼 불그레하던 그의 얼굴이 그날따라 창백했고, 피부는 소금물에 담겼던 것처럼 쭈글쭈글했다. 옷은 흠뻑 젖어 있었다(쌀쌀하고 비까지 오는 날씨였는데도 코트도 없이 얇은 옷 하나만 걸치고 있었다). 내가 뒤셀도르프 슬럼가에서 보았던 부랑자들도 그 정도로 엉망은 아니었다.

클라라 슈만과 하녀가 숄과 수건을 급히 가져다가 슈만의 몸을 닦고 말리려 했다. 슈만은 두 팔을 크게 휘저으면서 모든 것을 거부했다. 그 남자는 무엇으로도 진정이 안 되었다. 그는 클라라와 하녀를 비롯해 모든 사람들을 향해 저주를 퍼부었지만, 적대감은 주로 세 남자 중 두 남자를 겨냥했다. 그는 참견을 한다며 남자들에게 원망을 퍼부었다.

"왜 나를 가만 놔두지 않는 거야?"

폐에 물과 모래가 가득 찬 것처럼 높고 거칠게 갈라지는 목소리로 슈만은 고함을 질렀다.

그러더니 평소 성격대로 어느 순간 갑자기 기분이 바뀌면서 완전히 무력하게 무너졌다. 로베르트 슈만의 몸은 생기 없이 늘어졌고, 얼굴은 아무런 감정도 나타나지 않아 텅 빈 도화지 같았다. 그제야 클라라와 하녀가 몸을 심하게 떨고 있는 슈만에게로 가서 몸을 덥혀 주었다. 그러나 슈만은 자신의 상태를 제대로 인식하지 못하는 것 같았다. 마치 마음과 몸이 분리된 것 같았다.

나는 낚시꾼 한 사람을 쳐다보았다. 이제 그는 슈만을 잡고 있던 손을 놓은 상태였다. 낚시꾼은 내 질문을 듣지도 않고, 내가 누구인지도 모르는 채 이야기를 하기 시작했다.

"우리가 저 분을 봤는데, 저 두 사람은 배에 타고 있었고 나는 강가에 있었거든요, 우리가 보니까…… 아, 사실 내가 저분을 맨 처음 보았어요. 이 근처에 있는 통행료를 받는 다리 아세요? 음, 저분이 다리를 건너기 시작하더니, 어느 정도까지 가더니, 그 지점까지 뛰어갔는데 갑자기 멈춰 서서 2~3초쯤 있다가, 그러더니 세상에, 물로 뛰어들었어요. 저 사람들, 그러니까 배에 타고 있던 사람들이 그쪽으로 갔어요. 저 사람들이 저분을 어떻게 끌어냈는지 모르겠어요. 굉장히 애를 먹었거든요. 저 사람들은 저분이 누구인지 몰랐어요. 그러나 나는 다리에서 일을 하고 있어서 저분이 누구인지 알아보았죠. 강둑을 자주 걸어 다니시거든요."

잠시 뒤에 언제 그랬냐는 듯 차분해진 슈만이 클라라를 따라 2층으로 올라가면서 잠을 좀 자야겠다는 말을 몇 번이고 반복했다. 클라라가 그의 손을 잡고는 조용히 하라고 사정하면서 이제 곧 헬만 박사가 올 거라고 달랬다. 그러나 슈만은 그 말을 듣는 둥 마는 둥 했다.

나는 낚시꾼들에게 내 소개를 하고 수고했다는 인사를 했다. 그리고 그들의 이름과 주소를 적고 나서 경찰 조서를 기록해야 하니 나중에 연락을 하면 사건에 대해 설명을 해 달라고 부탁했다.

경찰서로 오는 길에는 바람이 사나웠다. 그러나 마차를 타는 호사를 부리지는 않았다. 오래도록 혼자 걸으면서 그때까지 일어난 사건들을 논리적으로 맞춰 볼 시간을 갖는 것이 급선무라고 생각했다. 피해자라고 주장했던 슈만이 이제 살인자가 되었다. 나는 그 사실을 조금의 의심도 없이 확신했다. 그러므로 내가 할 일은 분명했다. 거짓 감상으로 흐려져서도 안 되었고 동정심 때문에 어긋나서도 안 되었다.

경찰서가 눈에 보일 즈음, 나는 외투 안주머니에 손을 넣어 그 중요한 소리굽쇠가 안전하게 있는지 확인했다. 그리고 스스로 힘을 주려는 것처럼 몇 번이고 반복해서 이 말을 반복했다.

"내가 할 일이 분명해졌어."

다음 날, 오전 나절까지 기다렸
다가 빌커 가에 있는 그 집을 다시 찾아갔다. 내가 도착할 즈음
이면 어수선했던 집도 많이 진정되어서 슈만 부인과 방해받지
않고 얘기를 나눌 수 있으리라 기대했다. 전날의 사건을 겪고 보
니 너무도 많은 맥락들이 얽혀 있다는 생각이 들어 단 하루도 조
사를 미룰 수가 없었다. 이번에는 문을 한 번만 두드렸는데도 하
녀가 나오더니 어쩔 줄 모르겠다는 듯 고개를 흔들었다.

"사람들이 주인님에게 어떻게 하고 있는지 모르겠어요."

하녀는 눈으로 계단을 따라 올라가며 우는 소리를 했다.

"금방 조용해졌다가 다음 순간에는 무시무시해져요. 계속 그런 식이랍니다."

하녀는 다시 고개를 흔들었다.

"'사람들'이라니 누구를 말하는 겁니까?"

내가 물었다.

"의사들이죠. 지금은 네 분이 있어요."

"헬만하고 또 누구죠?"

"뫼비우스 박사님이오. 그룰레 박사님하고요. 그분들은 전에도 다녀가셨어요. 그리고 처음 보는 의사 선생님도 있어요. 하젠클레버라고……."

아, 리하르트 하젠클레버였다. 나는 그 사람을 알고 있었다. 의사이면서 자칭 시인이며 자칭 지휘자이고 예술 애호가이기도 했다. 슈만의 명성 덕에 온갖 기회를 누리는 그 사람은 슈만과 함께 합창곡을 작곡했다며 떠벌리고 다녔다. 그는 뒤셀도르프 음악협회의 중요한 회원이기도 했다. 그러나 그의 진료에 대해 말하자면 굴뚝 청소부만큼이나 많은 불평을 들었다.

"저기에 의사 네 명이 있다는 말이지요?"

내가 하녀에게 물었다.

"그래요. 또 한 분도 처음 오신 분이에요. 뵈거 박사님이에요."

그 의사도 잘 알고 있었다. 그는 군 병원에서 일한 경험만으로 의사 면허를 땄는데, 군 병원에서는 최근에야 전쟁 후유증(한때 전선에서 장교로 복무했던 서장은 '비겁함'이라고 부르곤 했다)이라고 알려진 병으로 고통받는 병사들을 치료했다는 애기가 있었다. 내 짐작으로, 뵈거가 슈만에게 하는 조언이라고 해야 "냉정을 되찾아야 한다."나 그 비슷하게 단순한 말 정도였을 것이다.

"주인마님을 만나러 오셨죠?"

하녀가 물었다.

"부인을 따로 만나기에는 좋지 않은 때 같군요."

나는 클라라 슈만이 위층 침실에서 네 명의 의사와 함께 남편을 달래고 어떻게든 진정시키고 있을 거라 생각하고 이렇게 말했다.

"경위님이 오셨다고 말씀드릴게요."

하녀가 말했다. 뜻밖에도 하녀는 2층으로 올라가지 않고 복도를 가로질러 가더니 슈만의 서재 문을 노크했다. 클라라 슈만이 하녀에게 나를 들여보내라고 하는 소리가 들렸다.

클라라 슈만은 고르게 타고 있는 불 앞에 서 있었다. 어깨에는 두툼한 숄을 걸쳤는데, 그 어두운 색이 방의 분위기를 그대로 보여 주었다. 클라라 슈만은 뭔가를 골똘히 생각하는 표정이었다. 아무도 방에 들여놓고 싶은 마음이 아닌 것 같았다. 애기하기가 수월하지 않을 듯했다. 내가 말했다.

"부인, 시간을 오래 끌지 않겠습니다. 남편 곁에 계셔야 할 테니까요."

"내가 쓸모가 있다고 생각했다면 이곳이 아닌 그 방에 있었겠지요."

클라라 슈만의 목소리에는 절망감이 생생하게 묻어났다.

"이런 때에 번거롭게 해 드려 죄송하지만, 자살 시도가 있을 경우 의심스러운 상황에 대해 조사하고 보고하는 것이 규정이라서요. 어제 부인께서 지나가듯 말씀을 하시면서 부인과 남편 분이 어떤 문제에 대해 의견 차이를 보였고 남편 분이 얘기를 하다 말고 뛰쳐나갔다고 하셨습니다. 그러나 거기에는 부인께서 빠뜨린 더 구체적인 내용이 분명 있을 겁니다. 말하자면, 보통 부부가 다퉜다고 해서 물에 뛰어들지는 않지요."

"남편은 오랫동안 빠져 있었어요."

클라라 슈만이 말했다.

"아무도 이해할 수 없는 분노에 빠져 있었죠."

"이 부분을 정확히 해야 합니다. 남편 분은 무엇 때문에 자살을 시도한 겁니까?"

"그것은 사적인 문제예요. 정말이지 경위님이 관여하실 문제가 아닙니다."

"그렇다면 치안판사의 심문을 받으셔야겠군요. 부인을 판사 앞으로 가게 할 수도 있습니다. 분명히 말씀드리는데, 그들의 인내심은 저보다 부족합니다. 지금 부인의 상황을 제가 이해 못 하는 것은 아니지만, 제게는 해야 할 의무가 있습니다. 부인께서 우리 두 사람이 겪어야 할 과정을 좀 더 수월하게 해 주실 수 있어요."

클라라 슈만이 꼼짝도 않고 서서, 내가 한 말이 진심인지 확인해 보려는 듯 나를 빤히 바라보았다. 마침내 그녀가 입을 열었다.

"프라이스 경위님, 좀 앉으세요. 구체적인 얘기라고 하셨나요? 좋아요. 드릴 말씀이 있어요. 경고할 말도 있고요. 경위님께 완전하게, 조건 없이, 부끄러움 없이 말씀드리죠."

클라라 슈만이 내게 의자를 권하고는 마음을 진정시키고 싶은지 잠깐 눈길을 돌렸다. 그러더니 뭔가를 결심한 표정으로 담담하게 말했다.

"남편과 저의 갈등은 다툼 이상이었고, 지독한 싸움이라고도 할 수 있어요. 경위님을 처음 이 집에 불렀던 그날 밤에도 남편과 제게는 그런 일이 계속되었고……."

그날 두 사람 모두 지쳐서 다른 날보다 늦게 침실로 갔다고 클라라 슈만은 말했다.

그날은 클라라에게 여느 때와 다름없는 날이었다. 아이들은 학교에 갔고, 하녀는 식단을 짜고 사야 할 음식 재료를 정해서 식료품점에 갔다. 클라라는 그다음 달에 비엔나에서 사흘 밤에 걸쳐 공연할 아홉 개의 베토벤 소나타를 준비하기 위해 점심식사 전 두 시간과 식사 후 두 시간 이렇게 네 시간 동안 혹독하게 연습을 했다. 그리고 청구서를 살펴보고 비용을 지불해야 했고, 아버지에게 편지를 쓰면서 의무적으로 아버지의 생일을 축하하고 남편의 축하 인사(그런 것이 있다 하더라도 그것은 거짓이었다)도 덧붙여야 했다. 잠자리에 들기 전에 아이들이 저마다 떠들어 대는 재미있고 슬펐던 이야기들을 들어줘야 했고, 잠자리에서 아

이들에게 이야기를 들려줘야 했고, 마지막으로 아이들의 머리
맡에 있는, 사람들이 잘 가지 않는 그 다락방에는 절대 유령이
숨어 있지 않다고 확인해 주어야 했다.

로베르트 슈만도 지칠 만한 이유가 있었다. 그날 아침에 슈만
은 한껏 기대감에 들떠 그가 '파피용'이라고 제목을 붙인 피아
노곡 작곡을 새로 시작했다. 클라라는 남편이 점심을 먹으러 주
방으로 들어가며 곡의 경쾌한 시작 부분을 기분 좋게 흥얼거리
는 소리를 들었다. 그때 슈만은 굉장히 들떠서 앞에 놓인 음식
접시를 물리고는 커피 한 잔과 갓 구운 빵만 먹고서 다시 서재
로 갔다.

그러나 오후 서너 시쯤 되자 신음 소리와 욕설이 들려왔다.
남편의 서재에서 흘러나오는 그 욕설은 점점 커지고 격렬해졌
다. 곡 작업이 순조롭게 되지 않는 것이 분명하다고 클라라는
생각했다. 그러나 그때 클라라가 몰랐던 사실이 있는데, A음이
다시 들려와 해안선을 흐르는 파도처럼 밀려왔다가 물러났다가
를 계속 반복한 탓에 슈만은 더 이상 작곡에 집중할 수 없는 지
경에 이르렀던 것이다.

클라라는 차 한 잔을 마시면 도움이 될 거라고 생각하고, 쟁
반에 차와 빵 하나를 담아 들고 서재 문을 가만히 두드렸지만
아무 대답이 없었다. 문을 열어 보니 슈만은 서재에 없었다.

그는 아이들이 잠자리에 들고 나서야 돌아왔다. 옷에는 담배
연기 냄새가 배어 있었다. 숨결에서는 술 냄새가 풍겼다. 슈만

은 몇 시간 동안 아무것도 먹지 않았으면서도 그를 위해 따뜻하게 준비해 놓았던 저녁식사를 마다했다. 그날, 충만한 창작의 기쁨으로 시작되었던 그날은 어둠이 잔뜩 드리워진 채 끝났다.

클라라의 표현을 빌자면, 슈만은 옷을 벗어 침실 바닥에 내던지고 침대에 쓰러졌다. 클라라는 슈만이 몸과 마음에서 이상하게 기운이 빠져나간다며 중얼거리는 소리를 들었다. 그러나 처음 듣는 말은 아니었다. 로베르트 슈만은 담배를 피우고 술을 많이 마실 때마다 항상 그런 불평을 했다. 클라라 슈만이 말을 이었다.

"그리고 나는 이불 속으로 들어가서…… 그때 온몸이 아팠는데 남편이 완전히 잠들었다고 생각했기 때문에 잘 자라는 인사도 하지 않았어요. 그런데 갑자기 그 사람이 깨어나더니 나를 덮쳤어요. 남편이 흥분하면 도저히 저항을 할 수가 없어요. 그래서 나는 완전히 지쳤는데도……."

나는 몹시 불편해지기 시작했다.

"부인, 그 얘기를 계속 하실 필요는 없습니다. 저는 경찰이지 성직자가 아닙니다. 그리고 지금은 고백을 하는 자리가……."

"아, 아니 아니에요, 경위님."

클라라 슈만이 큰 소리로 내 말을 막았다 .

"이제 와서 그만둘 수는 없어요. 너무 늦었어요. 정확하고 구체적인 얘기를 듣고 싶다고 하셨잖아요."

"그렇긴 하지만 그만하면 충분하고……."

"그러나 이제 겨우 시작인걸요."

클라라 슈만은 물러서지 않았다.

"나머지 얘기를 다 들으면 도움이 될 뿐 아니라 흥미롭다고 생각하실 거예요. 그러니 솔직하게 말할게요. 수사관에게 조금 음란한 얘기는 벌에게 꿀과도 같잖아요. 그렇지 않은가요, 경위님?"

나는 의자 가장자리로 몸을 옮기며 말했다.

"부인의 비꼬는 말이 저는 전혀 흥미롭지가 않습니다. 그리고 나머지 이야기는 다음에 듣는 것이 좋겠군요. 괜찮으시다면……."

"잠깐만요!"

클라라 슈만이 앞으로 나와 내가 의자에서 일어나지 못하도록 바짝 가까이 섰다. 그러더니 조금 누그러진 목소리로 말했다.

"제발요. 보여 드릴 게 있는데…… 꼭 경위님이 직접 보셔야 해요."

나는 다시 자리에 앉아 클라라 슈만이 남편의 책상 맨 아래 서랍을 열고 두툼한 노트 한 권을 꺼내는 모습을 지켜보았다. 노트의 검은 가죽 커버에는 금색 글자가 새겨져 있었다.

"일기장, 1854."

클라라 슈만이 그 노트를 내게 건네주며 말했다.

"자, 직접 보세요. 어서요, 열어 보세요."

"그러나 이것은 슈만 선생님의 사적인 일기라서……."

"언제부터 경찰이 그런 일을 가렸나요? 경위님에게는 수행해야 할 중요한 의무가 있다고 생각하는데요. 제가 도와드리죠."

클라라 슈만이 내 손에서 일기를 채 가더니 손가락을 힘차게 움직이며 페이지를 휙휙 넘기다가 그달의 첫 페이지를 펼쳤다.

"이걸 보시기 전에 제가 상황을 좀더 설명할게요. 어디까지 얘기했었죠? 아, 그래요……. 남편은 나를 덮쳤고 그 노력은 우리에게 전혀 만족스럽지 못했죠. 내게서 생명의 피가 모두 빠져나가는 것 같았지만 남편은 멈추려고 하질 않았어요. 나는 남편에게 말했어요. '로베르트, 이번 달 들어 당신이 그런 것이 일곱 번째지만 역시 아무 일도 없었어요.' 남편이 나를 보면서 얼굴을 찌푸리더니 말했어요. '일곱 번째가 아니오, 클라라.' '아니, 맞아요.' 내가 말했어요. 남편은 믿지 못하겠다는 표정으로 나를 보았죠. 내가 또 말했어요. '놀라는 척하지 말아요.'

'어떻게 그렇게 확신할 수 있지?' 남편이 물었어요. 그러더니 조금 혼란스러운 중에도 뭔가를 깨달았어요. 그는 비명에 가까운 목소리로 말했어요. '클라라, 일기를…… 내 사적인 일기를 훔쳐보았군!' 남편이 내게서 얼른 몸을 떼더니, 구깃구깃한 잠옷을 입고 침대 발치에 섰어요. 아이처럼 발을 구르고 소리를 지르면서 자신의 사생활을 침해했다며 나를 비난했죠. 나는 결혼한 지 십여 년이 지났고 아이들도 여럿 낳았으니 그의 사적인 생각은 그의 소유물인 동시에 나의 소유물도 되는 거라고 대답했어요.

경위님, 잘 들으세요. 나는 처음으로 남편에게 그의 일기 여백에 있는 'F'들이 뭘 의미하는지 안다고 털어놓았어요. 그는 못 알아듣는 척하며 내가 무슨 얘기를 하는지 모르겠다고……."

"부인, 그건 무슨 뜻이었습니까?"

나는 크게 관심이 가지는 않았지만 이렇게 물었다. 솔직히 그 순간에는 클라라 슈만이 이야기를 멈추기를 바라는 마음밖에 없었다. 그러나 클라라는 그러지 않았다.

클라라 슈만은 일기를 내 쪽으로 다시 밀며 내 앞에 펼쳐진 페이지의 여백을 가리켰다.

"저는 볼 마음이 없는데……."

"보세요!"

클라라 슈만이 집게손가락으로 여백을 짚었다.

"프라이스 경위님, 외면하지 마세요. F처럼 생긴 글자가 있죠. 16분 음표처럼 보이기도 하고요."

나는 고개를 끄덕였다.

"그 글자 아래 작은 글씨로 뭐라고 쎠어 있죠?"

"미완성."

"그래요. 미완성이에요. 내가 말했어요. '여보, 이건 무슨 뜻인가요?' 미완성 교향곡을 써야 한다는 걸 기억하라는 뜻이라고 하더군요. 남편이 말하길, 프란츠 슈베르트가 미완성 교향곡을 썼는데 그것이 굉장한 인기를 얻었기 때문에 자신도 그런 곡을 만들 거라고 했어요. 남편은 그런 식으로 농담을 했죠."

클라라 슈만이 몇 페이지를 더 넘겨 또 다른 여백의 F를 가리
켰다. 그 글자 밑에 작게 '미뉴에트'라는 글자가 씌어 있었다.

"쇼팽의 왈츠와 비슷한 미뉴에트 왈츠를 작곡해야 한다는 걸
기억하기 위해 써 놓은 거라고 했어요. 그 곡도 사람들의 사랑
을 받았고 그런 곡을 작곡하면 돈도 벌 수 있기 때문이라고 하
더군요."

클라라 슈만이 계속 몇 페이지를 넘겼고 F는 두 번 더 나타났
다. 하나의 F 밑에 슈만은 코가 종이에 닿을 정도로 가까이 봐
야 겨우 알아볼 정도로 작게 '실망'이라고 적어 놓았다. 나는 나
중에 나온 두 개의 F에 관심이 갔는데, 그중 하나의 F에는 작은
부음란처럼 검은색 굵은 테두리를 둘렀다.

"남편은 이런저런 불평을 하기 시작했어요. 자기가 싫어하는
계절인 겨울이 맹공격을 하고 있다, 자기가 싫어하는 장인이 곧
올 것이다, 여행을 떠나긴 해야 하는데 그것은 자기에게 너무 버
거워서 떠나고 싶은 마음이 없다……. 그러더니 갑자기 무시무
시한 비명 소리를 냈어요. '또 A음이 들리고 있어!'라며 소리쳤
어요. 나는 말도 안 되는 일이라고 말했어요. 남편이 환청에 무
너지고 있으며, 환청이 남편의 생명뿐 아니라 내 생명까지도 파
괴하고 있다고 말했죠. 그리고 남편의 주치의가 해 준 얘기를 막
하려는 순간, 남편이 걷잡을 수 없는 분노에 사로잡혔어요.

또다시 남편은 자신이 음모의 희생자라고 주장하면서 사람
들이 자기를 미친 사람으로 몰고 간다고 했어요. 남편을 진정시

키기 위해서는 내 판단과 전혀 상관없이 그가 하자는 대로 경위님을 부르는 것밖에 도리가 없었어요.”

“다음 날 아침에는 어떻게 되었습니까?”

“내가 실수한 거라는 생각이 들어요. 전날 저녁에 남편이 보인 어리석은 행동을 책망하자 그는 또다시 노발대발했고, 그 다음은 어떻게 되었는지 아실 거예요.”

클라라 슈만은 여전히 굳은 표정으로 나를 보며 말했다.

“그런 상황에서 나를 지탱해 준 사람은 브람스뿐이에요. 자, 이제 제가 해야 할 얘기는 다 했고 고통스러운 이야기도 자세하게 다 말했으니, 법에 따라 해야 할 일을 하는 것은 경위님의 몫이겠죠?”

27

　　　　　　　　　다시 경찰서의 사무실에 돌아
와 보니 평소처럼 보고서가 수북하게 쌓여 있었다. 매일 정오에
직원들이 지난 24시간 동안 새롭게 벌어진 범죄와 체포 현황을
기록한 보고서였다. 나는 보고서를 검토하면서 좀도둑, 술 취한
사람의 폭행, 공공장소에서의 추잡한 노출 등 넌더리 나는 범죄
들을 들여다보았다. 고참 경위의 관심을 끌 만한 내용은 전혀
없었다. 그러나 보고서를 한쪽으로 막 치워 놓으려는 순간, 맨
아랫줄에 적힌 이름 하나를 발견하고서 흠칫 놀랐다.

　　발터 튀링어. 이름 반대편에는 그의 죄목이 적혀 있었다. 장
물, 즉 이탈리아 로마의 귀족 부인 마리아 드 세코의 다이아몬

271

드 귀걸이 세트를 훔친 혐의였다. 체포한 경찰관은 최근 우리 부서에 합류한 프리츠 헤세였는데, 살인이나 강간 같은 중대 범죄는 아직 다뤄 보지 못했지만 보석 분실 사고가 있을 때마다 사냥개 같은 후각을 발휘했다. 튀링어, 운이 없었군. 나는 혼자 생각했다. 그러다 갑자기 측은한 마음이 생겨 그를 찾아가 보기로 했다. 그가 경찰서 지하층의 무덤 같은 감방에서 뒤셀도르프의 밑바닥 인간들 대여섯 명과 갇혀 겁에 질려 있을 거라고 상상했다.

가서 보니 아니나 다를까 그 처량한 악마는 꼭 그런 모습이었다. 그가 소리쳤다.

"프라이스, 감사하게도 와 주었군요!"

"이곳에서는 프라이스 경위라고 부릅니다."

나는 혹시 그와 같이 감방에 있는 사람들이 우리 둘을 가까운 친구라고 생각할까 봐 이렇게 말했다. 그러면서 나 자신이 조금 비열하게 느껴졌다. 나는 옆에 있던 간수에게 가까이 오라고 손짓을 했다.

"심문실에서 조사할 게 있으니 이 사람을 내 감독 하에 풀어 주세요."

나는 감방에서 복도를 따라가다가 작은 밀실로 들어가 튀링어와 마주 앉았다. 최대한 못마땅한 표정을 짓고서 그가 마음을 가다듬을 때까지 잠시 기다렸다. 그가 말했다.

"무슨 생각하는지 알아요. 그러나 나는 결백하다고 모든 것을 걸고……."

내가 말을 잘랐다.

"아, 튀링어, '모든 것을 걸고 결백하다'는 말은 아껴 두세요. 나중에 그런 말을 해야 할 때가 있을 겁니다. 헤세의 보고서를 읽어 봤어요. 당신의 상점에서 찾아낸 그 다이아몬드 귀걸이는 로마에서 온 백작 부부가 묵었던 호텔 룸에서 분실된 물건과 정확히 일치하더군요. 세상에, 부끄럽지 않아요? 우리의 이 아름다운 도시는 관광객들에게 문화의 중심지일 뿐만 아니라 하인리히 하이네의 출생지로서 명성을 유지하려고 노력하고 있는데! 당신과 당신의 수많은 공모자들은 뒤셀도르프를 그 형편없는, 그……."

"로마 말인가요?"

튀링어가 불쑥 나서며 내 말을 거들었다.

"고맙지만, 농담할 때가 아닙니다."

"도와드리려고 한 것뿐이에요. 아시다시피 전 늘 도움을 드리려고 했잖아요, 경위님."

그는 이렇게 말하면서 교활한 미소를 지었다.

"무슨 뜻입니까?"

튀링어가 뒤를 돌아보았다. 그 방에는 우리 두 사람밖에 없었고 문은 굳게 닫혀 있었다. 돌벽은 밖에서 대포 소리가 나도 들리지 않을 정도로 두꺼웠다. 그런데도 그 노인은 엿듣는 사람이 없는지 확인하고 싶어 했다. 그는 우리 둘 사이에 놓인 작은 나무 탁자 위에 뼈가 앙상하고 하얀 손가락들을 대고는 몸을 앞으로 기울였다.

"자, 경위님, 내 관심을 끄는 수상쩍은 일을 얘기해 드리려고 하는데……."

"당연히 영감님이 관련되어 있는 수상쩍은 일은 제외하셔야죠."

내가 말했다.

"알겠어요."

튀링어는 전혀 기죽지 않고 계속 말했다.

"경위님께 알려 드릴 정보가 있습니다. 꽤 쓸 만한 정보죠."

"어떤 겁니까?"

"글쎄요, 경우에 따라 다르죠."

튀링어가 다시 한 번 교활한 미소를 지었다.

"어떤 경우를 말하는 겁니까? 나는 인내심이 다했고, 지금 영감님의 처지에 있는 사람과 농담할 만한 인내심은 더더구나 없습니다."

튀링어가 의자에 등을 기대더니 팔짱을 끼고, 징역형을 선고받을지도 모르는 사람답지 않게 자신만만한 표정을 지었다(나는 헤세의 보고서가 확실하다고 믿었다).

"경위님, 우선 우리는, 뭐라고 해야 할까, 그래, 거래라고 하는 게 좋겠군요. 거래를 하나 합시다. 우선 귀걸이를 로마에서 온 그 여자에게 돌려주면서 단순한 실수나 뭐 그런 걸로 얻게 되었다고 하는 겁니다. 그리고 내가 그 여자에게 충분히 사과를 하고 피해를 입힌 것에 대한 사과 의미로 근사한 보석을 좀 주는 겁니다. 그럼 나에 대한 고소는 취소되겠지요. 그렇게 하면 일은 끝나는 거지요.”

“그렇다면 영감님은 뭘 해 줄 건가요?”

노인이 말을 멈추고 코에 걸친 안경 너머로 나를 빤히 보았다. 나를 믿을 만한지 아닌지 살피는 것이 분명했다.

나는 반복해서 말했다.

“그렇다면 영감님은 뭘 해 줄 겁니까? 이걸 잘 알아 두세요. 내가 지금처럼 고발당한 악한을 굳이 찾아오는 일은 흔치 않습니다. 이렇게 하는 것은 내가 영감님에게 베푸는 특별 대접이지만, 시간이 그렇게 많지는 않습니다.”

다시 한 번 그 노인은 쓸데없이 뒤를 돌아보고는 아까처럼 다시 탁자 위로 몸을 기울였다.

“빌헬름 후퍼라는 이름이 경위님께 어떤 의미가 있습니까?”

나는 멍하게 있다 표정을 바꾸고 물었다.

“빌헬름 후퍼라고요? 그 사람이 어떻다는 겁니까?”

“나는 무엇보다 그가 피아노 조율사라는 점에 관심이 갔어요. 어떻게 그렇게 되었는지는 신경 쓰지 마세요. 피아노 조율사, 그것도 아주 전문적인 피아노 조율사는 얼마나 번다고 생각하세요?”

“모릅니다.”

　"후퍼 같은 사람은 운이 좋으면 수입으로 하루 세 끼를 먹고 머리를 가릴 집을 가질 수 있죠. 피아노 조율사들, 심지어 일류 조율사들도 구두 수선공보다 별로 나을 것이 없어요. 빌헬름 후퍼 같은 남자가 어떻게 갑자기 우리 가게의 단골이 될 수 있었을까요? 나는 몇 달 전까지만 해도 그에 대해 소문 한 자락도 들어 보지 못했어요. 그런데 언제부턴가 갑자기 그가 매주 우리 가게에 오는 겁니다. 어느 날은 다이아몬드 넥타이핀을 샀어요. 나는 혼자서 궁금했지요. 저런 사람이 넥타이를 가지고 있기나 한가? 다음에는 자신의 이니셜을 새긴 금 커프스 단추를 사더군요. 그 다음에는 스위스 부품이 든 18캐럿 다이아가 박힌 프랑스제 금 회중시계를 샀죠. 그리고 며칠, 아니면 일주일 정도 뒤에 다시 왔어요. 이번에는 역시 18캐럿짜리 다이아몬드와 사파이어가 박힌 반지를 샀어요. 경위님, 그게 다가 아니랍니다. 다른 대부분의 손님들과 달리 후퍼는 현금으로 값을 지불했어요! 꽤 부유한 손님들도 대개 어음으로 지불하는데 말이에요. 그래요, 진짜 독일 지폐였어요!"

　"후퍼가 운 좋게 카드놀이에서 돈을 딴 것일 수도 있어요. 아니면 부자 아저씨가 한 재산을 남겨 주고 죽었을지도 모르죠. 요즘 독일 사람들은 국내뿐만 아니라 해외에서도 주식 시장에 현금을 쌓아 두고 있어요. 그런 사람들이 얼마나 많은지 알면 아마 놀랄 겁니다. 그런 문제에 대해서는 무죄 추정을 해야 합니다, 튀링어."

그 늙은 보석상의 얼굴에 희미한 미소가 번졌다.

"프라이스 경위님, 전 경위님을 아주 오랫동안 알고 지냈어요. 그리고 용의자에게 무죄 추정을 한다는 것을 전혀 몰랐군요."

"누가 후퍼를 용의자라고 하는 겁니까?"

"자, 자, 경위님. 나는 늙은 악당이고 경위님은 늙은 악당을 속일 수가 없어요. 그 사람은 도둑이거나 돈을 횡령하는 자가 분명해요. 어쩌면 공갈범일지도 모르죠. 내 코는 실수한 적이 한 번도 없어요. 그러니 경위님, 우리 거래를 할까요? 나는 복도 끝에 있는 저 지옥에서 단 1분도 더 있을 수가 없어요. 나를 여기에서 꺼내 주세요. 그러면 내가 방금 제시한 의혹을 뒷받침할 만한 확실한 증거를 얼마든지 드리지요. 이렇게 생각해 보세요. 나는 경위님을 상어가 있는 곳으로 안내할 피라미일 뿐이에요."

우리는 함께 일어섰다. 튀링어가 오른손을 내밀며 말했다.

"거래를 하는 겁니까?"

나는 그 악마와 한 약속을 해결
하기 위해 지체 없이 일을 처리해 나갔지만 쉽지는 않았다. 일
단 늙은 보석상을 기소한 열성적인 부하 직원 헤세를 설득해 그
일에서 손을 떼게 해야 했다. 나는 두 가지 방법을 썼다.

우선, 도둑이 아직 잡히지 않았으므로 백작 부인 드 세코의
다이아몬드 귀걸이가 도둑맞은 건지 확실한 증거가 없으며 튀
링어가 자신이 받은 물건이 도둑맞은 물건인지 알았다는 증거
도 없다는 점을 지적했다. 그러므로 튀링어에 대한 기소는 시기
상조일 뿐 아니라 실패할 가능성도 꽤 높다는 말도 했다. 실패
를 하면 경찰 전반에 나쁜 영향을 미치고 특히 헤세 본인에게

그럴 것이며, 지금까지 좋은 성적을 거두었는데 그렇게 되면 안 타까운 일이 될 거라고 했다.

둘째, 헤세에게 그를 살인이나 강간, 어린이 유괴 같은 좀더 중한 범죄를 다루는 부서로 옮겨 주는 일을 심각하게 고려하고 있으며, 그러면 그가 지금까지 다루던 범죄에서보다 훨씬 더 능력을 발휘할 수 있을 거라고 말했다. 결국 젊은 헤세는 승진에 대한 기대로 한껏 부풀어 튀링어를 풀어 주고 즉시 귀걸이를 회수한 다음 이탈리아 귀족 부인의 기분을 맞추기 위해 보석상이 줄 적당한 선물과 함께 자기가 직접 귀족 부인에게 돌려주겠노라고 약속했다.

내가 해야 할 일은 그것뿐이 아니었다. 직원에게서 받은 일일 보고서는 서장에게도 제출하는 것이 관례였다. 그즈음 대부분의 시간을 닥쳐오는 퇴임과 연금에 대한 생각으로 보내는 내 직속상관은 서류를 대충 보고 확인했다는 표시로 서둘러 사인을 했으며, 서류는 다시 내 사무실로 돌아왔다. 그러나 그날 행운은 내 편이 아니었다. 내가 처음 발터 튀링어의 이름을 보고서에서 봤던 때처럼, 서장도 보고서에서 그 이름을 발견했다

"프라이스 경위, 무고한 관광객들이 귀중품을 이렇게 예사로 잃어버린다면 우리의 도시, 아니 우리나라의 명성을 어떻게 유지할 수 있겠나? 더구나 이번 경우는 평범한 관광객도 아니고, 보고서에 따르면 백작 부부인데 말일세."

서장은 내가 도둑맞은 귀걸이를 받은 공범이기라도 한 듯 안

경 너머로 나를 노려보았다.

내가 말했다.

"이 여행자들이 그런 일에 익숙한 나라에서 왔다는 점을 말씀드리고 싶습니다."

서장이 말했다.

"물론 그렇지. 그러나 빌어먹을, 악을 악으로 대한다고 해서 선이 되는 것은 아니야. 자네가 이 튀링어라는 사람의 보석상을 내게 추천하지 않았나? 내 기억이 맞다면, 자네는 여러 번 그에 대해 호의적으로 얘기한 것 같은데. 자네가 습관적으로 장물을 다루는 사람과 어울리는 것은 아니겠지!"

내가 대답했다.

"제가 발터 튀링어와 어울린 것은 아니지만 그 사람과 제가 조금은 독특한 관계였다는 말씀은 드려야 할 것 같습니다. 사실 그는 보석상을 하면서 부정행위의 기미가 조금이라도 있으면 귀신같이 냄새를 맡습니다. 오랫동안 그는 제가 진짜 도둑들을 체포하는 데 도움을 주었습니다."

서장이 화가 나서 말했다.

"다 좋아. 그러나 그 사람 자체가 범죄자라면 당연히 처벌을 받아야 하고, 그게 전부일세. 자네가 그 사실을 분명히 할 거라고 믿네."

나는 아무 말도 하지 않았다. 서장은 내가 머뭇거리자 눈살을 찌푸렸다.

"흠, 프라이스, 됐네. 더 할 말 없으면 나가 보게."

나는 목을 한 번 가다듬고는 침착하게 말했다.

"튀링어를 풀어 주라고 명령했습니다. 사실, 제 명령이 이미 실행되었습니다."

"미쳤나, 프라이스? 명령을 취소하고 그 사람을 원래 있던 감옥에 다시 집어넣어."

나는 침착함을 유지하면서 말했다.

"외람된 말씀이지만, 선임 경위로서 저는 정의를 위해 합당하고 필요하다고 생각되는 경우라면 그런 사람들을 구속하거나 석방할 자유 재량권과 권한을 가지고 있으며, 그래서 이번에도 그렇게 했습니다."

"분명히 말하는데, 나는 시장에게 보고할 의무가 있네. 두말할 필요도 없이, 이 도시의 시장은 뒤셀도르프를 소돔과 고모라의 독일판이 아닌 유럽의 문화 중심지로 만들고 싶어 하지. 우리의 존경받는 시장이 게오르크 아델만의 살인에 특별한 관심을 가지고 있고 어째서 살인자가 아직 잡히지 않는지 이해하지 못하기 때문에 그렇지 않아도 나는 한바탕 곤욕을 치러야 할 판이야."

서장은 분노보다는 슬픔에 가까운 표정으로 나를 잠시 바라보았다. 그러더니 처량하게 고개를 흔들면서 말했다.

"이보게 프라이스, 나는 자네에게 기대가 컸네. 그러나 자네는 어느새 내게 골칫거리가 되고 있구먼. 자네가 신뢰를 회복하고 싶다면 내게 확신을 주게. 아니, 그보다는 슈만과 관련된 일에서 완전히 손을 떼고 눈앞에 닥친 심각한 문제에 즉시 착수하겠다고 약속하게.”

음, 그런 약속을 하기는 어렵지 않았다. 내가 판단하기에, 눈앞에 닥친 ‘심각한’ 문제는 단 하나의 이름으로 귀착되었다.

＊　＊　＊

후퍼…… 후퍼.

나는 방에 혼자 틀어박혀서 빌헬름 후퍼의 이름을 큰 소리로 몇 번이고 반복해서 불러 보면서 그를 만난 장소와 횟수를 정확하게 떠올리기 위해 기억의 페이지를 뒤적여 보았다.

후퍼는 내가 뫼비우스 박사의 병원에서 나갈 때 그곳으로 들어갔다.

후퍼는 슈만 부부가 바드 그륀발트로 며칠 가 있고 마침 비크 교수가 뒤셀도르프에 들렀을 때 그들 집에 나타났고, 후퍼와 비크 두 사람은 한눈에 보기에도 내가 가 주길 바랐다.

내가 후퍼의 작업실에서 피아노의 조율을 망쳐 놓을 가능성에 대해 질문했을 때 그는 결코 호의적이지 않았고, 나는 그가 거짓말을 하고 있다는 분명한 인상을 받았다.

이런 질문들이 나를 떠나지 않았다.

슈만 부부 집에서 음악회가 있던 날 후퍼가 그랜드 피아노 두

대 중 오래된 피아노를 조율하느라 두 시간을 보냈는데, 어째서 그날 저녁에는 새 피아노인 클렘스만 연주된 걸까?

왜 후퍼는 그날 슈만의 집에서 엿들었던 얘기(클라라 슈만과 브람스가 나누었던 대화)를 나중에 리스트에게 전했으며, 왜 브람스가 음악회 전에 자신의 도구를 사용해서 클렘스를 직접 조율했다는 얘기를 리스트에게 한 것일까?

누군가 조용히 문을 두드리는 소리에 나는 필기를 멈췄다.

"프라이스 경위님?"

관리인 헨켈의 목소리였다.

"전해 드릴 게 있습니다."

헨켈은 평소에 늘 그러는 것처럼 방해해서 죄송하다고 사과하며 봉해진 봉투 하나를 주었다. 봉투에는 엉망으로 휘갈겨 쓴 글씨로 내 이름과 주소가 적혀 있었다.

"이걸 누가 가져왔습니까?"

내가 물었다.

헨켈이 대답했다.

"어느 신사 분이요. 며칠 전 밤에 경위님을 찾아왔던 그 신사 분이셨어요. 마차를 타고 왔다가 다른 말은 하지 않고 그냥 가셨어요. 죄송합니다, 경위님."

무슨 이유에서인지는 몰라도(그럴 이유가 전혀 없을 때에도) 헨켈은 습관적으로 미안하다는 말을 했기 때문에 나는 너그러움을 베풀기로 했다. 용서를 하지 않은 것이다.

편지 글도 겉봉과 마찬가지로 아무렇게나 휘갈겨 쓴 글씨체
로 적혀 있었다.

"프라이스 경위, 꼭 만나야겠소. 지난번의 내 무례함과 결례
를 용서해 주시오. 당신의 도움이 꼭 필요하오!"

글 밑에는 'R. S'라는 서명만이 있었다.

다음 날 아침에 빌커 가 15번지에 갔을 때 클라라 슈만은 수수하지만 유행에 맞는 드레스를 완벽하게 차려입고 내게 예의바르게 인사를 건넸다. 그녀의 옆에는, 놀랄 일은 아니었지만 요하네스 브람스가 서서 마치 동네 빵집에서 빵을 배달하러 온 사람을 대하듯 나를 향해 고개를 까딱했다. 클라라 슈만이 말했다.

"남편이 서재에서 기다리고 있어요."

내가 조금 놀라서 물었다.

"남편 분이 저를 부른 걸 알고 계셨습니까?"

"물론이에요. 이런 때 제가 남편의 청을 거절할 거라고 생각하셨나요?"

"이런 때라니요? 슈만 부인, 무슨 말씀이신지 모르겠습니다."

브람스가 즉각 앞으로 나선 걸로 봐서 내 말투가 조금 거만했었나 보다.

"슈만 부인은 슈만 선생님의 병 때문에 굉장한 스트레스에 시달리고 계십니다. 조금 조심해 주시겠습니까? 경위님, 슈만 선생님이 기다리시는 서재로 곧장 가시는 것이 경위님의 귀중한 시간을 더 효과적으로 쓰는 방법이 될 겁니다."

그 순간 클라라 슈만과 젊은 브람스의 태도에는 어떤 일, 이제 멈출 수 없는 일을 하기로 막 합의한 것 같은 분위기가 있었다.

나는 노크도 하지 않고 서재 문을 열고 들어갔다. 방 안에는 슈만이 불 앞에 서 있었다. 그는 외출복 차림에 두꺼운 모직 망토까지 어깨에 걸치고 있었다. 옆에는 건장한 남자 둘이 서 있었는데, 방 안이 따뜻했는데도 두 사람 다 외투를 입고 있었다. 슈만이 귀에 거슬리는 목소리로 두 명의 남자에게 말했다.

"나가 보시오."

남자 하나가 말했다.

"저희는 엄명을 받아서……."

슈만이 소리쳤다.

"그 빌어먹을 엄명! 나가라고 말했소. 안 그러면……."

두 남자가 재빨리 시선을 교환했다. 둘 중 키가 큰 남자가 애원하는 표정으로 내게 설명했다.

"경위님, 곧 마차가 도착할 겁니다. 이제 먼 길을 떠나야 합니다."

"나가라니까!"

슈만이 비명에 가까운 소리로 말했다.

두 사람이 어깨를 으쓱하는 걸로 봐서, 그런 식의 감정 폭발에 익숙한 것 같았다. 두 사람이 아무 말 없이 서재를 나갔고, 슈만은 그들을 의심스럽게 보면서 말했다.

"문을 닫으시오."

우리 얘기를 듣는 사람이 없는 걸 확인하고서야 슈만은 마음을 놓고 말했다.

"기생충 같은 인간들이지요. 밤낮으로 내게 들러붙어 있다오. 나 로베르트 슈만은 화장실에 있을 때만 혼자 있을 수 있는데, 심지어 그때에도 내가 정말 혼자인지 확신이 안 간다오! 하루 종일 감시를 받는다는 게 어떤 것인지 아시오? 저들은 형편없는 의사들이오. 클라라와 요하네스 브람스도 저 의사라는 괴물들의 공동 의지에 결국 굴복하고 말았다오."

"그러나 선생님, 그간의 일을 생각해 봤을 때 저들은 단지
……."

"프라이스, 내 말을 끊지 마시오. 하던 말을 끝까지 해야겠소. 누군가 분명 우리 말을 엿들을 거요. 시간이 별로 없어요, 아시겠소? 저들이 나를 데려갈 거요. 오늘 말이오. 지금 당장일지도 몰라요."

"데려간다고요? 어디로 말입니까?"

"엔데니히라는 도시에 있는 병원이라고 하더군요. 본 근처 어딘가에 있는데 리하르츠라는 의사가 운영하는 병원이라고 합디다. 그 사람에 대해서는 들어 본 적이 없어요. 그러나 분명히 말할 수 있는데, 그곳은 병원이 아니오. 정신병자들이 있는 수용소란 말이오. 프라이스 경위, 제발 부탁하는데, 그들을 말려 주시오. 나를 보아요. 나는 미치지 않았소. 당신도 알지 않소? 내가 지금 원하는 것은 내 집에서 내 일을 하는 것뿐이오. 저들이 내게 그런 짓을 하지 못하게 해 주시오. 저들을 말릴 힘이 있는 사람은 당신뿐이오. 만일 저들이 나를 데리고 간다면, 나는 다시 뒤셀도르프를 보지 못할 것이오. 수용소에서 살다가 그곳에서 죽을 거요. 프라이스, 도와주시오."

슈만의 눈에 눈물이 맺혔다. 그의 입술이 떨렸다. 창백한 두 뺨이 눈물에 젖었다. 슈만은 내게 오른손을 내밀더니 그 손을 잡아 달라고, 자신의 구세주가 되어 달라고 조용히 간청했다.

나는 마치 슈만의 몸과 떨어져 있는 물건을 보듯 그의 손을 바라보았다. 도저히 그 손을 잡을 수가 없었다. 그리고 그 순간 내 마음을 스친 생각은, 내가 앞으로 얼마를 더 살든 그의 청을 거절한 일을 결코 잊지 못할 것이며 나를 용서하지도 못하리라는 것이었다. 슈만이 간절히 듣고 싶어 하는 말을 해 주는 대신 나는 이렇게 물었다.

"게오르크 아델만이 살해되었다는 걸 알고 계십니까?"

나는 슈만이 놀란 표정을 짓다가 다음 순간 어떻게든 결백을 주장할 거라고 예상했다. 그것이 대부분의 용의자가 보이는 반응이었다. 그러나 다음 순간 슈만은 전혀 뜻밖의 반응을 보였다.

"그거 잘됐군요!"

슈만이 기뻐하며 소리쳤다.

"살해당했단 말이오? 공갈범에 도둑인 사람에게 어울리는 최후군. 그의 죽음을 애도하는 사람도 있겠지만 나는 그럴 마음이 전혀 없소."

"아델만은 선생님의 전기를 출간하려던 참이었습니다. 안타깝지 않습니까?"

"거짓말이오! 그가 출간하려고 한 것은 거짓말이오. 이제 지옥에서 출간하겠군!"

슈만이 다시 차분해진 목소리로 말했다.

"어쨌든 프라이스 경위, 게오르크 아델만에게 시간을 낭비하시 마시오. 사람은 죽으면 그것으로 끝이잖소. 그러나 나는 온전하게 살아 있고, 끊임없이 그리고 무자비하게 죽음의 위협을 받고 있소. 그리고 애석한 일은, 내가 여전히 줄 것이 많다는 거요. 내 말을 믿어 주시오. 음악은 미지의 것이고, 나 로베르트 슈만은 나만의 방식으로 그 미지의 것을 보았고, 들었고, 심지어 만지기도 했소! 아시겠소? 나는 미치지 않았어요. 이 추방을 멈추겠다고 내게 약속해 주시오. 그리고 이번에는 꼭 약속을 지켜 주셔야 하오. 저번처럼, 그러니까 베토벤 악보를 찾아주겠다고 약속했을 때처럼 약속을 깨서는 안 되오."

슈만의 비난에 반박해 봐야 무슨 소용이 있을까? 어떤 설명을 해도 내가 근무에 태만한 것이 아니었음을 그에게 확신시킬 수 없을 터였다.

"제가 할 수 있는 일이 있는지 알아보겠습니다."

내가 말했다.

서재 문이 열리고 클라라 슈만이 들어왔다. 그녀가 조용히 말했다.

"여보, 마차가 왔어요."

로베르트 슈만은 순순히, 거의 기계적으로, 무력하게, 아무 희망도 없이, 아내에게 손을 잡혀서 아내가 이끄는 대로 열린 대문으로 갔고, 그곳에는 아까 그 두 사람이 기다리고 있었다. 로베르트 슈만이 클라라에게 말했다.

"내 펜과 악보도 챙겨 넣었소?"

"물론이에요. 그리고 노트도 넣었어요. 당신이 최근에 스케치한 노트 말이에요."

"클라라, 아이들, 특히 마리는 음악 수업을 계속 받도록 하겠다고 약속해 줘요. 그리고 글쓰기용 탁자에 있는 병에 페니히를 꼭 채워 줘요. 꼭 그만한 보람이 있을 거요! 그리고 클라라, 카를 체르니가 아이들을 위해 보내 준 손가락 연습곡들을 마리가 다 마치면 그 아이가 원하는 만큼 쓸 돈을 갖게 해 주었으면 좋겠소."

슈만이 이번에는 브람스를 보았다.

"브람스, 나는 교향곡을 또 하나 작곡하려 하네."

슈만은 자신의 문하생에게 미소를 지으며 말했다.

"내 다섯 번째 교향곡이 될 거야. 첫 번째 악장은 이미 스케치해 두었네. 베토벤의 다섯 번째 교향곡과 비슷한데 좀 더 낫고 듣기도 좋을 걸세. 요하네스 브람스, 언제든 자네도 교향곡을 한번 작곡해 보게나."

브람스가 앞으로 나와 슈만을 포옹했다.

"제가 마흔 살쯤 되면 생각해 보겠습니다."

"마흔이라고! 세상에, 요하네스. 그때가 되면 난 죽어서 악마에게 세레나데를 불러 주고 있을 텐데!"

슈만이 이렇게 말하더니 브람스의 팔을 다정하게 툭 쳤다. 그러고 나서 클라라와 브람스에게 등을 돌리고는 두 남자에게 팔 하나씩을 잡힌 채 집을 나섰다.

갑자기 슈만이 걸음을 멈추고 돌아보았다.

"잊은 게 있소."

그가 클라라 슈만에게 말했다.

"뭘 잊었는데요?"

"그걸 가져와야겠소."

로베르트 슈만이 두 남자에게서 팔을 빼고 힘찬 걸음으로 집 안으로 다시 들어갔다. 나는 그가 서재로 들어가 책상의 가운데 서랍을 열고 무엇인가를 꺼내는 모습을 지켜보았다. 슈만이 그

물건을 의기양양하게 들어 사람들에게 보여 주었을 때에야 나
는 그것이 무엇인지 알았다.

"내 믿음직한 소리굽쇠!"

그는 사람을 대하듯 소리굽쇠를 보면서 미소를 지었다.

그 순간, 클라라 슈만과 내 시선이 마주쳤다. 그러나 우리 둘
다 아무 말도 하지 않았다.

잠시 뒤에 슈만과 두 남자가 마차에 올라탔고 본까지 가는 여
섯 시간의 여행을 시작했다. 이내 그들은 시야에서 사라졌다.

30

“헤르만 프라이스, 나를 빼놓고 혼자서 뭘 하려는 거예요?”

헬레나 베커가 작지만 아늑한 아파트 거실로 나를 안내하면서 특유의 장난스러운 태도로 물었다.

“당신의 전갈을 보니 한시라도 빨리 나를 보고 싶어 하는 것 같더군요.”

헬레나는 잠깐 원망하는 눈초리로 나를 찬찬히 살피며 말했다.

“평소처럼 오늘도 빈손이군요. 꽃이라도 들고 왔으면 좋았을 텐데요.”

헬레나는 내가 진주 귀고리를 선물했다는 걸 잊은 모양이었다. 그러나 굳이 그 얘기를 꺼내는 것은 점잖지 못한 행동이었다. 내가 말했다.

"헬레나, 내가 당신 없이 뭘 할 수 있겠어요? 당신은 나를 겸손하게 만드는 재주가 있어요. 단언컨대 남자는 이따금 겸손이라는 약을 한 움큼씩 먹어 줘야 한다니까요."

헬레나가 의자를 권하며 말했다.

"거짓말은 그만하면 됐어요. 여기에 온 진짜 이유가 뭔가요?"

"이것이 내가 여기에 온 이유예요."

나는 코트에서 커다란 하얀 손수건을 꺼내 펼치고 손수건에 싸 두었던 소리굽쇠를 우리 사이에 놓인 탁자에 조심스럽게 놓았다.

"내게 주는 선물인가요?"

헬레나가 물었다.

"그럴 리가요."

"다행이군요. 꽤 심하게 얼룩이 졌네요, 그렇죠?"

"핏자국이에요."

헬레나가 몸을 숙이고 좀 더 자세히 보았다.

"흥미롭군요."

그녀는 열의라고는 전혀 없이 말했다.

내가 말했다.

"당신이 보는 것은 살인 무기예요."

헬레나가 나를 보며 물었다.

"차를 드릴까요, 커피를 드릴까요?"

"그런 거 마실 시간이 없어요. 내게 필요한 것은 당신의 귀와 첼로예요."

"절박하게 들리는군요, 헤르만 프라이스."

"나는 굉장한 압력을 받고 있어요. 알겠지만, 서장 때문에요."

헬레나가 웃음을 터뜨렸다.

"그 이 빠진 늙은 공룡 말인가요?"

"그 이 빠진 늙은 공룡이 나를 해고할 그럴듯한 구실을 찾느라 혈안이 되어 있어요. 내가 자기의 골칫거리라고 하더군요. 가서 첼로를 가져와요. 우리 둘이서 급하게 해야 할 실험이 있어요."

헬레나가 케이스에서 벌꿀색 첼로를 꺼내고 자리에 앉아 첼로를 두 다리 사이에 놓고 활을 줄에 댔다.

"이제 뭘 할까요?"

"A음을 연주해 봐요."

헬레나가 활을 줄에서 떼면서 불만스럽게 말했다.

"제발, 슈만 얘기는 그만 좀 해요!"

헬레나는 미쳐 가고 있는 사람은 슈만이 아니라 나라는 듯 어깨를 으쓱하더니, 네 개의 줄 중 가장 가는 줄을 활로 켰다.

"음이 약간 낮은 것 같군요."

헬레나는 눈살을 찌푸리며 왼손으로 줄 감는 막대 못을 비틀고 오른손으로는 계속 활을 켰다. 그러는 동안 계속 들리는 여

러 높이의 음은 도둑고양이의 울음소리 같았다. 마침내 제대로
된 A음을 내고는 헬레나가 만족스러워했다.

"자, 잘 들어 봐요."

나는 이렇게 말하고 소리굽쇠를 들어 벽난로의 대리석 덮개
에 세게 부딪쳤다.

"어때요?"

헬레나가 다시 눈살을 찌푸렸다.

"날카롭게 들리는군요. 심하진 않지만 짜증 날 정도로요. 그
것이 소리굽쇠인 게 확실한가요? 음식 먹을 때 쓰는 게 아니고
요?"

"다시 한 번 들어 봐요."

나는 이번에는 더 세게 소리굽쇠를 부딪쳤다.

"지금부터 세상이 끝나는 날까지 쳐도 마찬가지예요. 그건
진짜 A음이 아니에요. 약간 어긋나긴 했지만, 날카로운 건 날카
로운 거예요."

내가 말했다.

"당신은 기억력이 좋은 편인가요? 슈만 부부 집에서 있었던
음악회를 기억해 봐요. 그것도 정확히 A음이었어요?"

헬레나가 말했다.

"그 음에 맞게 내 현을 맞출게요. 다시 쳐 보세요."

헬레나가 이번에도 같은 대답을 했다.

"그날 밤에 슈만 집에서 조율했던 A음과 흡사하지만, 그게

살인 사건과 무슨 관계가 있죠?”

나는 소리굽쇠를 손수건으로 싸며 최대한 다정하게 말했다.

“미안해요. 조사 중인 사건에 대해서는 내용과 상황을 얘기할 수가 없어요. 어쨌든 이 모든 일이 좀 지루했을 거예요.”

“소리굽쇠가 살인과 무슨 관계가 있는 거예요? 헤르만 프라이스, 고문 좀 그만해요!”

“좋아요, 그럼 내가 그러라고 할 때까지는 아무 말도 하지 말아야 해요. 이 소리굽쇠는 게오르크 아델만의 몸 아래서 발견되었어요. 어떤 이유로 나는 이 소리굽쇠가 슈만 것이며 그가 흥분 상태에서 이것을 무기로 아델만을 공격했다고 생각하고 있어요.”

“그러나 무슨 이유로 슈만이 그렇게 끔찍한 짓을 저질렀을까요?”

“슈만은 아델만이 그의 인생과 일에 대한 논문을 쓰면서 그가 예전에 빠져 있던 동성애에 대한 얘기, 꽤나 정확한 얘기도 넣었다는 것을 알았어요. 설상가상으로 슈만은 자기 집에서 음악회가 열리던 그날 밤에 아델만이 베토벤 악보를 훔쳤다고 확신했어요.”

“슈만이 공격했다고 믿을 만한 근거가 있다고 했는데…….”

“그래요. 그러나 로베르트 슈만이 아델만을 죽인 것은 아니라고 생각해요.”

“그렇다면 누구인가요?”

나는 피가 묻은 소리굽쇠를 집어 들며 대답했다.
"이 소리굽쇠의 주인이죠."
"그렇다면?"
"빌헬름 후퍼예요."

소리굽쇠를 발견했다고 해서 후퍼에게 그것을 증거로 들이댈 수는 없었다. 유일한 증거품인 소리굽쇠는 적어도 당분간은 순전히 정황 증거로 생각할 수밖에 없었으며, 자백을 유도할 정도로 충분치는 않았다. 후퍼에게서 게오르크 아델만의 확실한 살해 동기를 찾아내야 했다. 내가 누구보다 발터 튀링어에게 신세를 지고 있었음을 인정해야겠다. 내게 열쇠를 준 사람은 바로 그였다. 열쇠란 바로 돈에 대한 후퍼의 갈망이었다. 그 사람은 어떤 식으로든 상당한 양의 현금을 받았음이 틀림없었다. 그러나 누구에게서일까? 그리고 이유는 뭘까?

나는 노트의 첫 장을 펴고 다음의 이름을 적어 내려갔다.

아델만
브람스
리스트
뫼비우스
클라라 슈만
비크

노트를 책상 위에 쌓아 놓은 책 더미에 기대 놓고 의자에 깊숙이 앉아 바라보았다. 빠뜨린 사람은 없는가? 로베르트 슈만 정도의 음악가라면 경쟁자나 적, 비평가가 수도 없이 많을 것이 분명했다. 그러나 진지하게 고려해 볼 만큼 가까운 사람들은 내가 노트에 적은 사람들 정도인 듯했다. 용의자들을 한 사람 한 사람씩 검토하기 시작했다,

아델만일까? 그가 후퍼를 매수해 슈만의 평판을 해치게 해서 결국 그 불쌍한 사람이 자살을 시도하도록 했을까? 아델만이 준비하고 있던 슈만의 전기는 출간되기 무섭게 많은 사람들이 찾을 것이고 당연히 경제적 이득도 가져다줄 것이 확실했다. 그러니 그 작곡가의 삶을 단축하는 것이 아니라 연장하는 것이 아델만에게는 이득이 될 것이었다. 나는 펜을 잉크병에 담갔다가 목록 맨 위의 이름에 굵은 줄을 그었다.

브람스일까? 아니다. 너무 젊고, 그렇기 때문에 후퍼에게 큰 돈을 줄 만한 여유가 없다. 그뿐만 아니라 클라라 슈만에 대한 감정의 한계에 대해 내게 한 말은 아마도 사실일 것이다. 그러므로 브람스의 이름도 목록에서 제외해야 했다.

프란츠 리스트는 어떤가? 그래, 슈만에게는 예술적인 라이벌이자 지독한 적이다. 그러나 위험을 무릅쓰고 비열한 범죄 행위에 말려들기에는 굉장한 명성을 누리고 있었다. 그 위대한 사람이 법정에 드나들지 않은 것은 아니었지만(계약 위반과 채무 불이행으로 피고가 되었다), 감옥 형에 처해질 수도 있는 행동을 할 거라는 생각은 터무니없었다. 그의 이름에도 줄을 그어야 했다.

파울 뫼비우스 박사는 어떤가? 언젠가, 아마도 그와 내가 죽은 다음에 의학계는 그 의사를 용서할 수 없는 사기꾼으로 기억할 거란 확신이 들었다. 그러나 그런 것은 중요하지 않았다. 핵심은, 현재 그의 동료들 대다수가 그를 중요한 존재로 인정하며, 특히 그 누구보다 뫼비우스가 스스로를 중요한 존재로 생각한다는 점이었다. 뫼비우스는 자신이 주장하는 소위 정신병과 창작 활동과의 관계 이론에 사로잡혀 로베르트 슈만을 실험동물, 말하자면 실험 대상으로 생각하는 듯했다. 그가 헬레나 베커에게 했다는 말, 두려움이 어떻게 현실이 되는지에 대한 이야기가 기억났다. 분명 뫼비우스는 그런 이론에 흥미를 갖고 있었고, 특히 그 이론이 슈만에 관계된 것이어서 더욱 그랬다. 그러므로 뫼비우스가 슈만의 죽음보다는 슈만의 삶에 의해 이득을 얻을 것이다. 나는 그의 이름도 펜 놀림으로 삭제해야 할 거라는 결론을 내렸다.

클라라 슈만이 후퍼에게 많은 액수의 현금을 준 사람이었을까? 그럴 가능성은 별로 없었다. 그 여자가 버는 돈은 모조리 가족이 먹고 입고 살아가는 데 쓰였다. 무능력한 남편과 사는 클라라로서는 여윳돈이 없었을 것이다. 내가 슈만 부부를 처음 보았을 때와 마찬가지로 지금도 그 두 사람의 눈이 마주칠 때면 어떤 섬광이 분명히 느껴졌고, 두 사람에 대한 의문과 의심이 혈관처럼 내 이성 여기저기를 흐르기 시작했지만, 클라라 슈만 혼자 혹은 브람스와 둘이서 후퍼가 튀링어의 보석상에서 쓸 정도의 돈을 만들어 낼 수 있다는 생각은 들지 않았다. 그래서 앞선 다른 이름과 마찬가지로 클라라 슈만의 이름도 제외해야 했다.

이렇게 해서 목록의 맨 마지막 이름만 남았다. 프레드릭 비크 교수. 나는 그 이름을 몇 번이나 불러 보았고, 그럴 때마다 '마지막이지만 중요한'이라는 상투어를 덧붙였다. 정말이지, 마지막이지만 중요한 이름이었다!

그때 또 다른 생각이 떠올랐다. 하필이면 슈만 부부가 바드 그륀발트에 가고 없고 비크가 그들 집에 와 있을 때 후퍼가 빌커 가 15번지에 나타났다는 것은······.

다음 순간 뭔가가 퍼뜩 생각났다. 당시에는 미처 깨닫지 못한 일이었다. 후퍼가 작업도구 가방을 들지 않고 나타났다는 것이다. 그렇다면 그는 무슨 목적으로 그 집에 왔던 걸까? 도구 없

이 왔다면, 순전히 사교적인 목적으로 왔던 걸까? 아니면 비크
에게 돈을 준비하라고 요구했던 걸까?

나는 철저하게 계획에 따라 움직이기로 했다. 우선 슈만 집의 충실한 하녀가 클라라 슈만의 지시로 빌리 후퍼에게 편지를 전하는 것에서부터 내 계획은 시작되었다. 후퍼는 어디에서 일을 하건 낮 열두 시 정각에는 꼭 집으로 와서 성찬을 마주했다(클라라 슈만이 하는 말로는, 후퍼의 그런 습관은 절대 변하지 않는다고 했다). 슈만 집의 하녀가 후퍼에게 편지를 전달한 것은 바로 후퍼의 점심시간이었다.

하녀가 돌아오자마자 말했다.

"마님, 드릴 말씀이 있는데, 그분이 화를 냈어요. 아주 많이 화를 냈어요. 그분은 아주 바쁘다고, 정말 바쁘다고 말했어요. 저는 못 들은 척했지만 제가 차마 옮길 수도 없는 악담을 했어요.”

클라라가 말했다.

“알았어, 알았어. 그런데 그 사람이 온다고 했어?”

하녀가 그걸 누가 알겠냐고 말하는 듯 어깨를 으쓱했다.

그러나 한 시간 뒤에 클라라는 답을 받았다. 빌헬름 후퍼가 성가신 표정을 숨기지도 않고 숨을 몰아쉬며 슈만의 집 거실에 나타났다.

“빌리!”

클라라 슈만이 피아노 의자에서 벌떡 일어서며 소리쳤다.

“와 줘서 고마워요!”

후퍼는 방에 모여 있는 뒤셀도르프 4중주단 멤버들을 둘러보더니 깜짝 놀라며 말했다.

“이분들이 모두 여기에 있는 줄은 몰랐어요.”

“당신은 정말 중요한 존재예요.”

클라라가 이렇게 말하고는 그의 코트를 받아 갠 다음 의자 등에 반듯하게 걸쳐 놓았다.

“우리 다섯은 꼼짝도 못하고 앉아 있었어요. 빌리, 당신만이, 오직 당신만이 우리를 구원해 줄 수 있어요.”

“아첨을 하시는군요, 부인.”

후퍼도 차츰 누그러졌다.

“분명히 말하는데, 괜한 아첨이 아니에요.”

클라라가 말했다. 그러고는 4중주단 멤버들을 돌아보았다.

"천재 기술자 없이 우리가 무엇을 할 수 있겠어요!"

네 명의 연주자가 요란하게 칭찬의 말을 하며 맞장구를 쳤다.

평소의 그라면 당연히 감사와 자부심이 한데 섞인 표정으로 뭐라고 대답을 했겠지만, 그날은 그러지 않았다. 평소의 그답지 않게 한껏 겸손해하며 찬미자들에게 자신이 언제나 최선을 다해 왔다고 말하고는 얼른 이렇게 덧붙였다.

"그러나 솔직히 말해, 나 자신에게 너무 많은 것을 요구하는 습관 때문에 가끔 제 기대에 못 미치기도 한답니다."

방에 있던 사람들이 모두 그 말에 공감한다는 듯 고개를 끄덕였다. 클라라가 말했다.

"아, 그러나 당신이 얼마나 노력하는지 신은 알고 있잖아요. 아마도 내세에서는 보답을 받을 거예요."

조금은 태평한 이 말에 후퍼는 거만하게 어깨를 한 번 으쓱하는 것으로 응답했다.

"그럴지도 모르죠. 그러나 그런 걸 기대하지는 않습니다. 그리고 괜찮으시다면, 지금 작업을 시작하겠습니다."

그는 다시 사무적인 태도로 돌아가 도구가 든 가죽 가방을 클렘스 피아노 옆에 놓았다.

"부인, 이 악기에 대해 제가 부인과 남편 분께 주의를 드렸죠."

후퍼가 잘못한 학생을 꾸짖는 선생님 같은 말투로 말했다.

다섯 명의 사람들이 자신만을 바라보며 다음 동작을 간절히 기다리는 상황을 즐기면서 빌리 후퍼는 피아노 앞에 앉았다. 마치 연주를 앞둔 명연주가라도 된 것처럼 피아노 의자를 1~2분 동안 조절했는데, 천을 씌운 의자 높이가 자기 마음에 꼭 들 때까지 손잡이를 만지작거렸다. 그러더니 이번에는 두 발끝이 페달에 편안하게 닿을 때까지 의자를 조금 뒤로 움직였다가 조금 앞으로 움직였다. 두 손바닥을 힘차게 비비며 손을 따뜻하게 만든 다음 마침내 오른팔을 들었다가 내려 적당한 속도로 위의 두 옥타브를 쳤다. 그리고 이어서 같은 속도로 아래 두 옥타브를 쳤다. 그는 극적인 효과를 내기 위해 잠시 멈췄다.

"음, 뭐든 그 값만큼 하는군요."

후퍼는 이렇게 말하고는 피아노를 경멸하듯 입술을 오므렸다.

"적어도 위와 아래의 음역은 괜찮군요."

"중간 음역도 한번 시험해 보세요."

클라라 슈만이 넌지시 말했다.

"물론 그래야지요. 문제가 있더라도 내 잘못은 아니라는 걸 아셔야 합니다. 클렘스는 뵈젠도르퍼가 아니니까요."

"알아요."

클라라 슈만이 아주 공손하게 대답했다.

"아무도 당신 탓을 못해요. 중간 A음을 들어 볼 수 있을까요? 여기 있는 분들이……."

클라라가 곁에서 신경을 곤두세우고 앉아 있는 네 명의 현악기 연주자들 쪽을 향해 고갯짓을 했다.

"이 분들이 음에 전혀 만족을 못한답니다."

"그래요? 그 음에 어떤 문제가 있다고 생각하는지 여쭤 봐도 될까요?"

후퍼가 물었다. 그의 목소리가 약간 날카로웠다.

제2바이올린 연주자인 마르틴 슈톨렌베르크가 큰 소리로 말했다.

"문제가 있다고 생각하는 것이 아니라 정말로 문제가 있습니다."

후퍼가 안경 너머로 그 건방진 바이올린 연주자를 쳐다보면서 물었다.

"절대음감을 갖고 있다는 뜻입니까?"

슈톨렌베르크가 대답했다.

"전혀 그렇지 않습니다. 그러나 반음 높은 것은 가려낼 줄 압니다, 피아노의 가운데 A음은 분명 반음이 높습니다."

슈톨렌베르크의 동료 세 명도 입을 모아 같은 생각이라며 웅성거렸다. 클라라가 탁상시계를 바라보며 끼어들었다.

"빌리, 우리는 서둘러야 해요. 돌아오는 일요일 연주회에 대비해서 연습할 분량이 아주 많아요. 연습을 계속할 수 있도록 가운데 A음을 소리 내 보고 필요한 조치를 취해 주시겠어요?"

그러면서 클라라는 매력적인 미소를 지었다.

후퍼가 피아노 의자에서 일어서며 말했다.

"솔직하게 말씀드려도 된다면, 부인은 자신에게 정직하지 못하다는 생각이 드는군요. 저 오래된 피아노가 훨씬 좋은 피아노입니다. 음색도 더 훌륭하죠. 지진이 나더라도 핀들이 느슨해지거나 현이 끊어지지 않을 겁니다. 그러니 제가……."

클라라가 그의 말을 잘랐다.

"그러나 빌리, 제가 편지에서도 얘기했듯이 실내악에는, 특히 이런 환경에서는 클렘스가 훨씬 더 적합해요. 우리가 대강당에서 연주하는 것이 아니라는 걸 기억해 주세요. 부탁드립니다."

후퍼가 노골적으로 짜증을 내며 다시 피아노 앞에 앉았다. 현악기 연주자들이 활을 악기 줄에 갖다 대고 후퍼가 가운데 A음을 내기를 기다렸다. 후퍼가 오른쪽 집게손가락으로 건반을 눌렀지만, 워낙 약하게 눌러 소리가 거의 들리지 않을 정도였다. 현악기 연주자들이 자신의 악기를 조율하기 위해 꼼짝도 않고 있었다. 리더인 루디 폰 쉬라흐가 익살맞은 태도로 후퍼에게 소리쳤다.

"자, 자, 선생님. 그 음은 포르티시모로 연주해야 합니다! 괜찮으시면 다시 한 번 해 주세요."

후퍼가 고개를 흔들었다. 그리고 조용히 대답했다.

"당신들 모두 심각한 실수를 하고 있어요."

클라라가 딱 부러지게 말했다.

"빌리, 이번에는 좀더 크게 A음을 내 주세요."

"이것은 내 전문성에 대한 심각한 도전입니다."

후퍼가 클라라 슈만의 눈을 똑바로 쳐다보면서 말했다. 그리고 다시 건반을 바라보며 가운데 A음을 집게손가락으로 세게 눌렀다.

슈톨렌베르크가 말했다.

"거 보세요, 내 말이 맞죠. 분명 반음이 높아요."

클라라가 피아노 곁으로 가서 피아노 조율사 근처를 서성거리더니, 대담하게도 손가락으로 가운데 A의 건반을 세게 눌렀다.

"아, 이런 상태로는 절대 안 돼요. 소리굽쇠를 꺼내서 필요한 수리를 해 주세요."

클라라가 허리를 굽혀 후퍼의 가방을 집어 들고는 후퍼에게 건넸다.

"빌리, 소리굽쇠를……."

후퍼가 가죽 가방을 둘러싼 끈을 천천히 풀었다. 가방이 열리면서 가방 양쪽에 깨끗하게 정리된 도구들이 드러났다. 각각의 도구는 꼭 들어맞는 꽂이에 들어 있었다. 그 피아노 기술자의 표정이 어두워졌다. 그가 중얼거렸다.

"그것 참 이상하군. 어찌된 일인지 그것이 없어."

"소리굽쇠 말인가요?"

클라라 슈만이 물었다.

"그렇습니다. 가게에 놓고 왔나 봐요."

후퍼가 화가 난다는 듯 고개를 흔들었다.

"믿을 수가 없어……."

그는 잠시 동안 어색하게 아무 말 없이 있다가 갑자기 벌떡 일어서더니 사람들에게 말했다.

"죄송하지만, 좀 기다리시면 제가 작업장에 얼른 가서……."

"그런 수고까지 할 필요는 없습니다, 후퍼."

나는 옆에 있던 서재에서 거실로 불쑥 들어가며 그를 불렀다. 서재와 거실을 막고 있던 미닫이문이 넉넉하게 열려 있었으므로, 나는 후퍼가 도착한 순간부터 그의 행동을 모두 관찰할 수 있었다.

"여기 당신의 소리굽쇠가 있어요."

나는 그가 똑똑히 볼 수 있도록 소리굽쇠를 들어 올렸다.

후퍼가 스스로에게 질렸다는 표정으로 말했다.

"아하! 이렇게 조심성이 없다니! 여기에 급히 오다가 어딘가에 떨어뜨렸나 보군."

그리고는 클라라 슈만에게 말했다.

"수사관들이 없으면 우리는 아무것도 할 수가 없다니까요!"

"칭찬해 주셔서 감사합니다."

내가 말했다.

"그런데 내가 그것을 어디서 발견했는지 말씀드릴까요?"

나는 후퍼의 표정에서 불안한 기색을 찾았지만, 놀랍게도 그런 기색은 전혀 보이지 않았다.

"그게 어디에 있었든 무슨 상관입니까? 그것을 찾았다는 게 중요하지요."

후퍼가 내 쪽으로 오며 소리굽쇠를 달라고 손을 내밀었다. 그러나 나는 그가 소리굽쇠를 잡지 못하도록 얼른 손을 뒤로 뺐다. 그리고 짓궂은 미소를 지으며 말했다.

"내가 당신의 소리굽쇠를 어떻게 갖게 되었는지 조금도 궁금하지 않다는 겁니까?"

"경위님, 제발요. 우리는 장난할 시간이 없어요."

"우리라고요? 당신이 장난할 시간이 없다는 얘기겠지요. 자, 후퍼 씨. 나도 장난할 시간이 없습니다."

후퍼가 말했다.

"알았어요. 제발 소리굽쇠는……"

"그러나 먼저 제가 이것을 어디서 찾았는지 말씀드려야……."

"그건 중요하지 않다고 말했잖소!"

"내가 이것을 본 것은 게오르크 아델만의 아파트에서였습니다. 아델만이 자신의 수많은 귀중품들 중에서 절대 관심을 갖지 않는 단 한 가지가 바로 피아노라는 점을 기억한다면, 아마도 당신은 그의 아파트에 간 것에 대해 해명해야 할 것입니다."

"경위님이 무슨 얘기를 하는지 모르겠군요."

후퍼가 말했다.

"생각해 보면, 나는 경위님이 손에 쥐고 있는 것이 내 소리굽쇠인지 아닌지 알지도 못해요. 소리굽쇠들은 모두 비슷하니까요."

"이 소리굽쇠에는 한 가지 뚜렷한 특징이 있습니다. 원하신다면……."

나는 그 소리굽쇠를 헬레나의 나무 악보대 가장자리에 세게 부딪쳤다.

"그거예요!"

루디 폰 쉬라흐가 소리쳤다.

"우리가 그날 음악회에서 바로 그 A음에 맞춰 조율했어요."

"폰 쉬라흐, 확실합니까?"

나는 후퍼에게서 눈을 떼지 않은 채 물었다.

쉬라흐가 말했다.

"확실하냐고요? 내 과르넬리 델 예수^{1742년에 만들어진 바이올린-옮긴이}를 걸지요!"

나와 빌헬름 후퍼는 경찰서 깊
숙한 곳에 위치한 심문실에 있었다. 후퍼는 48시간 전쯤 발터
튀링어(이제 적어도 한 가지 의미에서 그는 내게 중요한 증인이 되었다)
가 후퍼의 엄청난 횡재에 대해 내게 알려 주고 자유를 얻은 바로
그 냉혹한 나무 의자에서 나를 마주하고 불편하게 앉아 있었다.

풋내기 수사관으로서 처음 그 방에 들어선 이후, 나는 그 방
을 창문도 없고 구중중한 지옥으로 가는 통로, 영원한 불로 가
는 마지막 문을 지나기 전에 범죄 이력을 최종적으로 확인받는
검문소로 생각했다. 사실 그 방의 유일한 조명인 깜빡이는 가스
등 아래서는 그 방을 찾아온 성자라고 해도 죄인의 표정을 띨

수밖에 없었다.

더구나 빌헬름 후퍼는 성자가 아니었다. 그런 것과는 거리가 멀었다.

"후퍼, 그 소리굽쇠를…… 당신이 만져 놓은 것이 아니었습니까? 소리굽쇠를 반음 높게 고정해 놓아서 슈만 같은 사람이 그 소리를 듣고 기억하면서 미쳐 버리게 한 것 아니었어요?"

나는 이렇게 물으면서 소리굽쇠를 후퍼의 코 앞에 들어 보였다.

"잘 보세요. 한쪽 끝이 약간 깎여 있어요. 거의 눈에 띄지 않죠. 양쪽 끝을 손가락으로 훑어 보아야 한쪽이 다른 쪽과 다른 것이 구분되죠."

루디 폰 쉬라흐가 내게 그 사실을 알려 주었다. 이제 나는 후퍼에게 그 기구를 시험해 보라고 했다.

"자, 직접 보세요."

"아니, 아니, 아니오! 폰 쉬라흐가 틀렸어요!"

"당신은 슈만을 치료하고 있던 뫼비우스 박사와 연락하고 있었기 때문에 슈만이 환청으로 고통받고 있다는 것을 알고 있었죠? 그리고 슈만의 피아노들을 잘못 조율해 놓으면 그의 환청이 악화될 거라는 것도 알고 있었어요. 그렇지 않습니까?"

후퍼가 말했다.

"나는 그런 정신 질환에 대해 아무것도 몰라요. 게다가 파울 뫼비우스에 대해서도 전혀 들어 보지 못했어요."

"아, 그러면서 그의 이름이 파울이라는 것은 아시는군요?"

"내가 파울이라고 했던가요?"

"파울이라고 했을 뿐만 아니라, 얼마 전 아침에 내가 그 의사의 병원을 나설 때 당신이 바로 그 건물로 들어간 적이 있습니다. 왜죠?"

"그런 기억이 전혀 없소이다."

후퍼가 말했다. 그러나 거짓말을 하고 있다는 전형적인 표시들이 모두 나타나고 있었다. 그는 입술을 깨물었고, 눈동자를 이리저리 움직였고, 관자놀이에 혈관이 두드러지기 시작했다.

내가 말했다.

"왜 게오르크 아델만을 죽였습니까?"

"나는 아델만을 죽이지 않았어요! 내 말을 믿어요!"

그가 소리쳤다.

"어째서 내가 당신 말을 믿어야 하죠? 당신은 이미 내게 두 번이나 거짓말을 했습니다. 한 번은 소리굽쇠에 대해 거짓말을 했고, 또 한 번은 뫼비우스를 알지 못한다고 거짓말을 했어요. 그런데 왜 내가 당신 말을 믿어야 합니까?"

"이제 내가 경위님께 뭔가를 얘기할 것이고, 경위님은 내가 진실을 말한다는 걸 알 테니까요."

"해 보세요. 기다리고 있습니다."

"경위님, 나는 살인자가 아니오. 나는 아델만을 죽일 이유가 전혀 없어요. 우리가 아마도 어딘가에서 스친 적이 있을지도 모르지만 나는 그 사람을 만난 기억도 안 나요. 그러나 그래요, 슈만을 파괴하려는 계획은 있었고, 솔직히 말해 나도 한 부분을 맡긴 했지요. 그러나 하나님께 맹세하는데 내가 처음 그 계획을 세운 건 절대 아니라오."

"그럼 누구입니까?"

"비크요, 슈만 부인의 아버지. 모든 것이 그의 생각이라오. 비크와 뫼비우스 박사, 그 두 사람은 가까웠어요. 비크가 환각, 특히 거장 슈만의 환각에 대한 뫼비우스의 이론을 모두 알 정도로 말이지요. 그리고 비크는 자신만큼 슈만도 음에 민감하기 때문에 피아노 조율을 조종하는 내 능력을 더하면 안 그래도 정신적으로 문제가 있는 슈만을 미치게 할 수 있다는 것을 알았어요. 그래서 나를 끌어들인 거라오. 그렇게 해서 슈만은 A음이 머릿속에서 계속 들린다며 끊임없이 호소한 것이지요."

나는 비크가 그런 음모를 꾸미는 데 필요한 기술적 지식을 어떻게 습득할 수 있었는지 알고 싶었다.

"비크만큼 오래 피아노 주변에 있었던 사람이라면 누구나 소리에 대해 몇 가지 기본 원칙을 알게 된다오. 예를 들면 이런 것이지요. 보통의 사람은 가청 범위를 가지고 있는데, 이 가청 범위는 1초당 한 번의 진동에서 2만 번의 진동까지 걸쳐 있어요. 피아노가 완벽하게 조율되어 있을 때, A음은 1초에 440번 진동하지요. 그러나 여기에는 '배음'이라는 것이 있어요. 만일 제대로 조율된 피아노로 가운데 C음 위의 A음 건반을 누른다면 A

음이 440번 진동하지만 그게 다가 아니에요. 440의 배수, 그러니까 880, 1320, 1760, 2200 이런 식으로 나가서 열다섯 배, 심지어 스무 배의 배음이 나오는 거랍니다."

"다시 말하면 하나의 건반을 누를 때 그 결과는 배음의 완전한 조화라는 거군요?"

"맞아요."

"그렇다면 누군가 일부러 A음이 날카롭게 되도록 조율했을 때, 그 결과로 나오는 배음이 슈만의 귀처럼 예민한 귀에 들어가면 짜증을 일으키는 것을 넘어 오래도록 지속되면서 그 사람을 미치게 만들 수도 있다는 말이군요. 내 말이 맞습니까?"

후퍼가 고개를 떨어뜨렸다. 그러면서 기어들어 가는 목소리로 말했다.

"맞아요."

"왜 당신 같은 능력과 평판을 가진 사람이 공범자가 되었습니까? 왜죠?"

"내 가게에서도 말했듯이, 연주자는 칭송과 돈을 얻어요. 그러나 나 같은 사람이 얻는 거라곤 평판이 전부지요. 비크는 슈만이 앞으로 벌게 될, 혹은 벌 수 있는 것보다 훨씬 더 많은 돈을 내게 주었다오."

"그러나 슈만은 당신을 믿었습니다. 당신은 그들에게 '빌리'였어요. 가족과도 같았죠. 당신도 알겠지만, 슈만은 그의 감정과 기분이라는 문제에서 아슬아슬하게 줄타기를 하고 있었습니다. 어떻게 당신이 모를 수 있었겠어요?"

후퍼가 나를 매섭게 바라보았다.

"나에 대해 생각하고 싶은 대로 생각하시오. 그러나 나는 비크의 음모에서 내가 맡은 역할을 사실대로 이야기했어요. 그리고 아델만의 죽음에 대해서도 사실대로 이야기하고 있어요. 그 소리굽쇠는 내 것이오. 그러나 하느님 앞에 맹세하는데, 나는 그를 죽이지 않았어요."

34

"그러니까 프라이스, 지금까지 자네가 뭘 하고 있었는지 좀 보자면……."

오랜 세월의 경험으로 판단하건대 서장 쉴링이 내 행동에 대해 이런 말로 평가를 시작한다는 것은 이제 곧 혹독한 시련이 닥쳐올 거라는 징조였다. 서장은 내가 제출한 한 쪽짜리 보고서를 손가락으로 만지작거렸다. 보고서에 제대로 된 내용이 없었으니 무사히 넘어갈 리가 만무했다. 서장이 요란스럽게 몇 번씩 헛기침을 했고(그가 무슨 말을 할 지 상상만 해도 진저리가 쳐졌다) 나는 그 앞에 서서 최종 판결을 기다렸다.

"우선, 자네는 늘 그랬듯 혼자만의 결정으로 출처가 의심스

러운 정보 쪼가리를 얻는 대가로 보석상 튀링어에게 자유를 주
기로 한 것이군."

"그렇지만, 그 정보는 절대……."

내가 설명하려 했다.

"끝까지 들어!"

서장이 버럭 소리를 질렀다.

"발터 튀링어라…… 도둑에다 습관적인 장물 취득자군. 그
렇지 않은가?"

"그렇지만, 서장님……."

"그런가, 아닌가?"

"그렇습니다."

"두 번째, 그 보석상에게서 얻은 정보에 따라 피아노 조율사
를 체포하고……. 그 조율사 이름이 뭐라고 했지?"

"후퍼입니다. 빌헬름 후퍼."

"그래, 후퍼. 그 교활한 악한은 슈만을 미치게 하기 위한 음모
의 배후에서 자기가 기술적인 조종을 했다고 고백, 잘 알아 두
게, 고백일세, 아무튼 고백했나 보군. 여기까지 내 말이 맞나,
프라이스?"

"그렇습니다, 서장님."

"그래, 그렇다면 자네는 뭘 하고 있는 건가? 그 사람도 석방해
서 바깥으로 보내 주는 건가? 이유가 뭐지? 무슨 근거로 그렇게
하는 건가? 이 악랄한 음모의 희생자가 어느 요양소에 들어가

있어서 가해자들에게 불리한 증언을 할 처지가 못 되기 때문인가? 언제부터 그런 것이 기소를 하지 않는 이유가 되었나?"

"설명을 드리자면⋯⋯."

"또 말을 자르는군! 프라이스, 말을 자르지 말게. 알아듣겠나?"

"알겠습니다."

"그렇다면 이 보고서라는 걸 자네가 검토해 보았으면 하네."

쉴링이 보고서를 내 쪽으로 밀었다.

"그리고 자네의 사건 할당 목록에서 중요한 사건에 대해서는 어떤 내용이 있는지 내게 말해 주게. 물론 게오르크 아델만의 살인에 대해 말하고 있는 것이네. 지금쯤이면 자네가 용의자와 살인 무기, 명확한 살해 동기, 그리고 어쩌면 목격자 한두 명까지도 파악해 놓았을 거라고 기대했네. 뒤셀도르프는 함부르크가 아니며, 우리는 범죄를 용인하지 않고 범죄자들을 과보호하지도 않는다는 사실을 사람들에게 확실하게 보일 수 있도록 말일세. 그런데 자네의 보고서에 이런 내용이 있기는 한 건가?"

"그렇지 않습니다."

쉴링이 책상으로 손을 뻗어 보고서를 쥐며 말했다.

"다시 말하자면 프라이스 경위, 이 한심한 보고, 두 사람을 체포했고 두 사람을 풀어 주었다는 보고가 자네가 한 일의 전부일세. 덕분에 태연하게 게오르크 아델만을 죽인 자는 아마도 바로 지금 이 시간에 에머리히 식당에서 모젤 백포도주 한 병을 곁들여 거위 구이를 먹고 있을지도 모르지. 더 고약한 것은, 아마도 몰래 웃을 거라는 거야!"

"꼭 그렇지는 않습니다."

내가 말했다.

서장이 잔뜩 인상을 찌푸리니 그의 얼굴에 있던 불그스름한 얼룩이 거뭇거뭇해졌다.

"꼭 그렇지는 않다고? 그게 도대체 무슨 뜻인가, 프라이스?"

"게오르크 아델만을 죽인 사람은 에머리히 식당에서 식사를 하고 있지 않다고 저는 확신합니다. 몰래 웃고 있지도 않고 말입니다. 오히려 그는 서장님이나 제가 감옥에 보내는 것보다 더 큰 고통을 받고 있을 겁니다."

"수수께끼 같은 말만 하는군."

서장이 말했다. 그의 분노는 더 강해졌다.

"이보게 프라이스, 나는 자네가 사실은 공상가라고 늘 의심하고 있었네. 그렇게 교양 있는 체하며 나를 속이지 말게. 내가 볼 때 자네는 아델만을 죽인 자가 누군지 전혀 모르고, 그래서 그렇게 허튼 소리나 꾸며 내면서 자기의 실수를 숨기려고 하는 게 분명해. 순전히 억지라고!"

쉴링이 코로 비웃는 소리를 내며 다시 한 번 보고서를 내 쪽으로 밀었다. 그가 말했다.

"무슨 말 좀 해 보게, 프라이스. 내가 지금 당장 이 자리에서 자네를 해고해서는 안 되는 그럴듯한 이유를 생각할 수 있겠나?"

나는 잠깐 그 질문에 대해 생각해 보았다.

"글쎄요."

그리고 조금 더 생각해 보다가 대답했다.

"폰 호프만 남작입니다."

쉴링이 나를 어리둥절한 표정으로 바라보더니 여전히 신경질적으로 물었다.

"남작이 어쨌다는 건가?"

"저는 단지 그가 최근에 제게 몇 번 거래를 제안했다는 걸 말씀드리고 싶어서……."

"거래라고? 어떤 거래 말인가?"

"분명히 서장님도 인정하시겠지만, 요즘 범죄가 점점 늘다 보니 그 남작 부부는 이곳에 있는 그들의 저택과 땅과 귀중품의 안전뿐만 아니라 신변의 안전에 대해서도 걱정하고 있습니다. 남작은 주로 공적 업무로 대부분의 시간을 보내야 하기 때문에 긴급한 일이라 해도 사적인 일에 마음을 쓸 시간이 별로 없습니다. 아시겠지만, 남작은 여러 업무를 보기도 하지만 서장님과 같은 고참 공무원의 퇴직 급여를 결정하는 위원회의 회장도 맡고 있습니다. 그렇기 때문에 특히 그들 부부가 외국으로 여행을 해야 할 때 그들 부부의 신변이나 재산 보호와 관련된 업무 책임을 제가 맡아 준다면 아주 도움이 되겠다고, 그러니까 그 두 사람에게 도움이 되겠다고 말했습니다. 물론 서장님의 동의를 얻어서 말이죠. 그렇게 해도 서장님께 큰 불편을 드리는 건 아니겠죠?"

나는 마지막 말을 물음으로 끝냈지만, 앞에 앉은 노인이 어떤 반응을 보일지는 충분히 예상할 수 있었다.

"그 귀족이 그걸 원한다는 말이지? 그렇다면……."

서장은 다시 한 번 요란하게 목소리를 가다듬었다.

"이 문제를 아주 진지하게 고려해 봐야겠군. 그렇지 않은가? 우리에게 가장 중요한 시민의 바람을 그냥 넘길 수는 없는 것 아니겠나? 만에 하나 그 남작 부부가 불행한 사건을 당했을 때 우리 아름다운 도시가 겪어야 할 수모를 생각해 보게나! 좋네, 프라이스. 이번 주말까지 호프만 남작에 대한 자세한 계획을 기대하겠네. 그동안에 내가 그 빌어먹을 아델만 사건에 대해 시장에게 보고할 내용을 뭐라도 좀 주게."

그 다음에 잠깐 동안 어색한 침묵이 흘렀다. 쉴링은 뭔가를 더 말하고 싶지만 참는 눈치였다. 내가 조심스럽게 말했다.

"더 지시하실 것이 있습니까? 그렇지 않으면 제 방으로 가서 업무를 다시 시작하겠습니다."

서장이 일어서서 책상을 돌아 나와 내 옆으로 왔다. 그리고 작고 은밀한 목소리로 말했다.

"방금 생각이 났는데, 어제인가 그제 자네가 뜨내기 집시 무리와 본격적으로 대결을 했다고 하더군."

"맞습니다. 그랬습니다. 별로 유쾌하지 못한 무리들이더군요."

"그래, 그렇지."

서장이 알 만하다는 듯 고개를 끄덕였다.

"하나하나가 다 문제아들이지."

"그 얘기는 왜 하시는 겁니까?"

내가 물었다.

서장이 목소리를 더 낮추고 말했다.

"아델만이 그런 뜨내기 잡시들 손에 죽은 것 같다고 시장에게 보고할 수 있다면 우리 모두 아주 편해질 것 같은데 말이야. 자네도 알다시피 이런 기자들은 제멋대로 지내는 걸 꽤나 좋아하지. 내면에 방랑가의 기질을 갖지 않은 사람은 없거든. 무슨 말인지 알아들었으리라고 생각하네, 프라이스."

"잘 알아들었습니다."

"됐네. 시간을 많이 허비했지? 가서 일하게!"

＊　＊　＊

사실 폰 호프만 남작이 그들 부부의 신변과 귀중한 재산을 보호해 달라는 제안을 공식적으로 한 적은 없었다. 그러나 내가 그런 얘기를 남작에게 하자(청장을 마지막으로 만나고 나서 한 시간도 안 되어 한 일이었다) 그는 즉시 큰 관심을 보였다.

"프라이스 경위, 나는 당신 같은 사람을 존경합니다."

남작이 환하게 웃으면서 한 손으로 내 어깨를 친근하게 툭툭 쳤다.

"상상력이란 인간에게 양지를 마련해 주는 것 아니겠어요?"

나는 그 남작이 양지를 물려받은 사람이라는 걸 잘 알고 있었다. 그러나 꼬치꼬치 따질 필요가 있겠는가? 내가 말했다.

"고맙습니다. 앞으로 오랫동안 남작님께 봉사할 수 있기를 바랍니다."

남작이 말했다.

"그래야죠! 얼마 뒤에 우리는 쉴링 서장의 후임을 물색할 겁니다. 사실 그 사람은 오랫동안 편히 쉴 자격이 있어요, 그렇지 않습니까?"

호의적으로 들리길 바라면서 나는 대답했다.

"서장님은 그 이상의 자격이 있습니다."

남작은 계속 내 어깨를 잡은 채 말했다.

"프라이스 경위, 당신은 좋은 사람이오. 언제 우리 부부와 저녁식사 한번 합시다. 아, 그리고 당신의 그 매력적인 친구도 꼭 함께 와요. 그 첼로 연주자……."

"베커 양입니다."

"그래요, 꼭 함께 와요. 젊고 훌륭한 음악가더군요. 또 볼 수 있겠지요? 그날 저녁에 슈만 부부의 집에서 강한 인상을 받았어요. 그런데 슈만이 본 근처의 어느 병원으로 갔다고 들었어요. 엔데니히나 뭐 그 비슷한 곳이라고 하던데. 이런저런 얘기를 들어 보면, 그 불쌍한 사람이 미친 모양이요. 그렇게 창조적인 사람이 그런 일을 겪다니 참 딱한 일 아니겠어요? 온갖 난잡

한 소문들도 떠돌아다니더군요. 대부분이 슈만의 부인과 젊은 음악가인 브람스에 대한 거였어요."

남작은 조심스레 미소를 지으면서 나를 보았다.

"경위도 그 모든 얘기를 알고 있지요?"

내가 대답했다.

"잘 모릅니다. 저 같은 일을 하는 사람은 그런 종류의 가정사에 전혀 관심이 없습니다."

"물론 그러시겠지요."

남작이 이해한다는 투로 고개를 끄덕였다.

"나도 그저 쓸데없이 호기심을 보일 뿐이지요. 어쨌든 작곡가들은 왔다가 가는 거니까요. 한 사람을 잃으면 한 사람을 얻는 것이지요. 프라이스 경위, 나는 베토벤이 죽었을 때를 기억할 만큼 나이를 먹었어요. 그의 음악 세계가 끝난 것에 대해 모든 사람들이 슬퍼했지요. 그러나 그건 끝이 아니었잖소? 그러고 보니 생각이 나는군요. 게오르크 아델만의 살인에 대해 뭐 새로운 소식이 있습니까? 내가 그 불쌍한 사람을 마지막으로 본 건 슈만 부부 집에서 열린 음악회에서였어요. 어쩌다가 그 거장의 서재에 들어가게 되었는데, 거기에 아델만이 혼자 장식장 앞에 꼼짝 않고 서서는 베토벤 악보 원본을 뚫어지게 보더군요. 나는 서재를 나왔지만, 아델만은 그곳에서 나오지 않는 것 같았어요. 한 가지 생각이 다른 생각으로 이어지는 걸 보면 참 신기하지요?"

"얼마나 신기한지 모르실 겁니다."
나는 그냥 이렇게만 말했다.

35

폰 호프만 남작의 안내를 받아 저택 앞쪽 입구에 있는 육중한 참나무 문으로 갔더니 그곳에서 시종이 내 외투를 들고 서 있었다. 폰 호프만이 갑자기 나를 세우며 말했다.

"기분이 상하지 않으셨으면 좋겠는데, 경위가 지친 것이 눈에 그대로 보이는구려. 내 마차를 타고 경찰서까지 가시는 게 어떻겠어요."

나는 과분한 제의라며 사양했다.

"무슨 말씀을요! 더는 사양하지 마세요!"

마차는 커다란 고리가 달린 영국제 4륜식 고급 마차였고 자리에는 호사스런 깔개가 있어 겨울의 거친 자갈길을 달릴 때도 승객을 보호하게 되어 있었다. 나는 느긋하게 앉아 나의 행운을 마음속으로 축하했다. 어쩌다 보니, 슈만의 집에서 음악회가 열리던 날 저녁에 게오르크 아델만이 슈만의 서재에 혼자 서 있는 모습이 남작에게 목격되었다는 사실을 알게 되었다. 분명 아델만은 그를 매료시킨 귀중한 베토벤 악보를 누구의 방해도 받지 않고 훔쳤을 것이다. 이제 내 마음에는 조금의 의심도 없었다. 아델만은 그 악보를 슈만에게서 선물로(실제로는 뇌물이지만) 받았다고 내게 거짓말을 했다.

남작의 말이 옳았다. 나는 지쳤다. 타각 타각 하고 계속 들려오는 말발굽 소리와 앞에 앉은 마부의 몸이 오른쪽 왼쪽으로 가만히 흔들리는 모습 때문에 얼마 가지 않아 졸음이 쏟아졌다. 눈꺼풀이 점점 무거워지면서 내려앉았다. 근사한 마차의 안락함 속에서 나는 잠에 빠져들었다. 그러나 얼마 안 가 마치 마부의 채찍에 얼굴을 맞기라도 한 것처럼 갑자기 눈을 번쩍 뜨고는 등을 세우고 앉아 크게 소리쳤다.

"멈춰요! 멈춰 주세요!"

마부가 즉시 마차를 멈추더니 자리에서 뒤를 돌아보았다. 그가 풍상을 다 겪은 얼굴에 걱정스러운 빛을 담고 말했다.

"죄송합니다. 그렇게 빨리 달릴 생각은 아니었습니다. 제발 용서를……."

"아니, 아닙니다. 그래서가 아닙니다. 내가 걸어가야 해서요."

“그러나, 경위님. 경찰서까지 적어도 3킬로미터는 더 가야
……．”

나는 그 말을 들은 척도 안 하고 얼른 마차에서 내렸다.

“남작님께 감사하다고 전해 주십시오.”

“그러나 경위님.”

마부가 위를 올려다보며 말했다.

“구름이 잔뜩 낀 것이 금방 비가 쏟아질 것 같은데……．”

나는 코트 주머니를 뒤져 동전 몇 개를 찾아내 마부의 손에
쥐어 주었다.

“비도 경위에게는 감히 떨어지지 않습니다. 걱정해 주셔서
감사합니다.”

마부는 고개를 흔들며 방향을 돌렸다. 내가 미쳤다고 생각하
고는 험악한 하늘 아래 그대로 두고 가기로 한 것 같았다. 나는
걷기 시작했다. 처음에는 천천히 느긋하게 걸었다. 그러다가 점
점 걸음이 빨라져 경찰서를 0.5킬로미터 정도 앞에 두고는 완전
히 행진하는 걸음걸이로 바뀌었다. 생각에 너무 몰두한 나머지
라인 강에서 불어오는 바람에 내가 걷던 길에 물이 밀려와 신발
안까지 젖고 모자와 코트까지 축축해진 것도 모르고 있었다.

경찰서에 도착해서는 입구에 서 있던 보초병들의 형식적인
인사도 본체만체하고 네 층의 계단을 뛰어올라 가 기록적인 시
간에 사무실에 도착했다. 내 사무실 바깥 복도에 서 있던 당번
병에게 앞으로 한 시간 동안 무슨 일이 있어도 방해하지 말라고

일렀다.

"서장님이 오셔도 말입니까?"

당번병이 놀라서 물었다.

"하느님이 와도 마찬가지야!"

나는 소리를 꽥 지르고 사무실 문을 세게 닫았다. 그런 다음 다시 한 번 생각해 보고 확실하게 아무도 못 오도록 하기 위해 문을 잠갔다. 좀처럼 하지 않는 행동이었다.

젖은 모자와 코트를 벗어 옆에 있는 의자에 아무렇게나 던져 놓았다. 그대로 말렸다가 나중에 입으면 옷을 입고 잔 모양새로 보이겠지만 상관없었다. 양말을 신은 발이 신발 안에서 붕붕 떠 다니는 느낌이 들었지만 그것도 중요하지 않았다.

책상 앞에 앉아 커다란 메모지를 펼쳤다. 펜을 잡고 펜촉을 잉크병에 깊숙이 담가 잉크를 듬뿍 묻힌 다음 큼직한 대문자로 글자를 썼다.

'ROBERT SCHUMANN MURDERED GEORG ADELMANN
(로베르트 슈만이 게오르크 아델만을 살해했다).'

의자에 등을 기대고 내가 쓴 글자를 빤히 바라보았다. 펜은 여전히 내 손에 있었다. 이번에는 종이를 조금 멀찌감치 두고 글을 읽었다. 글쓰기를 막 배운 다음 난생처음 쓴 문장을 앞에 두고 감탄하며 바라보는 어린아이가 된 기분이었다.

다시 종이를 내 앞에 편편하게 펴고, 펜 끝에 잉크를 더 묻힌 다음 그 문장에 굵은 선을 그었다. 그 밑에 다시 한 번 커다란 대문자 글씨를 썼다.

'ROBERT SCHUMANN KILLED GEORG ADELMANN(로베르트 슈만이 게오르크 아델만을 죽였다).'

그제야 모든 것이 이해되기 시작했다.

슈만이 피아노 조율이 잘못되었다는 리스트의 말에 동의하던 일이 기억났다. 그 사실을 직접 증명하기 위해 슈만은 후퍼의 소리굽쇠를 손에 넣은 것이 분명했다. 아마도 전혀 의심하지 않는 그 기술자의 도구 가방에서 소리굽쇠를 꺼냈을 것이다. 소리굽쇠가 고의적으로 조작해 놓은 것을 알고 슈만은 분노했을 것이고, 그의 마음속에서 불이 채 꺼지기 전에 이번에는 보물과도 같은 베토벤 악보가 없어진 것을 발견하면서 그 불은 다시 피어올랐던 것이다. 클라라 슈만이 아델만의 도벽에 대해 내가 들려준 말을 근거로 그 기자를 용의자로 지목해서 그 불길에 부채질을 했을 것이다. 일련의 사건들이 한 가지 결과, 오직 한 가지 결과로 이어졌다.

나는 펜촉을 또 한 번 잉크병에 담갔다. 그리고 다시 문장을 적었다.

'FLORESTAN KILLED GEORG ADELMANN(플로레스탄이 게오르크 아델만을 죽였다)!'

플로레스탄. 로베르트 슈만의 내면에 있는 행동하는 존재였다. 아니, 만일 그 순간 슈만이 내 앞에 있고 내가 그를 가차 없이 기소하려 한다면, 그는 내게 그렇게 주장했을 것이다. 그러나 슈만은 그곳에 없었다, 그렇지 않은가? 그는 엔데니히에 있는 어느 정신병원의 안전한 개인 병실에 갇혀 있었다. 그런 건가? 그는 갇혀 있는 건가? 어쩌면 그가 편안하게 숨어 있는 거라고 생각하는 편이 더 적절할 것이다.

아 그래, 슈만은 그날 아침에 정신병원으로 가는 것에 강하게 저항하며 내게 사람들을 말려 달라고 사정했지만, 내가 그의 정신병원 행을 막을 수도 없으려니와 막으려 하지도 않을 거라는 것을 그는 아주 잘 알고 있었다. 슈만이 갑작스럽게 태도를 바꾸어 두 명의 의사에게 순순히 끌려 마차에 올라타던 모습이며, 다시 집 안으로 뛰어 들어가서 자신의 소리굽쇠를 가져오며 내게 똑똑히 보여 주던 모습도 기억났다. 그날 아침 정신병원으로 떠날 때, 플로레스탄은 슈만에게 흡족한 미소를 지었을까?

천천히, 신중하게 나는 메모지를 반으로 접고 다시 또 반으로 접었다. 그리고 그 종이를 잘게 찢기 시작했다. 어찌나 잘게 찢었던지 다 찢고 난 뒤에는 가는 종이 국수가 수북하게 쌓였다. 내 초라한 어린 시절에 수프라고 하던 것 속에 늘어져 있던 가는 국수와도 비슷했다. 윗옷 안주머니에 후퍼의 소리굽쇠와 넣어 둔 봉투를 꺼내 그 속에 종잇조각을 쓸어 넣었다.

새 종이를 펴고 아주 정성스럽게 서장에게 보내는 편지를 썼다.

1854년 3월 12일
서장님께

　　게오르크 아델만 살해 용의자의 신원이 현재까지 확인
되지 않았음을 보고합니다. 안타깝게도 용의자가 한 명도
밝혀지지 않았고 살인 무기도 드러나지 않았습니다. 이웃
사람들을 상대로 철저하게 조사했지만 목격자 한 사람 찾
을 수 없었습니다. 이런 종류의 범죄가 어떻게 일어나는지
알아내는 과학적인 방법이 없으므로, 저는 범인을 체포하
고 재판에 회부해 마땅한 판결과 처벌을 받을 수 있도록
최선을 다해 수사를 계속하겠다고 약속드릴 뿐입니다.
　　이만 마칩니다.

프라이스 헤르만 경위

　　찜찜하긴 했지만 안감까지 축축한 모자와 코트를 그대로 입
고 사무실을 나갔다. 복도에서 당번병 앞을 지나며 그날은 사무
실로 돌아오지 않을 거라고 짧게 말하고는 보고서를 대신 전달
하라고 지시했다.
　　강 쪽에서 도시로 밀려든 안개는 다리까지 가는 길에 줄지어
선 오래된 건물들 주위를 떠돌았다. 내가 향해 가는 다리는 로
베르트 슈만, 혹은 플로레스탄, 혹은 오이제비우스…… 뭐라

고 해도 좋다, 아무튼 그가 라인 강의 차가운 물로 뛰어든 그 다리였다. 다행히 다리에서는 사람 하나 보이지 않았다. 흡사 날씨가 내 마음을 알고 그렇게 사나워진 것 같기도 했다.

재킷 안주머니에서 봉투와 후퍼의 소리굽쇠를 꺼냈다. 소리굽쇠는 여전히 손수건으로 조심스럽게 싸 둔 채였다. 잠깐 그대로 서서 다리의 한쪽 끝에서 다른 쪽 끝까지 훑어보며 사람이 없는지 한 번 더 확인했다. 그런 다음 봉투와 손수건을 벗겨 낸 소리굽쇠를 손에 꽉 쥐고 차갑고 축축한 돌난간에 기대섰다. 손을 펴고 두 개의 물건을 놓았다. 소리굽쇠가 빗방울이 떨어지는 검은 강물 표면에 닿더니 물결도 별로 만들지 않고 금세 사라졌다. 봉투도 팔랑거리며 떨어지더니 이내 물결에 휩쓸려 떠내려 갔다. 어릴 적 만들었던 종이배가 생각났다. 얼마 안 있어 봉투는 시야에서 사라졌다.

36

나는 빠른 걸음으로 다리를 떠났다. 포장용 석재에 신발 뒤축이 부딪칠 때마다 메트로놈이 박자를 맞추는 것처럼 선명하고 일정한 소리가 났는데, 그 소리를 듣자니 다급하게 해결해야 할 일이 떠올랐다. 나는 처음 눈에 띄는 마차를 세우고 목적지를 큰 소리로 말했다. 마부는 흠뻑 젖은 내 모습을 보며 수상쩍다는 표정을 지었다. 내가 목적지로 말한 그 세련된 동네와는 어울리지 않는 행색이라고 생각하는 것 같았다.

"거기 사세요?"

건방진 녀석.

"물론 거기서 삽니다."

나는 이렇게 대답했다. 마부는 그제야 아무 말 없이 본연의 일로 돌아갔다.

나는 마차 의자에 깊숙이 앉아 무자비하게 퍼붓는 비에 감사했다. 그리고 다리에서 내가 한 행동을 곰곰이 생각하기 시작했다. 유죄의 증거가 되는 물건을 없애 버림으로써 의도적으로 법을 어겼으니 당연히 자책의 물결이 밀려들 거라 예상했다. 그러나 후회의 잔물결조차 일지 않았다. 그 순간 내 마음을 차지한 것은 내가 처한 얄궂은 상황이었다. 나는 외부로부터의 수사라는 안전하고 좁은 경계에서부터 내면의 성찰이라는 어두운 미지의 공간으로 아무 방해 없이 흘러가면서, 내가 한 일뿐만 아니라 이제 하려는 일까지 정당화할 수 있는 근거를 찾고 있었다.

내면의 진실이라. 나는 혼자서 씁쓸하게 웃으며, 그 내면의 진실이라는 걸 낭만적이기만 한 어리석은 생각, 경찰과는 어울리지 않는 시인의 하찮은 생각이라며 내가 얼마나 무시하고 비웃었는지 떠올렸다. 동기, 기회, 방법…… 이 모든 것이 중요했다. 혼잣말로 그렇게 중얼거리며 가는데 그 사람, 슈만, 다시 말해 플로레스탄이 스쳐 지나가고 또 스쳤다. 이제 내가 원하는 일은 슈만에게 가해진 부당한 일들을 어떻게든 바로잡는 것뿐이었다. 그러기 위해서는 내 계획에 한 가지 항목을 더 넣어야 했다. 아델만의 논문, 로베르트 슈만이 그토록 감추고 싶어 했

던 내용을 폭로하는, 그 거장의 삶을 기록한 논문 초고를 없애
야 했다.

아델만의 집을 한 블록 앞두고 마차를 세웠다. 요금을 지불하
고 내린 뒤 마차가 다음 모퉁이를 돌아 시야에서 사라질 때까지
인도에 서서 기다렸다. 아델만의 집 열쇠는 '공식적인 경찰 업
무'에 필요하다는 이유로 지난번에 집주인에게서 받아 두었기
때문에 다른 사람의 눈에 띄지 않고 집안에 들어갈 수 있었다.
밖이 어둑해졌는데도 다행히 집 안은 불빛이 환해서 구석구석
뒤져 볼 수 있었다.

당연히 서재부터 시작했다. 한 장 한 장에 아델만의 손때가 묻
어 있는, 아니 그렇게 보이는 서류 뭉치가 차곡차곡 보관된 책상
서랍을 뒤졌다. 그러나 슈만에 관한 논문은 없었다. 그 다음에는
나머지 방들을 차례로 뒤졌다. 가구를 모두 뒤졌고 커튼 뒤와 카
펫 밑도 찾아보았으며, 심지어는 아델만이 잠을 잤던 침대를 뒤
집어 보기도 했다. 구석구석 어느 곳 하나 놓치지 않았다.

그러나 어디에서도 논문을 찾을 수가 없었다. 아델만이 엄청
난 자비심과 동정심을 발휘해 슈만의 요구를 들어주기로 하고
자기 논문을 스스로 없애 버렸을 거라는 생각은 좀체 들지 않았
다. 저명한 기자였던 아델만은 분명 자신이 알아낸 내용에 자부
심을 갖고 있었으며, 설령 어떤 사실이 누군가의 명성을 해칠
수 있다 해도 자신이 중요하다고 생각하는 사실이라면 그것을
삭제하는 것에 양심의 가책을 느꼈다. 로베르트 슈만의 개인적

인 성생활을 글로 폭로한다면 많은 독자층을 얻게 될 것이며 아델만의 주머니, 그러니까 아직 훔친 귀중품들로 채우지 못한 주머니에 현금을 채워 넣을 수 있을 가능성도 간과할 수 없는 부분이었다.

이것 말고 또 하나의 가능성이 있었다. 아델만의 논문이 만일 뜬소문을 만들어 내는 엉뚱한 사람들의 손에 들어가 언론에 널리 퍼진다면 어떻게 되는 걸까? 합법적인 신문과 정기 간행물 외에 베를린과 함부르크, 프랑크푸르트 같은 대도시에서는 일반 서민들뿐만 아니라 신흥 부자들 사이에서도 음란한 분위기가 끝도 없이 번져 가면서 가십 신문들이 그 수를 늘려 가며 독버섯처럼 자라고 있었다. 로베르트 슈만과 클라라 슈만 같은 두 사람, 한때 음악의 옛 왕국을 밝혔던 천재들이 하룻밤 새에 사람들의 조롱과 수치의 대상이 되는 것을 나는 견딜 수 없었다. 그 부부에게 닥칠지도 모를 위험을 클라라 슈만에게 알려야 한다는 압박감을 느꼈다. 아델만의 집을 나와 문을 단단히 잠그고 나서 나는 곧장 빌커 가 15번지로 향했다.

37

"마님은 지금 연습 중이시지만, 경위님이 오셨다고 말씀드리겠습니다."

슈만 집의 하녀가 말했다.

"괜찮습니다. 부인이 어디 계신지 제가 알고 있습니다. 감사합니다."

나는 이렇게 말하고는 묵직한 참나무 문들을 지나 무례하게 거실로 들어갔다. 그곳에서 클라라가 두 대의 그랜드 피아노 중 오래된 피아노 앞에 앉아 있었다. 클라라는 내가 왔다는 것을 알면서도 고개를 들지도, 연습을 멈추지도 않았다(나는 그렇게 덩치가 작은 사람도 아니었고 그 집 거실이 그렇게 넓은 것도 아니었다). 클

라라는 건반에 머리가 거의 닿을 정도로 몸을 숙이고 피아노를
쳤는데, 나중에 알았지만 그녀는 늘 그런 자세로 피아노를 쳤
다. 연주자와 피아노가 하나로 보였다. 클라라의 손가락은 건반
을 두드리지 않았다. 그녀의 손가락은 건반을 힘주어 안았다.
클라라의 손길 아래에서(처음 그녀의 손을 보았을 때 아담한 덩치에
비해 손이 굉장히 커서 놀랐다) 피아노는 내가 미처 상상할 수 없었
던 모습으로 반응했다. 피아노는 마치 인간의 목소리를 가진 것
처럼 노래했다.

클라라가 연주 도중에 갑자기 멈췄다. 나는 불쑥 나타나 방해
해서 미안하다며 얼른 사과했다. 클라라가 못마땅한 표정으로
나를 보았는데, 내 사과가 충분치 않다고 말하는 듯했다. 더듬
거리며 다시 한 번 사과를 하려는데 클라라 슈만이 "제발
요……."라고 딱 잘라 내 말을 막더니 슬쩍 미소를 지었다.

"경위님, 사과할 필요 없어요. 뒤셀도르프가 두 번째 대홍수
지역으로 선택된 것 같더군요."

클라라가 잠깐 말을 멈췄다. 그녀의 미소가 조금 따뜻해졌다.

"경위님은 노아의 방주에 타지 못하고 물속으로 떨어진 듯하
지만요."

"무슨 곡을 연주하고 계셨는지 여쭤 봐도 됩니까? 귀에 익지
않은 곡이군요."

내가 말했다.

"제가 직접 작곡했어요. 몇 달 동안 작업한 곡이죠. 제가 특별

히 좋아하는 로베르트의 변주곡이에요."

"저의 무지를 용서하세요. 부인의 여러 재능 중에 작곡의 재능도 있는 줄은 몰랐습니다."

클라라가 씁쓸하게 웃었다.

"그렇다면 경위님도 남편의 말을 들은 거군요. 남편은 작곡을 해 보려는 내 노력을 일부러 방해했어요. 이따금 내가 쓴 곡이, 그의 표현을 그대로 옮기자면, 매력적이라고 인정할 때도 있었지만요. 자신이 작업한 곡이 매력적이라는 애기를 들을 때 기분이 어떤지 아세요?"

"상상이 잘 안 되는군요. 제가 하는 일에서 매력이라는 단어는 지금껏 한 번도 들어 보지 못했고 앞으로도 그럴 것 같으니까요."

내가 대답했다.

클라라 슈만이 자리에서 일어나더니 난로 앞으로 가자고 내게 손짓을 했다. 우리 두 사람은 서로 마주보고 앉았다. 클라라는 의외로 차분해 보였지만 반면에 나는 몹시 불안했다.

클라라가 말했다.

"경위님, 저는 바보가 아니에요. 절망에 빠진 여자의 푸념이나 들으려고 여기 오신 건 아닐 테죠."

"무슨 말부터 시작해야 할지 모르겠군요."

"처음부터 시작하지요. 경위님은 우리의 친구 후퍼가 게오르크 아델만을 살해했다고 확신하고 있죠?"

"그렇지 않습니다. 아시다시피 우리의 친구 빌리 후퍼는 게오르크 아델만을 죽이지 않은 걸로 밝혀졌습니다."

나는 이 말을 하면서 클라라 슈만의 반응을 살폈다. 그녀의 눈이 조금 가늘어진다고 생각했다.

"부인, 사실 제가 지금 확신하고 있는 것은 아델만이 빌리 후퍼의 짓으로 보이길 바라는 자에게 살해되었다는 겁니다."

클라라 슈만이 말했다.

"흠, 경위님은 저를 놀라게 하시는군요. 경위님이 그토록 명확하게, 그러니까 소리굽쇠를 가지고 보여 주신 행동이 당연히 후퍼가 아델만을 살해했다는 걸 입증하기 위한 거라고 생각했어요. 경위님은 그 사람을 바로 여기서, 바로 우리들 눈앞에서 체포하기까지 했죠! 그런데 이제 그 모든 일이 진짜가 아니었다고 말하는 건가요?"

"꼭 그런 것은 아닙니다. 그 일로 한 가지 비밀이 풀렸어요. 빌리 후퍼는 피아노 조율을 일부러 엉터리로 해서 지난 몇 달 동안 부인의 남편을 괴롭힌 환청을 악화시킨 것에 일부는 책임이 있다고 자백했습니다. 그래서 이제 남편의 호소가 합당하다는 데 아무런 의심의 여지도 없습니다."

"제가 남편의 고통이 환상이 아니라 실재라는 걸 의심했다고 해서 이런 식으로 죄책감을 느끼게 하시는 건가요? 그렇다면 성공하셨군요, 경위님."

"저는 엄연한 사실을 말하고 있을 뿐입니다. 부인의 죄책감이요? 글쎄요, 그런 것은 순전히 부인에게 달린 것 아닌가요?”

“빌리 후퍼가 일부 책임이 있다고 고백했다고 말씀하셨죠. 일부라고만 하던가요?”

“부인, 또 다른 사람이 있었습니다. 나는 그 사람이 이번 음모의 주모자라고 생각합니다. 이 주모자는 환청이 심해지면 얼마나 무서운 폐해가 있는지 잘 알고 있었어요. 그는 후퍼가 이번 음모의 기술적인 부분을 완벽하게 처리해 줄 수 있는 사람이라고 생각했죠. 그리고 자신이 한 일에 대가가 부족하면 대놓고 불평하는 후퍼가 노력에 대해 후하게 보상을 받도록 조치를 취했습니다.”

“그 사람이 누구인지 밝혀 줄 수 있나요?”

“안타깝게도, 부인의 마음이 상하지 않게 말할 수 있는 방법이 없군요. 그 사람은 바로 프레드릭 비크 교수, 부인의 아버지입니다.”

나는 이 말을 하면 클라라 슈만이 격한 감정을 드러낼 거라고 예상했다. 그 상황에서 클라라 슈만이 감상적인 오페라에 나오는 여가수처럼 가슴을 쥐어짜며 악인들을 향해 피의 복수를 맹세한다고 한들 누가 그녀를 비난할 수 있겠는가? 그러나 그녀는 놀랍도록 침착한 태도로 아무 말 없이 있더니 한참 만에 입을 열었다.

“그러니까 경위님은 후퍼가 이 일에서 내 아버지의 역할에 대해 진실을 얘기했다고 확신하는 건가요?”

“이런 직업에 오래 있다 보면, 음악에서 절대음감이라고 하는 것이 발달하게 마련입니다. 후퍼는 진실을 말했어요.”

클라라 슈만이 여전히 침착한 태도로 다시 잠자코 있더니 입을 열었다.

“그러면 이제 경위님은 엔데니히로 가서 남편을 체포하시겠군요.”

나는 클라라 슈만이 이런 말을 물음이 아닌 진술의 형태로 하는 것이 이상했다. “로베르트 슈만 말고는 아델만을 살해할 동기와 기회와 힘을 가진 사람은 없다.”라고 명확하게 적힌 글을 본 듯 그녀의 목소리에는 체념의 기미마저 있었다.

그러나 다음 순간 클라라 슈만은 전혀 예상치 못한 말을 했다.

“경위님은 큰 실수를 하시는 거예요.”

클라라 슈만이 나를 빤히 바라보며 말했다.

“아주 큰 실수를요.”

“어째서 그렇습니까?”

“남편은 게오르크 아델만을 죽이지 않았어요.”

“그 사실을 분명히 안다는 겁니까?”

“그래요.”

“이 문제에 대해 어떤 의견을 갖고 있단 뜻인가요?”

“의견이 아니에요, 경위님. 지식이라고 해 주세요.”

“지식이라고요? 부인의 지식인가요, 아니면 다른 사람의 지식인가요?”

"직접적인 지식이에요. 내가 게오르크 아델만을 죽였어요."

"뭐라고요?"

"아델만을 죽인 사람은 바로 나예요."

"부인, 남편의 명예를 지키려는 것은 아주 훌륭하지만 부인의 체격으로 아델만을 때려 목숨을 잃게 했다는 것은 납득이 되질 않습니다."

클라라 슈만은 이 말을 모욕으로 받아들였다.

"이 손을 보세요!"

그녀가 손을 내밀고 기다란 손가락들을 벌렸다.

"피아노 연주자의 손이 얼마나 센지 알기나 하시나요? 팔과 손목이 얼마나 튼튼한지 아세요? 어깨와 등 근육은요? 나는 프란츠 리스트처럼 건반을 두드리지는 않지만, 내 손과 손가락은 어떤 남자 피아노 연주자 못지않게 단단하다고 자신 있게 말할 수 있어요. 한 번만 내리쳐도 아델만을 보내 버릴 수가 있어요."

"그의 관자놀이에는 누군가가 그를 친 흔적이 있는데……."

"누군가가 아니라니까요, 경위님, 그를 친 사람은 바로 나라니까요."

"소리굽쇠나 혹은 그와 흡사한 도구를 사용해서……."

"다시 한 번 말씀드려야겠군요. 경위님이 발견한 그 소리굽쇠는 제가 사용하던 거예요."

"후퍼의 소리굽쇠를요?"

"그래요. 그 사실을 받아들이기가 왜 그렇게 힘든 거죠?"

"어떻게 부인이 후퍼의 소리굽쇠를 손에 넣을 수 있다는 겁니까? 어딘가에서 불쑥 나타났다는 걸 저더러 믿으라고 하지는 마십시오. 우연의 일치라든가 하는 얘기는 경찰에게 통하지 않습니다."

클라라 슈만이 나를 보며 희미하게 미소를 지었다.

"프라이스 경위님, 제가 그 소리굽쇠를 얻게 된 과정을 허무맹랑하게 꾸며 내서 경위님의 지적 능력을 모욕하지는 않을 겁니다."

"진실은 간단해야 좋은 법이죠. 저는 다른 말을 들을 시간이 없습니다."

"진실은 늘 간단하죠. 안 그래요, 경위님? 기억을 떠올려 보세요. 빌리 후퍼는 철저한 습관에 따라 사는 사람이라고 제가 말한 적이 있을 거예요. 그의 삶은 철두철미하다고도 말할 수 있어요. 그 사람이 얼마나 꼼꼼한지 경위님도 보셨을 거예요. 모든 것이 제자리에 있어야 하죠. 그리고 자부심도 대단해요. 그의 자부심을 보여 주는 증거를 수도 없이 보셨겠죠. 그러나 자부심은 자만심이 되고, 자만심은 경솔함으로 이어지기 쉽잖아요?"

클라라 슈만의 말이 꼭 빌리 후퍼만을 겨냥한 것은 아니라는 불편한 느낌이 들었다. 그녀는 나도 비난하고 있었다.

"빌리 후퍼의 소리굽쇠에 대한 경위님의 질문에 충분히 대답하려면, 그날 밤 우리 집에서 열린 음악회로 되돌아가야 할 거예요. 프란츠 리스트가 집을 나서면서 마지막으로 한 말은 내가 연주한 피아노가 조율이 맞지 않았다는 거였어요.”

“그래요. 그래서 부인과 친구 브람스가 꽤 격렬하게 항의했죠. 로베르트 슈만이 나타나서 리스트의 말이 옳다고 하는데도 계속 항의했어요. 솔직히 말해, 부인과 브람스가 로베르트 슈만은 아랑곳없이 두 사람에 대한 의심을 없애는 데만 신경을 쓰고 있다는 인상을 받았습니다.”

“경위님의 말이 어느 정도는 맞아요.”

클라라 슈만이 말했다.

“그러나 내가 프란츠 리스트의 말을 부인한 것은 나에 대한 의심을 없애기 위한 것이 아니었어요. 그보다는 요하네스 브람스를 보호하고 싶었어요. 남편의 성격으로 미루어 보건대, 그는 요하네스 브람스가 그 음모에 가담했다고 별 의심 없이 결론 내렸을 거예요. 남편은 요하네스 브람스에게 깊은 애정을 가지고 있었지만 그랬을 거예요. 그래요, 경위님 말처럼 저는 격렬하게 항의했어요. 그럴 만한 충분한 이유가 있었어요.”

“그러나 부인, 그 소리굽쇠는…….”

“제 말을 들어 보세요. 자부심과 자만심, 경솔함은 불가피하게 서로 따른다고 제가 말했죠. 그리고 여기…….”

클라라 슈만이 클렘스 피아노 뚜껑 위에 있던 메모지를 집어 들었다.

“여기 증거가 있어요.”

그녀는 메모지를 건네주었다. 메모지 맨 위에 발신인의 이름이 있었다.

"빌헬름 후퍼, 책임 피아노 조율사."

클라라 슈만이 말했다.

"거기에 날짜가 적혀 있을 거예요. 음악회가 열렸던 토요일이죠. 그날 오후에 빌리 후퍼가 했던 작업 내용을 적어 놓은 거예요. 빌리 후퍼의 여러 습관 중 하나죠. 집에 와서 작업을 하면 아무리 사소한 내용이라도 모두 상세하게 기록하곤 했어요. 그런 식으로 자신이 완벽하다는 인상을 주었죠. 또한 자신이 받는 보수가 낮다고 생각했기 때문에 그런 교활한 방법을 통해 우리에게 죄책감이 들게 하려는 의도도 있었어요. 그의 일솜씨와 마찬가지로 필체도 나무랄 데가 없어서 읽기에 아무 어려움이 없을 거예요."

나는 속으로 읽기 시작했다.

"아뇨, 경위님. 크게 읽어 주세요."

클라라 슈만이 재촉했다.

나는 메모의 글을 읽었다.

"클렘스는 불완전한 부품과 구조 때문에 결함을 보인다.

건반을 깨끗이 하고, 핀을 닦고, 모든 해머와 테이프들을 점검했다.

액션 나사들을 모두 조였다.

액션 브래킷들을 닦았다.

댐퍼 레버 스프링들을 점검했다.

필요한 곳의 건반을 조절하고 부드럽게 움직이도록 했다.

가운데 C음 위의 A음 현을 다시 달았다(원래의 현이 지나치게 느슨해서 당겨지지 않았다).”

나는 메모지에서 눈을 들고 말했다.

“제가 기술자는 아니지만, 이 내용을 보니 갑자기 한 가지 의문이 드는군요. 싼 가격에 제작된 피아노라고 했는데, 여든 여덟 개의 건반과 백 개가 넘는 현 중에서 교체가 필요한 현이 가운데 C음 위의 A음뿐이었다는 것이 이상하지 않습니까?”

“이상한 것은 그뿐만이 아니에요.”

클라라가 대답했다.

“새로운 현을 주문해야 한다고 생각해 보세요. 우리 집의 클렘스에 맞는 현을 제조하는 회사 중 가장 가까운 곳이 베를린에 있어요. 주문한 제품이 배달되려면 2주일이 걸리죠. 그래서 비상시에는 직접 만들어야 해요. 굉장한 기술과 시간을 요하는 일이죠. 나는 후퍼가 현을 만드는 걸 보았어요. 우선, 가늘지만 아주 튼튼한 철사를 준비하고 망치로 양 끝을 편편하게 만든 다음 고리 모양으로 만들고, 그 철사를 목공의 선반 같은 이상한 모양으로 구부려요. 그러고 나서 철사 주위를 구리선으로 감싸고 그 두 개의 선을 꼬는데, 구리선을 엄지손가락과 집게손가락으로 쥐고 능숙하게 돌려서 구리선이 철사선을 휘감으며 덮개가 되도록 하는 거죠. 아시겠지만, 피아노 현은 나무에서 자라는 게 아니에요."

"그 얘기는 후퍼가 그 자리에서 A현을 새로 만들지 못했을
거라는 뜻이군요."

내가 말했다.

"바로 그거예요."

"또 그 얘기는 그가 미리, 훨씬 전에 A현을 교체할 계획을 세
웠다는 얘기고 말이죠. 새 현이 필요한지 아닌지는 핵심이 아니
었어요. 그런데 그가 메모에 그 내용을 적은 것이 단순한 부주
의였는지 아니면 어리석음 때문인지 확실히 모르겠군요."

"둘 다예요."

클라라가 말했다.

"그리고 그것은 또한 탐욕이었어요. 자신의 노동과 재료에
대해 가능한 한 푼이라도 더 받아 내려는 마음에 그는 A현 교체
내용을 적는 실수를 한 거예요. 그 메모를 읽자마자 나는 뭔가
더러운 일이 진행되고 있다는 것을 즉시 알아챘어요."

내가 물었다.

"이 메모를 언제 처음 보셨습니까?"

"그날 밤 음악회가 끝나고 사람들이 모두 가고 나서 남편은
유독 심하게 화를 냈어요. 말할 것도 없이 우리 음악에 대한 리
스트의 거만한 태도에 화가 난 거죠. 그는 내가 클렘스의 조율
을 제대로 관리하지 못했거나 아니면 후퍼가 작업을 끝낸 다음
테스트를 해 보지 않은 거라고 생각했기 때문에 내게 화를 냈어

요. A음이 귀에서 끊임없이 울린다며 몇 번이나 반복해서 말했죠. 부끄러움을 무릅쓰고 솔직히 말하면, 결국 나는 남편에게 독한 술을 주었어요. 연대 하나도 잠에 떨어지게 할 만큼 큰 잔에 따라 주었죠. 그것은 효과가 있었어요. 그런 다음 남편의 서재로 가서 후퍼의 메모와 비용 청구서를 보았어요. 마지막 내용을 보자마자…… 음, 나머지 얘기는 상상이 되실 거예요.”

“그러면 후퍼의 소리굽쇠 얘기로 다시 돌아가 볼까요?”

내가 말했다.

“아, 그래요, 소리굽쇠. 결국 그 얘기를 하게 될 거라고 제가 말했죠.”

클라라가 클렘스 쪽으로 가서 건반 앞에 섰다.

“보여 드릴 게 있어요.”

클라라는 이렇게 말하고는 오른손을 머리 위로 들더니 갑자기 아래로 내려 집게손가락으로 중간 C음 위의 A음을 쳤다. 얼마나 힘차게 내리쳤는지 비명처럼 허공을 찌르는 소리에 내 몸이 움찔했다. 뵈젠도르퍼 피아노만 한 요새를 흔들고도 남을 그런 공격이었다.

“자, 다시 한 번 보세요.”

클라라가 이번에는 머리 바로 위까지 오른손을 들더니 훨씬 더 세게 내리쳤다. 별똥별이 바위를 뚫듯 그녀의 집게손가락이 아까와 똑같은 아이보리색 건반을 파고들었다. 그러나 아까 그 음이 들리는 대신 커다랗게 탁 하는 소리가 났다.

"세상에, 뭐죠?"

내가 소리쳤다.

클라라가 의기양양한 미소를 짓더니 말했다.

"피아노 현이 조율 핀에서 풀린 소리예요."

내가 약간은 흥미를 느끼며 말했다.

"대단하군요. 그런 식의 행동을 얼마나 자주 하죠?"

클라라가 고개를 흔들며 대답했다.

"이런 우스꽝스러운 짓은 프란츠 리스트에게 맡기죠. 리스트가 피아노 현을 튀게 할 때마다 수많은 여성들의 심장이 튀어 오른답니다. 여자들은 그런 종류의 남성적인 표현을 좋아하죠. 자, 경위님, 제가 요점을 말할 게요. 제가 경위님의 시간을 너무 많이 빼앗는군요."

"네, 그래 주세요. 요점은……."

"현이 새것일 때는 늘어나는 경향이 있어요. 피아노를 여러 번 철저하게 조율해서 새로운 현이 자리를 잡게 하지 못하면 아주 강하게 건반을 칠 때 현이 끊어질 수 있어요. 경위님이 방금 보셨듯이 길이 잘 든 현도 같은 식으로 반응할 수 있어요. 일요일 아침에 후퍼의 계산서를 자세히 보고 나서 미심쩍은 기분이 들었어요. 그를 다시 부를 핑계가 필요했죠."

"일요일에요? 이례적인 일 아닌가요?"

"물론 그렇죠. 그래서 아주 중대한 문제가 있는 척을 했죠. 그리고 그의 안식일을 보상해 주기 위해 추가 요금과 함께 그의 최근 청구서도 지불하겠다는 점을 강조했어요."

"그를 불러오기 위해 어떤 핑계를 댔습니까?"

"경위님이 지금 본 대로 했죠. 그가 새로 설치한 A현을 뒤셀도르프의 한쪽 끝에서 다른 쪽 끝까지 들릴 정도로 세게 내리쳤어요."

"그래서 현이 끊어졌나요?"

"마른 가지처럼 끊어졌죠. 알고 보니 빌리는 그 현을 다시 달 수가 있더군요. 그의 기술 덕이라고 생각해요. 공장에서 만든 현은 그렇게 하면 견뎌 낼 수가 없거든요. 아무튼 그때 빌리의 소리굽쇠가 나왔어요. 현을 다시 조율해야 했으니까요. 그 작업이 끝나고 난 뒤 빌리는 자기의 도구 가방에 소리굽쇠를 넣었죠. 나는 잠깐 앉아서 그가 좋아하는 따뜻한 과자 한 조각을 먹으라고 권했어요. 빌리가 주방에서 쉬고 있는 동안, 나는 뭔가를 거실에 두고 온 척하며 거실로 나왔어요. 빌리의 가방이 피아노 옆에 열린 채 놓여 있더군요. 나는 소리굽쇠를 찾아서 주머니에 감추고 가방을 닫았죠. 빌리 후퍼가 가고 난 다음, 나는 소리굽쇠와 새 현을 테스트했어요. 더 얘기해야 하나요?"

"부인은 그 소리굽쇠가 후퍼 것이라는 게 밝혀질 거란 생각에 그것을 아델만의 몸 아래 감추었군요. 다시 말해 내가 상습범의 짓이라고 믿도록 모든 것을 치밀하게 계획하고 행동한 거군요."

"그렇게 조심스럽게 말할 필요 없어요, 경위님. 경위님 말이 완벽하게 맞으니까요."

클라라 슈만이 말했다.

"그러면 처음에 아델만의 집으로 간 이유는 무엇입니까?"

"그 이유는 명확하다고 생각해요. 나는 그가 남편에 대한 불결한 내용들을 논문에서 삭제해 주기를 원했어요. 처음에는 아주 공손하게 부탁했죠. 그러나 거절하더군요. 기자에게 소중한 정직함을 굽히고 싶지 않다는 어설픈 이유를 대면서 말이죠. 나는 그를 설득하려고 노력했어요. 설득에 실패하자 호소를 했지만 그것도 실패했어요. 나는 자존심을 다 버리고 애원을 했어요. 그는 내 앞에서 웃음을 터뜨리더니, 나와 요하네스 브람스에 대해 비열한 말을 하고는 한편으로는 로베르트 슈만의 명성을 지키려 하고 또 한편으로는 그를 속이려 한다면서 나를 위선적이라고 비난하더군요. 마침내 나는 그에게 논문에서 모욕적인 부분은 출판하지 말라고 요구했어요. 그가 또 다시 내 앞에서 웃더군요. 그것이 게오르크 아델만의 마지막 웃음이었어요."

나는 의자에 기대앉아 그 여인을 쳐다보며, 무슨 말을 해야 할지 몰라 그저 고개만 저었다. 결국 나는 이렇게 말했다.

"이렇게 놀라운 고백을 들을 거라 기대하고 온 것은 아닙니다."

"그러면 왜 오셨죠?"

"부인께 경고하려고요."

"제게 경고를 한다고요? 무엇에 대해서요?"

"아델만의 논문이 없어졌고 엉뚱한 사람들의 손에 들어갔을

지도 모른다는 얘기를 해 주려고요. 대비를 하셔야 할 것 같아
서……."

"추문 말인가요?"

"이 모든 일에 대해 이상하리만치 체념하신 것 같군요. 무관
심해 보이기까지 해요. 제 말뜻을 이해 못하셨나요? 그러니까
제 말은, 만일 그런 일들을 사람들이 알게 되면……."

클라라 슈만은 대꾸 없이 거실을 가로질러 몇 걸음 걷더니 한
쪽 벽의 대부분을 차지하고 있는, 그녀보다 50센티미터는 족히
큰 커다란 마호가니 찬장 앞에 가서 멈췄다. 그리고 겉옷 주머
니에서 커다란 놋쇠 열쇠를 꺼내 찬장 문을 여니 찬장의 묵직한
두 개의 문이 대문처럼 활짝 열리면서 원고, 노트, 오케스트라
악보, 오래되어 보이는 책 몇 권이 빽빽이 차 있는 선반이 드러
났다. 뭐가 들어 있는지 잘 안 보이는 맨 위 선반을 가리키며 클
라라 슈만이 내게 말했다.

"경위님, 좀 도와주셔야겠는데요."

클라라 슈만의 부탁을 받고 나는 팔을 뻗어 리넨 천에 정성스
레 싸이고 검은 실크 리본으로 단단하게 묶인 꾸러미를 내렸다.

"보세요!"

클라라 슈만이 나직하게 말하며 그 꾸러미를 내게 내밀었다.

"보세요, 경위님. 저는 진실을 말했어요. 아델만의 집으로 간
사람은 나였고, 그를 죽인 사람도 나였고, 경위님이 지금 눈앞
에서 보고 있는 논문을 찾아 훔친 것도 나였어요. 더 이상 제 말

을 의심하지는 않으실 거라 믿어요."

"그렇게 말씀을 하시지만 그 일을 부인의 남편이 했을 수도 있어요. 그러니까, 부인이 했다고 주장하는 바로 그 일을 남편이 했을 수도 있어요."

내가 이의를 제기했다.

"그래요, 물리적으로는 할 수 있었겠죠. 그러나 정신적으로는요? 절대 아니에요! 남편은 오이제비우스에서 플로레스탄까지 다시 오이제비우스에서 플로레스탄까지 계속해서 그런 식으로 떠돌았어요. 라인 강의 물결이 끊임없이 밀려 들어왔다 밀려 나가는 것처럼 말이에요. 그는 햄릿과도 같아요. 한순간 결의에 가득 찼다가 다음 순간에는 철저하게 우유부단해지죠. 남편이 오늘날 이만큼 이룬 것도 놀랄 일이에요. 그러니 더 이상 제가 얘기할 필요는 없을 것 같은데요?"

"부인의 말에 전적으로 동의할 수는 없군요."

내가 말했다.

"이 문제에 대해 더 고집 부리지 마세요. 경위님은 필요한 증거를 모두 가지고 있어요. 소리굽쇠, 아델만의 원고, 그리고 저의 자백. 말장난을 해도 된다면, 지금 경위님이 해야 하는 의무가 무엇이든 소프트 페달을 밟을 필요는 없어요. 나는 베토벤이 아니에요. 그 불쌍한 사람은 20소절 내에서 음악을 끝낼 수가 없었어요. 나는 언제가 끝인지 알아요. 재판을 받을 준비가 되었어요. 아이들을 돌볼 수 있도록 적절한 조치도 취해 놓았죠.

불쌍한 로베르트 슈만은 적어도 당분간 현실에서 떨어져 있는 것이 최선이에요."

이번에도 나는 할 말이 없었다. 클라라 슈만은 마치 항복하는 듯한 동작으로 종이를 건네주었고, 나는 그녀에게서 자동적으로 그것을 받았다. 그녀의 말이 믿기지 않아 내 마음은 여전히 얼어붙었다. 뜻밖의 상황에 몸마저도 반응을 못한 탓에 신발이 거실 바닥에 붙은 느낌이었다. 그녀가 내게 진실을 말한 건가? 아니면 그녀는 대단히 뛰어난 거짓말쟁이인가? 그렇다면 내가 다리에서 한 행동은, 그것이 정말 중요했던 건가?

"저, 경위님?"

클라라 슈만이 또다시 아주 침착하게 말했다. 그제야 나는 천천히 입을 떼었다.

"슈만 부인, 한 가지 문제가 있습니다. 그러니까 소리굽쇠 말입니다. 그것은 이제 제게 없습니다. 라인 강 바닥에 있는데……."

클라라 슈만의 눈이 갑자기 커졌다. 그녀는 입을 다물지 못했다.

"제가 거기에 던졌습니다."

"뭘 어쨌다고요?"

"제가 소리굽쇠를 없앴어요."

"그러니까…… 실수로 말인가요?"

"그 반대입니다. 일부러 강에 던졌어요."

"저는…… 저는 이해할 수 없군요."

클라라 슈만은 믿을 수 없다는 표정을 지었다.

"분명 그 행동은 경위님이 해야 하는 의무, 수수께끼를 풀어야 하는 의무에 위배되잖아요."

"그렇겠죠. 그러나 어떤 수수께끼는 풀리지 않는 편이 좋아요. 적어도 나는 그렇게 믿고 있습니다."

나는 찬장에서 물러서서 거실 맞은편에 있는 난로 쪽으로 다시 갔다.

"불길이 좋군요. 오늘 같은 날씨에도 마음이 따스해져요."

내가 말했다. 클라라 슈만이 찬장 옆에 그대로 서서 나를 쳐다보았다. 나는 나지막한 목소리로 말했다.

"먼지는 먼지로, 재는 재로 돌아가는 거죠."

그러고는 무릎을 꿇고 앉아 아델만의 원고를 불타는 통나무 위에 조심스레 놓았고, 불길이 종이 다발을 다 집어삼키고 종이가 그을려 뒤틀리다 바스러져 선명한 주황색이 점점이 굴뚝으로 올라갈 때까지 계속 그 상태로 앉아 있었다.

나는 자리에서 일어나 코트를 단단히 걸치며(그때쯤 불의 온기로 코트가 다 말라 쾌적했다) 말했다.

"부인, 저는 이제 가 보겠습니다. 나중에 좀 더 명확한 상황에서 다시 만나게 될 겁니다."

클라라 슈만이 내 쪽으로 와서 한 손을 내밀었고, 나는 그녀를 감히 쳐다보지도 못하고 그 손에 입을 맞추었다. 그리고 클라라 슈만을 거실 한복판에 세워 둔 채 밖으로 나왔다. 내가 그 집에 가는 것은 그날이 마지막이라는 느낌이 강하게 들었다.

＊　＊　＊

그날 저녁, 또다시 타오르는 불길 앞에서 몸을 따뜻하게 녹이며(이번에는 헬레나 베커의 거실에서 조용하고 평화롭게) 그녀에게 그간의 일을 자세히 얘기했다. 모든 사건들을 상세하게 설명하면서, 춥고 축축하고 끔찍했던 그날 뒤셀도르프의 다리에서 내가 저지른 죄까지도 남김없이 얘기했다.

경찰이라면 마땅히 높은 도덕적 기준을 지녀야 한다는 분명한 사실을 누구의 부추김이나 유혹이 없었는데도 내가 부정했음을 적어도 그 순간에는 인정했다. 나는 생각에 잠겨 말했다.

"헬레나, 언젠가 노망이 들어 잃을 것이 하나도 없게 되면 노동자들이 드나드는 어느 선술집에 앉아 맥주 한두 잔을 마시면서 내가 저지른 비행을 들려주면서 앳된 얼굴의 젊은이들을 놀라게 할 거예요. 그런데 그들이 이해를 할까요?"

헬레나가 말했다.

"절대 그렇지 않을 거예요. 슈만 부부가 당신 삶을 엉망으로 만들 때까지 당신도 절대 이해하지 못했어요. 인생은 정말 엉망진창이에요, 안 그래요?"

"그러면 나는 수도사가 되어야겠어요. 아니면 프란츠 리스트가 말했던 것처럼 수도원에 들어가 가 정돈된 시간을 보내면서 내 영혼을 찾든가요."

"헤르만, 당신은 온갖 조사의 전문가예요. 그러나 당신의 영혼이 어디 있는지 찾기 전에 사람들이 달에 먼저 착륙할 거예요."

헬레나가 말했다. 그녀가 나를 비웃지 않으려고 애쓴다는 느낌을 받았다. 그렇게 말했어도, 내 고해신부는 자신의 방식대로 품위 있게 나의 죄를 면해 주었고, 나도 품위 있게 그 면죄를 받아들였다.

다시 한 번 내 아버지, 좀 더 정확하게 말하자면 내가 자라는 동안 아버지로 알고 있던 사람의 말이 틀렸다는 것이 증명되었다. 좋은 돌발 상황도 있었다.

영국 속담 중에 이런 말이 있다.

"그대로가 좋으면 그대로 두어라."

그러나 공교롭게도, 요즘 영국인들이 멀리 떨어진 땅까지 행진해 가거나 항해해 가서 그곳 사람들은 아랑곳없이 그들 땅에 자신들의 국기를 꽂고 주인임을 선언하는 경향으로 판단해 볼 때, 이 말은 그들이 지키지 않기로 악명 높은 말이다. 솔직히 말해 입으로는 주장하고 행동은 정반대로 하는 능력은 내가 늘 감탄하던 영국인의 특성이었다. 그런 이유로 나도 그렇게 해 보았지만, 조금 더 설명을 덧붙여야겠다.

클라라 슈만을 마지막으로 만난 날 이후로, 그러니까 소리굽쇠를 라인 강에 버리고 그것도 모자라 아델만의 원고까지 불에 던진 날 이후로 나는 슈만 부부의 일에 더 관여하지 않기로 마음먹었다. 완벽하고 말끔하게 해결된 것은 아니었지만 끝난 걸로 생각하기로 했다. 그들과, 아니 그 문제에 관련된 사람들과 더 이상 아무것도 하고 싶지 않았다.

그대로가 좋으면 그대로 두어라.

그즈음 나에 대한 서장의 불만도 수그러들었고, 내가 전보다 더 열심히 경찰 본연의 업무에 충실하자 다시 나를 제대로 보기 시작했다. 서장이 내 책상에 칭찬하는 메모를 남긴 적도 여러 번 있었다. 그러나 내가 폰 호프만 남작과 관련되어 있기 때문에 그런다는 걸 나는 의심하지 않았다.

헬레나 베커는 내가 경찰관으로서 마땅히 지녀야 할 의무를 저버렸는데도 오히려 내가 더 나은 쪽으로 변했다고 했다. 나를 향한 그녀의 태도에는 어느새 존경의 분위기마저 더해졌다. 지난 세월 동안 그녀를 만나면서 좀처럼 경험하지 못하던 느낌이었다.

동료 경찰관들과의 관계에 대해 말하자면 나는 조금은 부드러워졌다. 뒤셀도르프의 문화계를 지배하던 가식, 시기, 뻔뻔스러운 중상모략을 수도 없이 경험하고 나니 뒤셀도르프 선술집들의 소박함이 새삼 신선하게 느껴졌다. 와인보다는 맥주에 더 정직함이 있었다.

그대로가 좋으면 그대로 두라. 이는 내가 한 일이었다. 나는 그대로가 좋으면 그대로 두었다.

거장 슈만이 엔데니히의 병원에 도착하고 열다섯 달쯤 지난 어느 날, 나는 이상하게도 불안한 밤을 보내고 동이 트기도 전에 일어나 몽유병에 걸린 것처럼 옷을 입고 집을 나섰다. 그리고 마차를 불러 타고 기차역으로 가 새로 생긴 철로를 달리는 본 행 열차표를 샀다. 몇 시간 후, 나는 여전히 꿈속을 헤매는 듯한 상태로 본 중심가에서 외곽인 엔데니히로 가는 마차를 타고 세바스티안 가 182번지로 가자고 마부에게 말했다.

본은 몇 년 만에 처음 가 보는 것이었다. 여느 때 같았으면 말들이 탁탁 소리를 내며 달리는 동안 다른 여행객들처럼 경치 구경을 했겠지만, 마부가 돌로 포장된 병원 입구에 마차를 세우고 뒤를 돌아보며 측은한 눈빛으로 "도움이 필요하세요? 원하신다면 사람을 불러 드릴 수도⋯⋯."라고 말할 때까지 내 정신은 다른 곳을 떠돌았다.

마부의 목소리를 듣고서야 정신이 번쩍 들었다. 아니 그런 것 같았다.

"아니, 아닙니다. 저는 환자가 아닙니다."

나는 황급히 설명을 했다. 그러나 마부가 측은한 표정을 바꾸지 않는 것으로 봐서 내 해명이 별 효과가 없는 것 같았다.

"저는 환자를 만나러 온 겁니다. 어쨌든 감사합니다."

내가 들어가려는 그 병원은 정신이상자들을 수용하는 곳이긴 했지만, 건물의 외양만 보고서는 그런 느낌이 전혀 들지 않았다. 입구에 붙어 있는 얌전한 청동 간판만이 그 건물이 병원임을 알릴 뿐(사실 그곳은 라인지방에서 유일한 개인 정신병원이었다) 병원 건물과 병원이 서 있는 널찍한 땅을 보면 귀족이나 벼락부자들이 자부심을 느끼며 살 만한 곳, 성대한 파티가 열리는 곳, 그날처럼 화창한 6월 오후라면 정성스럽게 손질된 잔디 정원에서 손님들이 샴페인이나 카나페를 들고 느릿느릿 거닐 만한 곳 같았다.

그곳은 프란츠 리하르츠 박사의 병원으로 독일, 아니 유럽에서 유일한 정신과 의사의 병원이었다. 당시 그는 정신병을 일종의 정신적 결함이나 처벌해야 할 악이 아닌 하나의 병으로 생각했다.

본관은 리하르츠가 열네 명 정도의 정신병 환자들을 수용하기 위해 개조한 2층 건물이었다. 나는 1층 그의 방에서 신분증을 보이며 말했다.

"미리 연락드리지 않고 슈만 선생님을 찾아와서 죄송합니다. 그러나 제 직업의 특성상 바로 다음 날 일도 예측하기 어려워서……"

리하르츠가 나를 꿰뚫기라도 할 듯 쏘아보았다. 내 어설픈 변명을 믿었는지 아닌지 어쨌든 정중하게 대답했다.

"로베르트 슈만의 문제에 관심을 갖고 계시군요."

그는 너그럽게 고개를 끄덕이며 말했다.

"그런데 이런 말씀을 드려도 된다면, 경위님이 왜 좀 더 일찍 로베르트 슈만을 보러 오지 않았는지 모르겠습니다."

그의 말투는 점잖긴 했지만 내게 사과를 요구하는 것 같았다. 내가 말했다.

"병원에서는 수사관들이 찾아오는 것을 달가워하지 않습니다. 우리가 누군가의 침대 곁에 나타나면, 대개는 과거의 범죄를 잔인하게 상기시키는 역할을 할 뿐이니까요."

의사가 푸근한 미소를 지었다.

"프라이스 경위님, 여기서는 그런 걱정을 하지 마세요. 슈만 선생은 침대에 누워 있지 않아요. 아주 가끔 누워 있을 뿐 대부분의 시간은 그렇지 않으니까 손님이 온 걸 알면 분명 기뻐할 겁니다. 제가 그의 방으로 안내해 드리죠."

2층으로 이어지는 널따란 계단을 올라가면서 나는 슈만을 찾아오는 손님들이 많은지 물었다. 리하르츠가 대답했다.

"많지는 않아요. 그러나 그 몇 안 되는 사람들은 슈만과 가깝고 아주 중요한 사람들이죠. 그것은 환자뿐만 아니라 의사인 내게도 만족스러운 일입니다. 슈만이 바깥세상과 계속 연결되는 것은 아주 중요합니다. 내 치료가 효과를 보려면 환자와 가족, 친구, 직업적 동료 간에 가능한 친밀한 접촉이 자주 이루어져야 하니까요."

이 대목에서 리하르츠 박사가 갑자기 걸음을 멈추더니 내 얼굴을 유심히 바라보았다.

"경위님, 한 말씀만 드리자면 로베르트 슈만은 신경증 환자가 아닙니다."

"그가 신경증 환자라고 생각한 적 없습니다."

"그러나 다른 사람들은 그렇게 생각했어요. 지금도 그렇게 생각하죠. 불쾌하셨다면 죄송합니다."

우리는 다시 계단을 올라갔다.

"다행히 슈만의 친구 브람스와 그가 좋아하는 바이올린 연주자 요제프 요아힘이 꽤 자주 찾아옵니다. 펠릭스 멘델스존의 동생인 파울 멘델스존은 편지를 보내곤 하는데, 돈 때문에 어려움을 겪는 슈만 부인을 경제적으로 돕는다고 하더군요. 우연히 알게 되었어요. 베티나 폰 아르님이라는 여자 분도 얼마 전에 로베르트 슈만을 찾아왔어요. 그런데 다른 사람들과는 달리 그 여자 분은 우리 병원의 시설을 그리 만족스러워하지 않았고 내게도 그런 것 같더군요. 여기에서 뭘 보든 '황량하다'라는 표현을 했어요."

계단을 다 오르고 나서 의사는 다시 걸음을 멈추고 한숨을 내쉬었다.

"난 인간의 정신에 대해서는 어느 정도 진보를 이루었다고 생각하는데, 여자의 정신에 대해서는 어떨까요?"

우리 둘 다 웃음을 터뜨렸다. 그러나 슈만의 방 쪽으로 가까이 갈수록 나는 그곳에서 보게 될 광경을 생각하며 자꾸만 마음이 불편해졌다.

문을 연 순간 내가 가졌던 모든 두려움은 사라졌다. 슈만의 침실은 두 개의 커다란 창문을 통해 쏟아져 들어온 햇빛으로 가득 차 있었다. 남쪽과 동쪽으로 나 있는 두 개의 창문 밖으로는 라인 강을 배경으로 산이 펼쳐져 있어 풍경이 근사했다. 활짝 열린 창문을 통해 부드러운 미풍이 방 안으로 들어왔다. 작은 글쓰기 탁자, 서랍 달린 장롱, 의자 몇 개, 곁에 소탁자가 놓인 침대 등의 가구들은 수수했지만 새것처럼 보였다. 그 모든 것들이 정부가 운영하는 요양소에서 보았던 시설과는 전혀 딴판이었다. 그 요양소의 길고 어둑한 복도는 지나치게 익힌 음식 냄새와 비우지 않은 침실용 변기 냄새로 가득했고, 괴상한 남자와 여자들이 정처 없이 왔다 갔다 하면서 무슨 말인가를 중얼거리는가 하면 비명을 질러 대는 사람들도 있었고, 공기는 무기력으로 가득 차 있었다.

방으로 들어서니 슈만이 등을 돌리고 창문 앞에 서서 경치를 바라보고 있었다. 리하르츠 박사가 그를 불렀다.

"손님이 찾아오셨어요."

그러고 나서 목소리를 낮추어 내게 속삭였다.

"저는 그만 가 보겠습니다. 두 분이서 할 말이 많을 거예요. 천천히 얘기 나누십시오."

나는 고맙다고 하고는 그가 나가는 것을 보고 조용히 문을 닫았다. 그리고 슈만을 불렀다.

"안녕하세요, 선생님."

로베르트 슈만은 여전히 등을 돌린 채 창문 앞에 서서 대꾸

했다.

"많이 듣던 목소리군요?"

그러더니 아주 천천히 몸을 돌렸다. 몇 번 눈을 깜빡이더니, 마치 장님이 갑자기 빛을 본 것처럼 눈을 꽉 감았다가 다시 떴다. 그가 입을 뒤틀며 묘한 미소를 지었다.

"햇빛에 눈이 멀었나 보군요. 아니면 당신이 허깨비이거나 말이오. 프라이스 경위, 정말 여기 온 것이오?"

"그렇습니다, 선생님. 선생님을 돕던 헤르만 프라이스 경위입니다."

슈만이 냉소적으로 웃었다.

"'나를 돕던'이라고 했소? 그렇다면 이제는 나를 체포하는 데 관심을 갖게 되었다는 말이군요."

"맙소사, 아닙니다! 제가 약속드리는데……."

"약속을 한다고? 내 기억이 정확하다면, 경위의 말은 눈에 보이지 않는 스파이의 잉크처럼 많은 부분이 증발해 버리는 경향이 있어요. 내가 정확히 기억하는 거라면, 경위의 말은 공기와 빛에 노출될 때 눈에 띄지 않는 경우도 있고 말이오."

"제 말을 믿어 주십시오, 슈만 선생님. 이것은 그저 개인적인 방문입니다."

내가 말했다.

"개인적인 방문이라? 프라이스 경위, 뒤셀도르프의 경찰이 개인적인 방문을 하려고 엔데니히까지 왔다는 말이오? 어쨌든 의자에 편히 앉아서 좋았던 옛날에 대해 마음껏 얘기를 좀 나눕시다. 그런 날이 많았다는 얘기는 아니지만⋯⋯. 프라이스 경위, 얘기를 좀 해 봐요. 뒤셀도르프에서는 다들 어떻게 지내고 있소?"

"슈만 선생님, 말씀하신 대로 좀 앉겠습니다. 새벽부터 움직였더니 꽤나 피곤하군요."

"아, 미안하오."

슈만이 의자 하나를 내게 권하더니 자신도 다른 의자에 앉았다. 사과 말을 할 때나 움직일 때 굉장히 허둥대고 서툴러서 꼭 바보처럼 보였다.

"거기에 앉아요. 그 의자가 더 편하다오."

슈만이 말했다.

"고향 사람들과 그간의 사건들에 대해 새로운 게 있으면 얘기해 줘요. 가장 낮은 단계, 지하 터널과 하수도부터 시작합시다."

"뭘 말씀하시는 겁니까?"

"물론 비크와 후퍼에 대해서지요."

"후퍼 얘기부터 시작하겠습니다."

내가 말했다.

"슈타인벡이라는 집안을 기억하실 겁니다. 아버지 그리고 아들이 둘인가 셋인가 있는데 함부르크 근처에서 최상급 피아노를 만들면서 유명해진 사람들이죠. 그들이 얼마 전에 미국 뉴욕 시티로 가서 그곳에 피아노 공장을 세웠습니다. 미국인들이 점점 부유해지다 보니 생활수준도 높아져서 고급 악기로 거실을 장식하는 경향이 많아졌죠. 슈타인벡 집안은 이름을 스타인웨이로 바꾸었는데, 아마도 뉴욕의 상류층과 더 자연스레 어울리기 위해서인 것 같습니다."

슈만이 음흉한 웃음을 지었다.

"프라이스 경위, 미국에서 후퍼가 그 사람들을 위해 어떤 일을 하는지 말하려고 여기까지 온 것은 아닐텐데요."

"후퍼는 그들을 위해 일하는 정도가 아니라 그들에게 최고의 기술자입니다."

"최고의 기술자라! 더 얘기해 보시오. 내 장인은 어떻소? 그 사람은 요즘 어떻게 지냅니까?"

"비크 교수님 말입니까? 별 얘기는 없습니다. 거동이 불편한 것 같더군요. 아시겠지만 관절염 때문이죠. 학생들을 더 가르칠 수 없다고 들었습니다. 부인이 비크 교수님더러 더 이상 집에 오지 말라고 했다는 얘기를 들으시면 선생님이 반가워하실지도 모르겠습니다."

"꽤나 기분이 좋군요."

슈만이 이렇게 대답하고는 혼잣말처럼 속삭였다.

"주님은 수많은 방법으로 그의 뜻을 실현하시지요."

"뭐라고 하셨습니까?"

"그저 우연히 읽은 시에 나온 말이오. 리스트에 대해 듣지 못했는데……. 그래요, 요하네스가 말해 주었는데 그가 어느 수도원으로 갔다고……. 신을 찾기 위해서라고 하던데, 맞소?"

"그곳에서 사제와 오랜 시간을 보내면서 아마도 신을 발견했을 겁니다. 정확히 어디인지는 잊어버렸습니다."

"짐작하건대, 마지못해 들어온 수사들의 수도원이 틀림없어요. 프라이스 경위, 솔직하게 말해 보시오. 설마 리스트가 정말 변했을 거라고 생각하는 건 아니겠지요?"

"아, 그는 변했습니다. 리스트는 최근에 뒤셀도르프에서 독주회를 열었습니다. 대부분 자신이 작곡한 곡들을 연주했죠. 그의 음악은 더 엄숙하고 깊어졌습니다. 그리고 그는 마치 중세의 제사장 같은 모습으로 무대를 걷습니다. 목에서 발끝까지 검은 색을 걸치고는 이제 하얗게 된 머리카락을 예전보다 길게 기르고 폭포처럼 목과 어깨 아래로 완전히 일자로 빗어 내렸어요. 이 모든 것이 굉장히 영적인 효과를 줍니다."

슈만은 납득하지 못했다.

"세상의 모든 고통을 품은 듯 보이는 남자의 모습처럼 여자를 황홀경에 빠지게 하는 것은 없다오. 영악한 악마지요."

이어서 긴 침묵이 이어졌다. 슈만은 내게서 시선을 거두고 두 손을 꽉 모아 쥐고 앉은 채 창밖 먼 산을 바라보았다. 태양을 받아 녹색으로 빛나는 언덕이 그에게는 영원히 금지된 장소이며 그래서 오히려 다행스럽다는 듯 표정에 허탈한 만족감이 배어 있었다. 적어도 그의 방 네 벽 안에 있는 악마들은 그에게 친숙했다. 방 바깥에서 어떤 새롭고 끔찍한 악마들이 그를 기다리고 있는지 누가 알겠는가? 그 순간 슈만이 무슨 생각을 하는지는 알 수 없었지만, 나는 그가 이야기를 다시 시작할 때까지 방해하지 않고 기다리기로 했다.

마침내 슈만이 침묵을 깼다.

"클라라는 나를 보러 오지 않아요."

그의 눈은 여전히 창문 저쪽의 풍경에 고정되어 있었다. 그의 목소리가 공허하게 울렸다.

"아내는 편지를 자주 쓰는데 다정하게 쓰긴 하지만 나를 보러 오지는 않아요. 요하네스 브람스는 몇 번 왔지요. 요아힘도 그렇고. 두 사람이 같이 온 적도 몇 번 있다오. 그들은 나를 위해 연주를 하는데, 복도 저쪽 거실에 꽤 괜찮은 피아노가 한 대 있어요. 어떤 때는 나도 그들을 위해 연주를 하지요. 지난 몇 달 동안 내가 직접 쓴 몇 곡을 연주했더니 그들이 극찬을 하더군요. 요하네스는 그 곡들이 내 최고의 작품이라고도 하고 말이오. 그런데 아내는 어떨 것 같소? 가련한 아내에게 이 모든 상황이 얼마나 고통스러울지 나는 상상할 수 있어요. 그래서 아내는 이곳에 오지 않는 거라오."

나는 아무 말도 하지 않았다. 무슨 말을 할 수 있겠는가?

"우리 아이들은 아버지가 없어요, 아버지가 없다오. 나는 그 아이들을 자주 생각하고 그 아이들을 만날 수 있기를 바란다오. 그러나 그 아이들은 어려요. 그 아이들은 이해할 수 없을 거요, 그렇지 않소?"

　나는 아버지가 없다는 것이 꼭 나쁜 것만은 아니라고 말하고 싶었다. 어린 시절 아버지가 없이 산다는 생각을 하면 그런대로 기분이 괜찮았다. 나는 아이들은 아주 회복이 빠르다는 등 진부한 얘기를 우물거렸다가 이내 후회했다. 슈만이 갑자기 나를 돌아보며 말했다.

　"경위가 그걸 어떻게 아시오? 경위는 스스로 가정적인 것과 단절한 사람처럼 보이는데 말이오. 당신의 친구, 그 매력적인 첼로 연주자……."

　"헬레나 베커입니다."

　"맞아요, 베커 양. 프라이스 경위와 그 여자 분은 그냥 친구 사이일 뿐이오?"

　"그렇게 말씀드릴 수 있습니다."

　슈만이 껄껄 웃었다.

　"그런 말을 듣는 것이 놀랍지가 않소. 하나도 놀랍지가 않아요."

　"왜 그렇습니까?"

　내가 물었다.

　"왜냐하면 경위가 내 아내에게 반했다는 걸 아니까요. 경위가 우리 집에 왔던 날, 아내가 계단 위에 나타나고 경위가 아내를 보았던 그날 밤에 말이오."

　슈만이 다시 웃었다.

　"아, 그렇게 당황하지 마시오. 당신은 경찰이기 전에 혈기왕성한 남자니까요. 비록 내가 이곳에 갇혀 있긴 하지만, 아직 내 아내의 매력을 알 만큼은 정신이 멀쩡하다오. 솔직히 말하자면 경위가 그렇게 드러나게 아내를 좋아하는 것이 기분 좋았다오."

거짓말로 그 상황을 모면하려 해도 소용이 없었다.

"그렇게 드러나지는 않았다고 생각합니다."

"프라이스 경위, 예술가들은 수사관만큼이나 통찰력이 있지요. 어쩌면 내가 한 짓처럼 보이게 해서 나를 제거하고 클라라를 차지하기 위해 당신이 게오르크 아델만을 죽였을 수도 있어요."

"말도 안 됩니다!"

"진정해요."

슈만이 희미하게 웃으며 말했다.

"물론 말도 안 되는 얘기지요. 그저 농담한 것이오. 게다가 사실은…… 내가 아델만을 죽였소."

나도 슈만을 향해 미소를 지었다.

"이제 정말로 터무니없는 말씀을 하시는군요. 저는 부인과 이 문제에 대해 이미 얘기할 만큼 했습니다. 아델만의 원고도 제 눈으로 직접 보았습니다."

"사랑하는 아내 말로는, 경위가 그것을 불에 던졌다고……."

"그렇습니다."

"당연히 먼저 그 원고를 읽었겠지요?"

"그럴 필요가 없었습니다. 표제지만 보아도 어떤 내용인지 알 수 있었으니까요."

슈만이 의자에서 일어나 작은 책상으로 갔다. 중간에 놓인 쟁반에서 리본으로 묶인 두툼한 종이 다발을 집어 들었는데, 종이도 리본도 내가 마지막으로 그의 집에 갔을 때 클라라 슈만이 보여 주었던 것과 비슷했다. 슈만은 아무 말 없이 다시 자리로 돌아와 그 종이 묶음을 내게 주었다.

"이게 뭡니까?"

내가 물었다.

"흠, 직접 보시오."

그가 내 반응을 초조하게 기다리는 것처럼 시선을 내게 고정했다.

"어서요. 풀어 봐요."

리본은 쉽게 풀렸다. 나는 표제지를 보며 작은 소리로 읽었다.

"로베르트 슈만. 음악 인생."

내 눈이 종이 아래로 내려갔다. 다시 한 번 조용히 읽었다.

"게오르크 아델만."

이번에는 손으로 쓴 글자가 있는 페이지를 넘겨 보았다. 원고 맨 위에서 아래로 읽어 내려갔다. 슈만을 보며 내가 말했다.

"이걸 어떻게 구했습니까? 한 부밖에 없다고 생각했는데요."

"한 부밖에 없지요.."

"그런데 어떻게?"

질문을 끝까지 할 필요가 없었다.

"맞아요, 프라이스 경위. 아델만을 죽이고 그 원고를 가져온 사람은 바로 나예요. 내게서 가책의 표시를 찾지는 마시오. 그런 것은 전혀 없으니까요. 더구나 동정을 얻자고 양심의 가책을 느끼는 척을 하지도 않을 거요. 당신이 미친 사람을 법정으로 끌고 갈 수는 없으니까요, 그렇지 않소?"

"두 분 중 한 분, 그러니까 부인이나 선생님 중에 한 분은 거짓말을 하고 있는 겁니다."

내가 말했다.

"중국에 훌륭한 속담이 있지요. '삶은 진리를 탐구하는 것이지만 진리는 존재하지 않는다.' 자, 경위, 분위기를 바꿔야겠어요. 내가 커피를 주문하리다. 여기 요리사는 크림이 든 롤빵을 아주 잘 만든다오. 빵을 먹고 나면 뒤셀도르프로 돌아갈 힘이 날 거요."

슈만과 나는 그 다음 한 시간가량 아무 말도 없이 보냈다. 그날 먹은 게 거의 없었기 때문에 나는 커피와 크림빵을 달갑게 먹었다. 그러나 슈만은 음식에 관심이 없는 듯 거의 손을 대지 않았다. 대신 자리에 앉아 창문 밖만 내다보았다. 늦은 오후에 해가 지면서 슈만 얼굴의 부드러운 이목구비에 그림자가 드리워졌다. 시간이 지나면서 그의 얼굴뿐 아니라 몸 전체가 어둠에 싸였다.

내가 그만 가 봐야겠다고 말하는데도 슈만은 움직이지 않았고, 내가 작별인사를 하는데도 아무 대답을 하지 않았다. 내가 떠나는 것을 그가 아는지도 확신할 수 없었다.

나는 뒤셀도르프로 가는 초저녁 기차를 잡아탔고 자정이 훨씬 지나서야 집에 도착했다. 너무 피곤해서 잠도 오지 않았다. 브랜디를 마시며 앉아서 이제 막 끝난 긴 하루 동안 있었던 사건들을 다시 떠올려 보았다. 언젠가는 역사학자, 음악학자, 의사, 정신과 의사, 소설가(그들 중에는 똑똑한 사람들도 있고 멍청한 사람들도 있다)들이 무엇 때문에 로베르트 슈만이 그렇게 행동했는지 이해하려 할 거라고 혼잣말을 했다.

내 경우를 말하자면, 아무래도 슈만을 그대로 놔두는 편이 좋을 뻔했다. 사실 그날 나는 덤불과도 같은 슈만의 마음에서 아주 작은 개간지라도 파헤쳐 보고 싶어 혼자 엔데니히에 간 거였다. 그러나 슈만은 헐렁한 옷을 걸치고 슬리퍼를 신고 흐트러진 모양새로 내 앞에 서서 자신이 미쳐 가고 있다고 주장하던 그날 밤과 똑같이 불가사의였다.

브랜디 때문에 모든 감각이 무뎌져서 깊은 잠이 빠지기 전에 내가 마지막으로 했던 생각은, 로베르트 슈만이 풀리지 말아야 할 미스터리라는 것이었다.

로베르트 슈만은 엔데니히의 병원에 들어간 뒤 정신과 신체의 건강이 계속 나빠지다가 2년 반쯤 지난 1856년 7월 29일 오후 4시에 세상을 떠났다. 아무도 말릴 수 없었던 자발적 기아로 인한 죽음이었다. 그는 스스로 죽음을 재촉했다.

피아노 명연주자로 다시 돌아간 클라라 슈만은 남편이 죽기 며칠 전에야 그를 찾아갔다. 대신 요하네스 브람스가 슈만을 정기적으로 찾아가 주었다. 클라라 슈만과 브람스는 계속 가깝게 지내면서 서로의 일을 지지해 주었지만, 클라라 슈만은 1896년 5월 20일에 프랑크푸르트 암 마인에서 숨을 거둘 때까지 미망인으로 살았다.

요하네스 브람스도 결혼을 하지 않고 독신으로 살다가 다음 해 3월 3일 비엔나에서 죽었다.

클라라 슈만과 요하네스 브람스는 평생 서로에게 헌신했지만, 남편이 이른 나이에 비극적인 죽음을 맞았을 때 클라라 슈만은 진심으로 슬퍼했다. 클라라는 죽을 때까지 사람들 앞에 나설 때면 머리에서 발끝까지 검은 옷만 입었다.

감사의 글

    베벌리 슬로펜, 조앤 델리오, 헨리 캠벨, 말콤 레스터, 샐리 제르커, 그리고 편집자인 실비아 맥코넬과 알리스터 톰프슨의 우정과 조언과 격려에 감사를 전한다.

A장조의 살인

펴낸날	초판 1쇄 2009년 3월 16일
	초판 2쇄 2010년 9월 2일

지은이	몰리 토고브
옮긴이	이순영
펴낸이	심만수
펴낸곳	(주)살림출판사
출판등록	1989년 11월 1일 제9-210호

경기도 파주시 교하읍 문발리 파주출판도시 522-1
전화 031)955-1350   팩스 031)955-1355
기획 · 편집 031)955-4668
http://www.sallimbooks.com
book@sallimbooks.com

ISBN 978-89-522-1101-9   03840

※ 값은 뒤표지에 있습니다.
※ 잘못 만들어진 책은 구입하신 서점에서 바꾸어 드립니다.

책임편집 · 교정 **박진희**

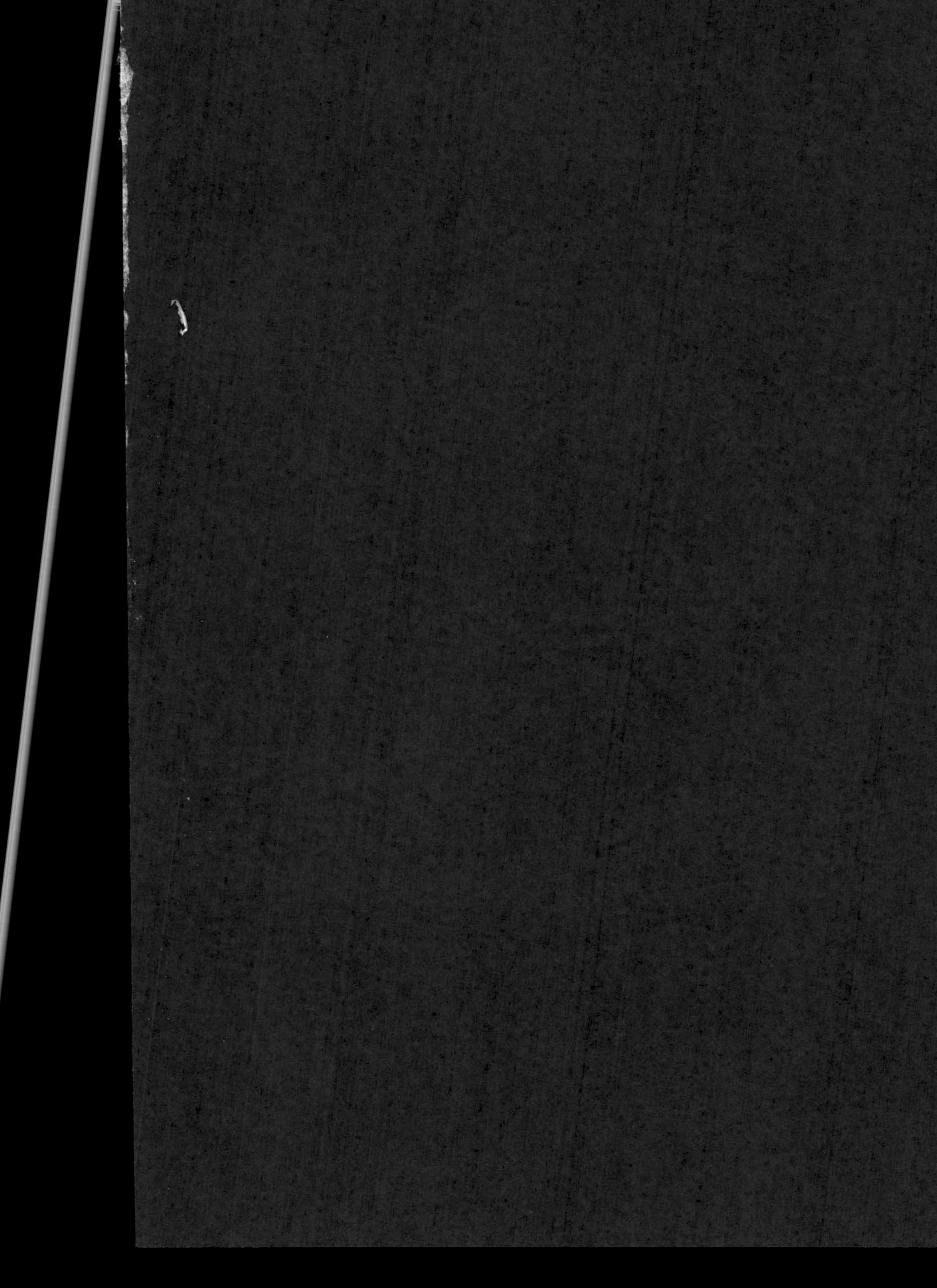

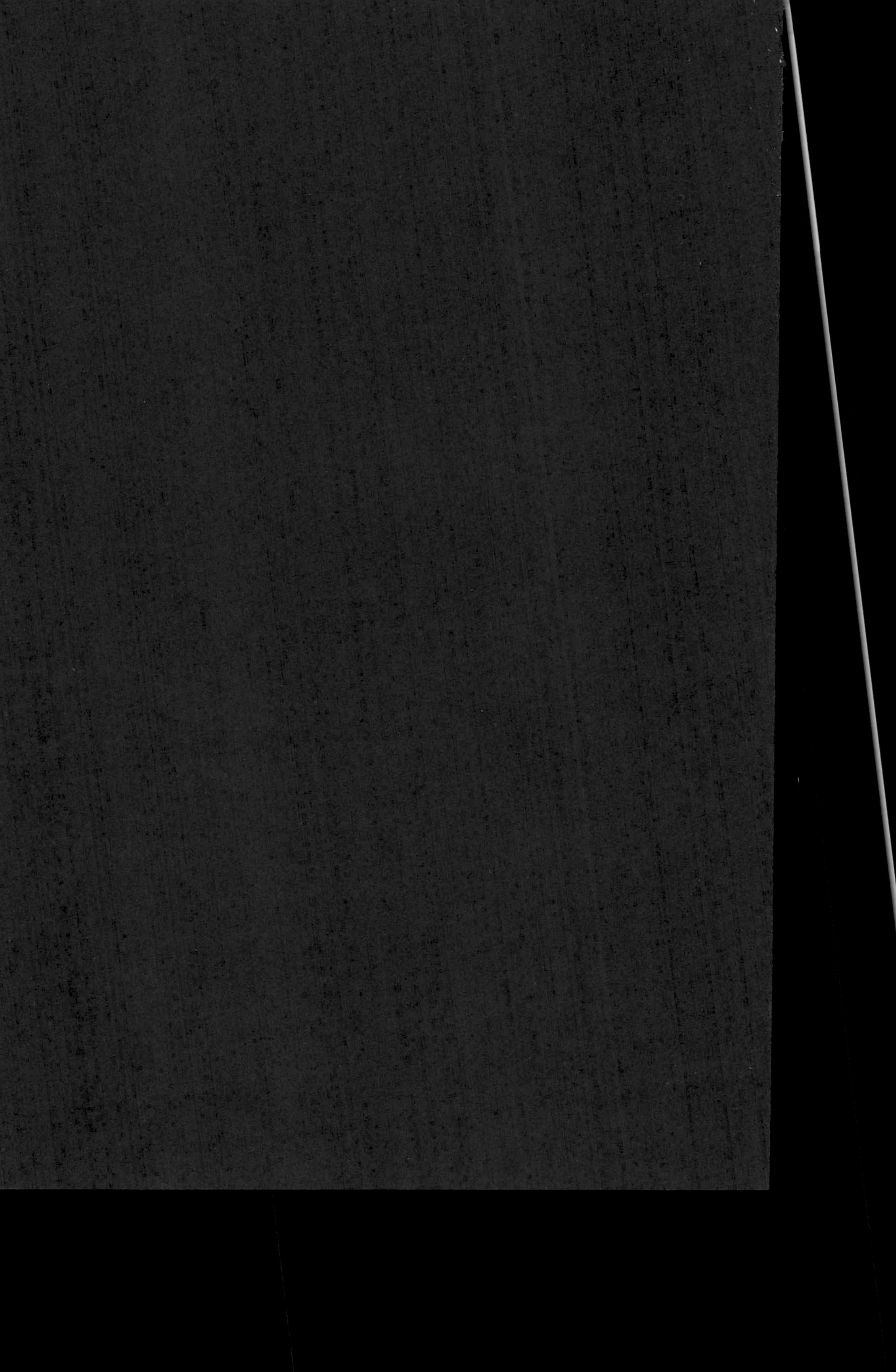